Kineko shibai
聴猫芝居
ill:Hisasi
ネトゲの嫁
女の子じゃないと思った？
Lv.22
JN073950

CONTENTS

And you thought there is Never a girl online?

DESIGNED BY AFTERGLOW

「えへへ……素敵で
AFTER

▶アコ　がフレンドに登録されました
「はじめてのおと
BEFORE

す、凄く似合ってます」
玉置亜子
たまきあこ

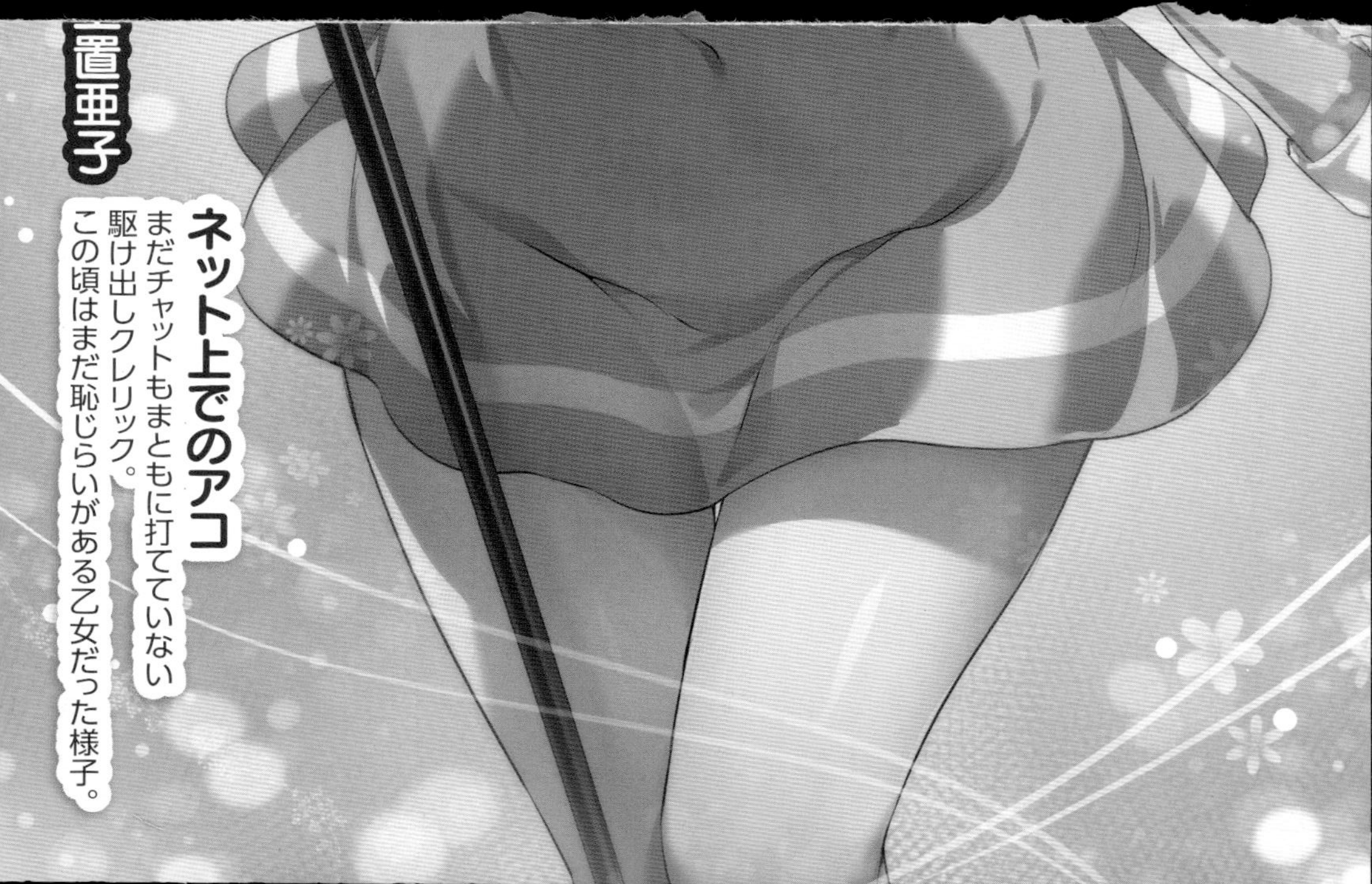
ネット上でのアコ
まだチャットもまともに打てていない
駆け出しクレリック。
この頃はまだ恥じらいがある乙女だった様子。
置亜子

現実世界の玉置亜子
想像以上にウエディングドレスが似合った
残念美少女。その肩書を返上して、
ついに現実世界でもお嫁さんに……!?

There is Never a Girl Online

Lv.22

And you thought there is Never a girl online?

プロローグ

「もうすぐ世界が終わるなんて」

水の枯れた井戸から、釣瓶の滑車が軋む耳障りな音が響いている。

世話を放棄された香辛料畑は萎びた作物に覆い尽くされ、この農園が崩壊していることは誰の目にも明らかだった。

一時は高品質な香辛料を量産し、ユーザーマーケットにおいて隆盛を極めた西村農園の姿はもはや見る影もない。

いつかは花畑にしようと約束したこの場所はただの荒れ地になっていた。

ユーザーハウスである西村家は主要マップから遠く離れた外れの外れ、ほとんど人の来ない過疎地にひっそりと建っている。

家そのものは綺麗に保たれているが、打ち捨てられた農園と人気のないフィールドに包まれた光景はどこか厭世観を感じさせた。

そんな放棄された農園の片隅。

俺は古ぼけたベンチに腰掛けて空を見上げていた。

◆ルシアン：みんな遅いな

ぽつりと呟いたチャットに、隣から静かな言葉が返ってくる。

◆アコ：もしかしたら、みんなはもう……

同じようにベンチに座ったアコが表情を曇らせていた。

彼女の視線の先、遠く草原の先で動くものは何もなく、ただ吹き散らされて消えていく薄い雲が悲しげな雰囲気だけを強調して見える。

◆ルシアン：……そんなわけない。きっとすぐに帰ってくるよ

どこか祈るように言った直後、遠くからエンジンの音が響いてきた。

みんなはアングリーキャット号、ギルド所有の戦車に乗って出かけていった。きっとその音に違いない。ああ、無事に帰ってきてくれたんだ。

◆ルシアン：良かった、みんなを出迎えよう

◆アコ：はいっ

二人立ち上がり、敷地(しきち)の門へ向かう。

その途中、ふと気づいてしまった。

◆ルシアン：あれ？　なんかこれ、エンジンの音がちょっと派手になってないか？

◆アコ：そ、そうですね。こんな重低音じゃなかったような……

まさか、近づいてきてるのは戻ってきたみんなじゃなくて——。

◆世紀末戦車：ヒャッハアアアアア！

◆ジャギジャギ：こんなところに家がありやがるぜえええええ！

遠くから爆音を響かせて迫りくる四輪駆動の車両。

ドクロで派手にデコレーションされた車体は絶対にアングリーキャットではない。

その上には見たことのない、逆毛へアーでレザー装備を身に着けた荒っぽいキャラクターが乗り込んでいた。
◆アコ：そんな、こんなところにも略奪の手が伸びて来るなんて
◆ルシアン：ついに見つかっちまったか……
普段着を身にまとったルシアンの頼りない防御力でこの家を守りきれるのか。
そもそも守るべきものなんてこの世界に残されているんだろうか。
俺は近づいてくる暴走車を諦めに近い気持ちで待ち受けた。
◆ジャギジャギ：なんだあ？　まだ農園を作ってやがんのか？　生意気な！　種籾を出せぇ！
◆ネトラオウ：略奪だ！　ありったけの水と食料を寄越しやがれぇ
ああ、案の定だ。
家の前に車を止めた世紀末プレイヤー達は好き勝手に範囲チャットを垂れ流す。
◆世紀末戦車：この完成された姿に感動してV7教に入ってもいいんだぜぇ
◆ジャギジャギ：ついでに近くに他の家とか知らねえかあ？
◆ルシアン：くう、好き勝手言いやがって
こんな辺境に西村家以外の家があるわけないだろ！　むしろどうしてここまで来たんだよ！
◆アコ：許してください！　この種を渡したら農園が再建できなくなってしまいます！
◆ルシアン：そ、そうだ！　金ならいくらでもやる！
言い募る俺達に略奪プレイヤーは鼻で笑い、

◆ネトラオウ：金だあ？　こいつまだ金なんて言ってやがるぜ！
◆ジャギジャギ：今じゃケツふく紙にもなりゃしねえんだよぉ！
チャットと共にドクロだらけの戦車からぼわっと火が吹き出す。

やっぱ、完成度高いぞこれ。
◆世紀末戦車：水と食料をよこさねえなら、略奪だぁ！
◆ジャギジャギ：汚物は消毒だぜ！　ヒャッハー！
◆ルシアン：なんて横暴な……どうすればいいんだ……
◆アコ：怖いですルシアン……
いやいや畑なんて長い間ほったらかしだったし、種も品質の低い要らないやつじゃん——とか言いたい気持ちをぐっと堪え、俺とアコは涙して抱き合う。
◆世紀末戦車：さっさとよこせえ
◆ジャギジャギ：あと近くにある他の家をマジで教えろぉ
◆世紀末戦車：まだログインしてる奴(やつ)のいい感じな田舎ハウスをなぁ
炎を吹き出し、さらに威嚇を続けるドクロの車。

脅迫する略奪者達。その背後から別のエンジン音が聞こえて来た。

重苦しい重低音とは違う、聞き慣れた軽快な音。流石(さすが)だ、こんな完璧なタイミングで戻ってくるなんて。

◆シュヴァイン：何をやってんだ貴様らあああ！
◆ジャギジャギ：げえぇっ！
◆世紀末戦車：援軍か！

草原を駆け抜けてきた戦車、アレイキャッツが保有するアングリーキャットが突進してくる。

実のところ襲撃イベント以来たまに遊びで乗ってるぐらいで特に強化もしてないのであんまり強くない戦車が、問答無用で砲塔を向ける。

◆シュヴァイン：おらぁ！　射撃用意！
◆アプリコット：外装は手が込んでいて狙うのは哀れだ。足回りを狙え
◆セッテ：了解して即発射ー！
◆世紀末戦車：わあああああ

バックしながらバランスを崩して停止するドクロの車両。と言ってもプレイヤー同士でダメージなんてないわけで、あれは食らった雰囲気の操縦だ。かなり乗り慣れてるなあの人達。

そして足を止めた敵に、

◆シュヴァイン：おらあああああああ

戦車の上から空中ダッシュ、さらに短距離ワープで近づいたシューが大剣を振り回す。

◆世紀末戦車：ぎゃああああああ
◆ネトラオウ：ひでぶ

◆**ジャギジャギ**：あべしっ！

◆**シュヴァイン**：成敗！

ほとんど裸に近い世紀末衣装を着ていた逆毛プレイヤー達が一撃で切って捨てられた。

◆**アプリコット**：無事だったか！

◆**セッテ**：二人ともお待たせー

◆**ルシアン**：ちゃんと戻って来られたんだな

◆**シュヴァイン**：途中でヴァンパイア・ロードに追われたがなんとかな

◆**アコ**：本当に危ないやつじゃないですか

あんまり強くないアングリーキャットでは撃破されても何もおかしくない。

きっとボス狩りプレイヤーに助けられたんだろう。こんな世紀末にも救いはある。

◆**シュヴァイン**：ったく、俺様が居ない間に農園を襲うとはふてえ野郎だな

倒れた逆毛達に言い放つシュヴァイン。

◆**世紀末戦車**：いやしかし問答無用で切るのはどうよ

◆**シュヴァイン**：いやそっちが勝手に死んだんだろ

◆**ジャギジャギ**：せやけどな

ほとんど無駄なモーション、死んだふりエモから続々と復帰する逆毛さん達。

通常フィールドでＰＫも何もないのに切れるわけないよね。

あちらが雰囲気で死んだふりをしてただけです。

◆**ルシアン**：で、その派手な車で何の用なんだ？

◆**世紀末戦車**：そらこのクソよくできたV7デコ軽戦車を見せに地方の家をまわってんだよ

◆**ネトラオウ**：これマジでマッドでマックスな感じだろ？

確かに服装も完璧だし、車もそれっぽいし、世紀末感マックスの完璧な造形だったけど！

◆**世紀末戦車**：ってなわけで近くに家ないか？　見せに行きたいんだけど

◆**アコ**：この近くに家はないですよ？

◆**セッテ**：田舎だもんねー

◆**世紀末戦車**：しょうがねえ、じゃあ適当な狩場に行って走りまわるぞ

◆**ネトラオウ**：ひゃっはー

◆**ジャギジャギ**：色々と消毒だあああ

◆**ルシアン**：モンスターに壊されないように気をつけろよー

走り去るヒャッハーさん達を見送った。

いやはや、貴重なコアをあんなネタ戦車に使うとは。

とんでもない世界になったもんだ。

◆**ルシアン**：肩パットをつけたヒャッハーが駆け回るなんて、酷いゲームだな

◆**シュヴァイン**：世界が終わる直前としては平和なぐらいだろ

◆アプリコット：うむ。家の修理材も無事に仕入れられたぞ

モヒカンヘアーの無法者がやってきた割に、画面に映る景色は穏やかだ。

空はいつも通りに晴れ渡っているし、風は気持ちよく農園を通り抜ける。

地面が揺れることはないし巨大な隕石が迫ってきてもいない。

空が闇に包まれたり世界がひび割れて崩れていたりもしない。

もちろん核の炎にも包まれていない。

何も起きていない、いつも通りのレジェンダリー・エイジ。

◆ルシアン：もうすぐ世界が終わるなんて、信じられないぐらいだな……

◆アコ：本当に……嘘みたいですね

闇の魔王が襲って来たなら倒してみせる。創生の神がこの星を創り直そうとするなら、今を生きる者の力を示してやれる。神のなき世界で人間の可能性を証明してやってもいい。

倒すべき敵がいれば俺達は何とでも戦える。

しかし何事もなく平和に、けれど緩やかに終わっていく世界は、どうすれば救えるんだろう。

仕方がない事情で消えていくこの空間をどう受け入れるべきなのか。

俺達の生きるレジェンダリー・エイジが終わろうとしている。

And you thought there is Never a girl online?

一章 「悲しいけどこれ、現実なんだよ」

「私達は卒業します」

語り終えた御聖院杏に、全校生徒、教員、来賓、そして保護者が惜しみない拍手を送った。

自信に満ちて堂々と、それでいて華やかで凛とした彼女の姿は、親しい俺達から見てもとても立派で。この人がうちのギルドマスターなんだぞと胸を張れるぐらいだった。

「自分の卒業式でもこんなに泣かなかったですー！」

卒業式で泣いたことはないと言ったアコが大泣きをした。

「違うし。一筋二筋涙がこぼれ落ちただけだし」

俺は格好つけて我慢しようとして、もちろん耐えることなんてできなかった。

「うるっと来たけど全力でこらえたからね」

こらえたと言う瀬川の目はどう見ても赤く腫れている。

「会長だったら私が送辞を読めだのにー！」

笑顔だったり、困り顔だったり、表情は豊かな秋山さんだけど、こんなに泣いているのは見たことがない。

「OBが来ても、みんなきにしません」

後輩はふてぶてしく元部長を見送り、

「自分のクラスの卒業式じゃないのに、こんなに感動すると思わなかったわ」

担任ではない先生も目をうるませていた。

一言では言い切れないぐらい沢山の思い出を、御聖院杏と、この部屋と積み上げてきた。

彼女の始めた現代通信電子遊戯部。

俺達の揃ったこの場所。何よりも大切だった空間。

言い逃れてみたり、必死に気の合う人を探してみたり、無理やりでも守ってきたこの集まりもついに終わりの時が来た。

だけれども、終わってしまっても、終わりの先がまだ続くんだ。

避けられない終わりを超えたからこそ、これからもずっと仲間で居ることができる。

マスターの卒業式を前に、俺達はやっとそう思えた。

そんな大切な日に突きつけられたのは余りにも冷酷な発表だった。

▼レジェンダリー・エイジ　サービス終了についてのお知らせ▲

俺達のこれからを、楽観的に想像していた未来を、たった一つの言葉が叩き潰した。

†††　　†††　　†††

「レジェンダリー・エイジのサービスを……終了……？」

ただ文字を読み上げただけの空っぽな声で、アコがつぶやいた。

ぱちくりとまばたきをするたび長いまつ毛が揺れる。

先程まで大泣きしていたせいか赤くなった瞳は画面を見つめてピクリとも動かない。

呼吸をしているか心配になるぐらい身じろぎ一つせず、どこか不健康なほどに白い指も小さめのゲーミングマウスをクリックしたまま固まっている。

その指が、するりと離れた。

かちりと音がして、押し込まれていた左のボタンが元に戻る。

その直後。

「さささささーびすしゅしゅしゅうりょ」

整った顔が一気に引きつって、目に見えて血の気が引いていく。

カタカタと体が前後左右に震えて長い髪がゆらゆらと揺れた。

ダメだ！　いやダメだろうなと思ったけど案の定ダメだった！

「お、落ちつつけアコ、落ち着くんだ。落ち着けば落ち着くおちおちち」

「まずはあんたが落ち着きなさいよ」

冷静そうなことを言う瀬川だけど本人も声がうわずってる。

「はっ！」

アコはぽんと手を叩いて、

「エイプリルフールですね！　すっかり騙されました！」

「そ、そんなわけ無いだろ、時期も違うし」

「だって三月末で終わりってことは、四月一日に嘘でしたーって発表が！」

「そんなたちの悪いエイプリルフールがあるわけない、と思う」

俺だって嘘だと思いたいけど、そんな誰も得しない嘘をつくわけない。

「だ、だっておかしいじゃないですか！　それならマナフィードイヤリングは何に使うっていうんですか！　証言が矛盾しています！」

異議あり！　と訴えるアコ。

確かに俺達は一ヶ月、経験値が倍に増えるという完全ぶっ壊れアイテムのマナフィードイヤリングを受け取るために頑張ってたんだ。

その配布を前にサービス終了っていうのは話が通らない。

でもこれって、逆に考えてみると、

「サ終直前じゃないとこんなわけのわからない装備は配らないってことか……？」

「詐欺じゃないですかっ！」

「しかもかなり悪質な詐欺だよな……まさかそんな訳ないと思いたいけど……」

「そうだよ、こっちが嘘なんだよね？　偽物のホームページとかじゃないの？」

と、秋山さんが嘘説に乗っかった。

普段は過剰なぐらい明るく楽観的な彼女が、追い詰められた声色で続ける。

「前に聞いたよ？　ログインしようとしたらパスワードが盗まれちゃう偽サイトとかあるんでしょ？」

「あー、乗っ取られてサ終宣言したソシャゲとかあったわよね」

「そうですよね？　またロンさんの仕業なんじゃないですか？」

「めっちゃ久々に聞いたなその名前」

そういう悪質ないたずらなら、と俺も思うけど、

「残念だが、どう確認しても間違いなくLA公式による正式な発表だ」

一人であれこれと確認していたマスターが、ゆっくりと言い聞かせるように言った。

「URLは間違っていない。どの方向から検証しても正しい公式サイトのものだ。関連サイトにも同様の告知が出ている。乗っ取りという可能性もまずない」

うっかりすることはあっても、常に頼れる我らがマスターだ。

少なくともこうやって断言をして間違ったことはない。

「なら誤告知よ。ゲーム内でサービス終了って誤表示が出たゲームもあるじゃない」

「内容に日付けや今後のスケジュール、有料ポイントの移管先まで記載がある。ミスと判断するには具体的過ぎる」

冷静に言うマスターだが、その声ははっきりと震えていた。自信と感謝に満ちて答辞を読み

上げたあの時とは違う、恐怖と怯えのこもった声。

「正直に言えば、イベントの内容、配布アイテムから多少は嫌な予感もしていた。かつてのイベントを総ざらいに振り返り、完全にバランスブレイカーのアイテムを配布する。その意味するところは……」

「サービス終了前の思い出イベントかよ……」

この手の公の案件には誰よりも知識のあるマスターがそう判断したということは。

全員がお互いの顔を見回して、

「……じゃあ、何よ。これリアルなやつなの？」

「そんな、終わりなんて」

「マジ、かあ……」

誰に言うでもなく呟いた。

手が震える。声が揺れる。

目がチカチカして視界が安定しない。

マスターの答辞を聞いて流れたどこか温かみのある涙とは違う、冷たい涙が勝手に瞳をうるませる。受け止められなかった絶望が勝手に溢れ出して止まらない。

歪んだ光景の中には変わらずサービスの終わりを告げる告知があって、見ていられずに画面から目をそらした。

「……ルシアン」

アコが同じタイミングでこちらに視線を向ける。

「嘘ですよね、そんな、サービス終了って、来月なんてもうすぐで、すぐ終わるなんて」

舌がもつれたように言葉を詰まらせて、アコがこちらに手を伸ばす。

「だってそんなはず、おかしいです、おかしいんです」

「アコ……」

俺も腕を伸ばして彼女の手を取る。震えているのがアコの手なのか俺の手なのか、自分でも区別がつかない。

でも、そうだ。俺がショックを受けてるんだ、アコなんてもっと、ずっと。

「大丈夫だ、落ち着いて——っ」

手を握ったまままそっと肩を抱くと、驚くほどに冷たい。

普段はむしろ体温の高いアコがこんなにも冷え切ってる。

いや、俺もそうだ。彼女を温められるほどの熱が自分にないのがわかる。

みんなに視線を向けると、一人残らず心配になるぐらい青ざめている。

「ね、みんな」

秋山さんですら唇が白くなって見える。いつも誰よりも元気そうなのに。

さすがの彼女もこのサービス終了には冷静じゃいられないよな。

そう思ったら、

「それでサービス終了って、具体的に何が起きるの……？」

めっちゃ能天気な質問！

秋山さん、このタイミングでそれ聞く⁉

「あ、あのね？　奈々子もわかるでしょ、言葉の通りよ。サーバーが閉じてログインができなくなんの」

瀬川がぺちぺちと彼女の肩を叩いて言った。

「そうなんだろうけど！」

わかるんだけど、と続けて、

「会社のサービスがなくてもゲーム自体はここにあるよね？　新しい要素は増えないんだろうけど、集まってみんなで遊ぶとか、チャットだけするとか、最悪でも一人で遊ぶとか。そういうことはできるんじゃないの？」

「あー、そゆことね」

「オフラインの話かあ……」

秋山さんの言いたいことがやっと理解できた。

サービス終了の告知に動揺して頭のスペックが落ちてるみたいだ。

いや、今でも全然落ち着いてなんていないし、ろくに思考が動かないけど。

「なるほど、これまで少なくない金と長い時間を費やしてきたのだ。オンラインゲームとしては終わっても一人では遊べるはずだという発想はいっそ普通だろう」

「確かにそっか、コンシューマーで出てるパッケのオンゲーなら、サバが閉じてもオフは遊べたりするもんな……」

「西村(にしむら)くん日本語で！」

「ややこしいこと言ってごめん」

　ちょっと言葉を選ぶ余裕がなくて。

「普通のゲーム機で遊ぶ、オンラインプレイもできるゲームソフトってあるでしょ？　ああいうのは奈々子(ななこ)の言う通り、サービスが終わっても一人でなら遊べるのよね」

　代わりに瀬川(せがわ)が言ってくれた。

　そう、オンライン前提のゲームであっても、家庭用ゲーム機のソフトなら、割とネットに繋(つな)がなくても遊べたりはするんだ。

　ただパソコンでしか遊べないレジェンダリー・エイジはその枠ではなくて。

「ああいうのは、ってことは……このゲームはだめなの？」

「レジェンダリー・エイジのようなオンライン専用ゲームは、ほとんどのデータはサーバー側にある。スタンドアローンでは一切何もできない」

「……つまり？」

「サービスが終了すれば、ゲーム内に入って行動することはもちろん、自分のキャラクターを見ることすら二度とできない。全てが失われる」

「ええー!?」

やっと現実を理解して、秋山さんが立ち上がる。

「完全に終わりなの!? 何年も遊んでたのに、はい終わりでーす、って言われたらもう何もできなくなるの!? ひどくない!?」

「できなくなるのよ」

「ひどいんだよ」

他のプレイヤーと接することはもちろん、一人でLAの世界に入って遊ぶ、ということもできない。

キャラクター選択画面まで進んで自分のキャラクターを確認することすらできない。

LAとのつながりの全てが失われるんだ。

「一応キャラだけは見られるようにしてくれるゲームとかもあったけど……」

「LAの告知にそういったアップデートをするとは書いていないな」

「うわーショック！ すっごいショック！ 杏先輩が卒業する日にそんなの発表しなくてもいいのに！」

いや本当にそうだよ。

月末、月初は色々発表されるタイミングではあるけどさ、わざわざ卒業式の多い時期に、LAまで卒業させようとしなくてもいいじゃないか。

「年度末にあわせて三月末で終了するようだ。一月前に告知を出すと今日になった、ということだろうが……」

「急よね、ほんと。普通三ヶ月とか半年とか、時間があるでしょ？」

別に延びたから喜べるってわけじゃないけど。そう不満げに言う瀬川。

最近は発表からサービス終了まで期間が短くなった気はするけど、それでも二ヶ月ぐらいが多い気がする。一ヶ月後で終わり、は結構短いと思う。

「一応確認してみたんだけど、規約通りみたいね」

俺たちの喧騒を静かに見つつ、冷静にマウスを動かしていた斉藤先生が言った。

「LAはちょっと前のオンラインゲームだから規約が古いのよ。サービス終了の一ヶ月以上前に告知をする、としか記載してないの」

顧問らしく状況をちゃんと見て、冷静に言う先生。

落ち着いた、でもどこか気づかうような言い方は、規約違反だ！　なんて騒いで誰かに迷惑をかけたり、問題になったりしないように、と諭すようだった。

でも規約的に見ても変っちゃ変なんだよ。

「一ヶ月以上前に、なら、別に長くやってもいいんだよな……」

「そうね、変な話ではあるの」

先生は腕を組んで画面を見つめ、

「赤字だから一刻も早く終わりたい、としても……すぐ終了なんて得策とは思えないにゃ……」

「他のゲームに誘導したいでしょうしねー」

「はっ！　じゃあ、あのジェネシスゼロとのコラボっぽいボスって！」

「今思うと誘導なんだろうなあ」

画風が違う3Dボスを無理やりに出してきたのは、同社の別ゲーに移動して欲しかったからなんだろうけど……余りに急すぎるよ。

「そもそも私の試算では、LAは一定の黒字を維持しているはずです」

マスターが口元に手をあてて言った。

「最近はコストのかかるアップデートも行っていませんし、維持費の高いタイプのゲームではありません。何かの理由で赤字だとしてもまだ立て直しの可能性はあるはずです。経営判断として違和感があります」

「難しい話をするとまたアコが泣くわよ」

「そうだな、またぴえんと……」

と言っててもアコから反応がない。

ずっと抱いてはいるんだけど固まったまま動きがないんだ。

さっきから会話にも入ってきてないけど、大丈夫なのかこの子。

「アコ？　平気か？」

「あのルシアン」

アコはぎぎぎ、と音がしそうなぐらいぎこちなく顔を上に向けて、

「夢なのか、幻覚なのか、幻惑なのか、催眠なのか、どれなんでしょう」

「悲しいけどこれ、現実なんだよ」

まだ現実を受け止められなかったらしい。

後半はもう状態異常になってるし。

「月読（つくよみ）とか鏡花水月とか邪眼（じゃがん）とか質量を持った残像とかそういうものなんじゃ」

「最後だけは絶対に違う」

それ機体の表面塗料が剝離してレーダーが誤認してるだけで幻覚とかじゃないぞ。

「だって、そんな、現実だったら、私は」

短く言葉を切って、アコは全ての希望を失った色のない声で言う。

「ああ……私は死ぬんですね……」

ダメな方向に行ってるー！

そんな儚（はかな）い感じで笑みを浮かべるんじゃありません！

「落ち着こう！　死なないから！　ゲームが終わるだけで現実のアコは平気なんだ！」

「だけってなんですかー！　ここに居る私なんてどうでもいいんです！　ゲームの中でちゃんと生きてる私が本当の私だったのに、ＬＡが終わるならそれは死ぬってことじゃないですか！」

「そんなことないって！　ＬＡがなくても俺達は――」

俺の言葉を遮って、

「だって、これからはここで何をするんですか⁉　家に帰って何をするんですか⁉　毎日の学校も、勉強も、大変な人間関係も、何のために頑張るんですか！　私は、私は……」

アコは一気に言って、足りなくなった息を吸い込んだ後、

「私は何のために、生きていくんですか……」

そう力なく言った。

「何のためにって、それは……」

考えてみると何があるんだろう。

混乱したように見えてずっと考えていたアコと比べて、俺の方がサービス終了するって事実をちゃんと理解できてないんじゃないか？

目の前の発表に右往左往していただけでその先なんて考えてなかった。

俺はこれから先、ＬＡの存在しない人生を送らなきゃいけないんだ。

学校でも、日常生活でも、俺の人生の基準はＬＡにあった。

早く部室に行ってログインしよう。寄り道をせずに帰って続きをやろう。

経験値が足りないから、お金が要るから早起きして狩りをする。土日はたくさん遊ぶために

空いた時間で課題を進めておこう。

思考の中心にあったレジェンダリー・エイジがなくなるってことは、つまりどういうことなのか。言うまでもない。

全部おしまいじゃないか。

「そうだよな　アコの言う通りだ。もう俺たちは死ぬんだ」

「私達はもう終了なんですね……」

「希望はない。絶望だよ」

「ちょ、西村！　あんたまでおかしくなってんじゃないわよ！」

ばんばんと机を叩く瀬川。

「別にＬＡがなくてもあたし達はそのままでしょ！　勝手に終わるんじゃないの！」

そう言うけども瀬川さんよ。

「でもしゅーちゃん、もうシュヴァインさんを操作できなくなるんですよ」

「二度と会うこともできなくなるんだぞ」

「……シュヴァイン様と、お別れになる？」

瀬川は呟いて黙りこむ。

ゆらゆらと頭が揺れて、ツインテールが左右に振れることしばし。

「終わりね。もう世界は滅ぶしかないわ」

「茜ーっ⁉」

同じ結論になったんだろう、ダークサイドに堕ちる瀬川。

うえるかむとぅあんだーぐらうんどぉ。

「くっ、説得する言葉が思いつかん……」

「こうならないように教育してきたつもりにゃのに……」

混沌につつまれる部室。

はっはっは、どうせ終わるんだ、このまま世界が滅びてしまえばいいんだ。

そんな投げやりな気持ちになった俺の肩を、つんつんと小さな指がつつく。

「せんぱい、せんぱい」

「おお、双葉……一緒に世界の闇に落ちるか？」

「おちない」

プレイ時間の差か、本人の気質の問題か。

意外と動揺した様子のない双葉は、俺の言葉をさらっとぶった斬って言う。

「それより、ログインした方がいい、です」

「ログイン……?」

「はい、おもしろいです」


確かに、リアルで騒いでいてもしょうがないと言えばしょうがない。

半ば以上現実逃避で、双葉の勧め通りにLAにログインしてみた。

いつものログイン画面、キャラセレ画面にちょっと涙ぐみながらゲームサーバーに入った、その瞬間だ。

GUOOOOOO、と大きな叫び声がスピーカーから響く。

そして激しい攻撃エフェクトと、いくつものスキル発動音の混ざりあったSEが止めどなく鳴り続ける。

「ちょっ、なにごと?　それどこ?」

「普通にロードストーンのセーブポイントのはずなんだけど」

首都中央は騒がしい場所ではあるけど、こんな戦闘音やモンスターの叫び声が聞こえる場所じゃない。

慌てて画面を動かして状況を確認すると、

「ルシアン、街中にモンスターが」

「しかもボスだな、これ」

一緒に画面を見ていたアコに、俺も頷く。

戦闘音から察してはいたけどかなりの大ボスと戦ってるみたいだ。

それも一体じゃない。何体ものボスが暴れまわってる。

「なんでこんなところにボスが居るのよ」

「召喚アイテムだ。おそらくは歴戦の小枝」

「それってボスも召喚できるアイテムだよね？」

ボスドロップが期待できるわけで、ボス召喚アイテムの値段はかなり高い。大規模ギルドのイベントや、一部のガチプレイヤーが戯れに使うぐらいの相当なレアアイテムだ。

こんな誰に倒されるかもわからない首都のど真ん中で使いまくるにはあまりにも高価なのにって、考えてたらタゲがこっちに来てる！　海底神殿のボス、白霧の鯨、ホグホエール！

装備が水とボス対策になってないからすぐ死ぬぞこれ！

「やば、これ死ぬやつ！」

「すぐ私も入ってヒールを」

アコが俺の手の中から離れて自分のパソコンに向き合う。

いや、すぐに来たって間に合わない――。

阿修羅鳳凰脚！　という大きなエフェクトが画面に飛び出した。

さらにドラゴンブレス、エレメンタルバーストと溜めや消費の大きい極大スキルがあちこちから放たれて、宙に浮いた白鯨のHPがごりごりと削られていく。

「……えーと、ボスの方が先に死んだ」

「ええ……」

あっさりと沈んでしまった。

1PTで倒そうと思ったら5分はかかる、そこそこ強いボスなんですが。

◆那水風：おらあ、次ぃ！

◆ドン・モルヒネ：ユグ雫使い放題じゃあ！

◆ロコモコン：次の枝いきまーす

そしてボスを倒して突き進んでゆくプレイヤーにはどこかで見た黄金のエフェクトが輝いていた。問答無用で全回復する高価な回復アイテムをゴリゴリ使っている時の光だ。

「うわあ、普通の人がマスターみたいな戦い方してるぞ」

「おもしろい、でしょう」

なぜかどや顔をする双葉。

なるほど、もうサービス終了するからって、みんな出し惜しみなしで大暴れしてるのか。

これはカオスだ。部室の空気に勝るとも劣らない混沌がゲーム内に広がってる。

「ルシアン、チャットもすごいことになってます」

「ワルチャか？」

どれどれ、と全体チャットを見てみると、

◆苺モッチー：歴戦の小枝100個セット、ボスレアと交換します、種類問わず

◆きのこのきなこ：最後に結婚式のSS撮りませんか？　女キャラの相手募集。当方女キャラ

◆ハラミロース：サービス終了反対デモ、今夜20時にロードストーン南十字路からスタート。可能な限り参加者募集。非参加者は首都鯖から出てもらえると助かります

◆ディー：サービス終了なんてありえんやろ。ワイはどこに行けばええんや

◆カボたん：仕事に戻ろう、プロデューサーさん

◆リミット：おいマスター、世界救えよ

◆シャイモン：古戦場から逃げるな

◆ユユン：プロデューサーかマスターか騎士くんか団長か旅人かドクターか指揮官かトレーナーか先生かなんかその辺に帰ろう

◆ディー：大体のゲームよりLAの方がサービス開始が早いんだよなあ

◆コイヤズch：運営移管を求める署名活動やります、オンライン署名でLAと検索！

◆サンダルフォン：LAプレイヤーで遊ぶジェネゼロ、クラン設立予定。サービス終了日と同時に開始。VC鯖有

◆清純狐娘☆桜☆：最後にダブルブリュン試したいので貸してくれる人募集

◆クジラデビル：一ヶ月前サ終は法律に触れてると思うんですが、判断できる専門家居ません

か――？

◆ツモ：本スレでチートツール配布中。強化100％、乱数固定出現アイテム指定分解、レア所持モブ判定表示実装済み

とんでもない騒ぎになってる！

「こ、これがサ終発表直後のチャットか……」

「っていうかチートとかあったのこのゲーム⁉　強化100％成功？　バランスめちゃくちゃじゃない！」

あっちもログインしたんだろう、瀬川が目を丸くしてる。

うわ本当だ、チートの宣伝してる人もいる。存在すら知らなかった。

「どうせ終わりだからって隠さなくなったんだろうなあ」

「あたし達以外の人も騒いでるのを見ると本当に終わりなんだなって思っちゃうわね……」

「ひどいカオスになってますね」

「街を化け物が闊歩し、秘められた悪意が現出する。これが様々な宗教で語られる世界の終わりというものか……」

「SNSでもみんな怒ってるよ」

こちらは携帯を見つつ言う秋山さん。

「いきなりサ終なんておかしい、信じられないー、って。普通そうだよね！」

「そりゃ驚くよなあ」

「あたし達以外も感想は同じよね」

突然のサ終なんだ、みんな驚いてつぶやくよな。

「でもトレンドには入ってないにゃあ」

「えっ、下の方に入ってたりしないの？」

「我々の観測範囲では話題になっているが、世界的には事件ですらないか……」

「それが悲しい現実なんだな」

ＬＡの規模では大きな話題にはならない。

それぐらいの人気だからこそ、サービス終了って結論になったんだろうなあ……。

ああ、考えたらさらに悲しくなって来た。

「知名度が足りないのか……終わる前にもっと頑張ってれば良かったのか……？」

「もう私達にできることはないんですか。ただ死を受け入れることしか……」

「ううん、諦めてない人も居るよ。ほら、デモとかするみたいだし」

「運営移管の署名活動をするとかも言ってるわね」

秋山さんの言葉に瀬川も頷く。

確かに流れたログの中にはまだ諦めてない人のチャットも流れてる。

「抗議デモ……確かに抗議はしたいですけど、デモをしたら何か変わるんでしょうか」

　どんよりとハイライトの消えた目で言うアコ。

　きっと俺も変わらないぐらい死んだ目をしてるんだろう。

「裁定変更とか仕様への抗議ならともかく、サ終反対のデモってあんまり実を結ばない感じはするよな……」

「そうとも言えんぞ」

　諦めかけていた俺にそんなマスターの声が届く。

「嫌な予感はしていた、と言っただろう。暇を見つけてＬＡの運営状況については調べていたのだ」

「運営状況って、プレイヤー数とか？」

「他にもサーバーの規模や課金額、他媒体への広告量などだ」

　つまりお金の話か。それで何がわかるんだろう。

「先程も軽く話したが、公開資料と私の概算ではそれなりの黒字。悪くともプラスマイナスゼロはある。つまりレジェンダリー・エイジというコンテンツは会社へ利益をもたらしていたはずなのだ」

「え……じゃあどうしてサービス終了なんてするんですか⁉」

　おかしいですよ！　とアコが怒りで目に光を灯した。

　いや本当に、マジで黒字ならなんでサ終すんの？　やめなくてよくない⁉

「それがわからん。新しいMMOに注力するという経営判断か、私の予想を超える運営コストがかかっているのか」

しかし、と強く言って、

「それならば。今の運営にはそうでなくとも、他社にとってのレジェンダリー・エイジは魅力的なコンテンツとなりうる。我々がサービス継続を望み、まだまだ顧客であり続けると訴えれば……」

「どっかが買い取ってサービスが続くかもしれない……！」

なるほど、そういう可能性は確かにあるな！

「え、他の会社がサービス続けます、ってありえるの？」

「あるわね。運営移管とかリメイクしてサービス継続とか、結構聞くわよ」

「じゃあレジェンダリー・エイジもどこかが買ってくれるかもしれないんだねっ」

わくわくと目を輝かせて秋山さんが拳を握る。

そうだ、希望はまだあるんだ。諦めるには早すぎる。

「よし、抗議運動に参加しよう。買ってくれそうな会社も調べなきゃな」

「抗議といえば何？　逆毛？　それとも白ハゲ？」

「逆毛にも白くもなりたくないので、デモ用にキャラクター作ります！」

「SNSで拡散してどんどん広げよ！　まず話題性がなきゃ！」

「ほかのギルドにも、こえかけます」

一度は絶望しかけた俺達だけど、まだ可能性があるんだと思うと急に元気が出てきたぞ。

そうだよ、そもそも簡単に諦められるほど、このゲームへの思いは軽くない。

手段があるなら何だってやってやる。

「やるぞ！　サービス終了になんて絶対に負けないぞ！」

おー、と声を揃えて、各々がキーボードに指をかけた時。

「待ちなさい待ちなさい！　あなた達、このまま抗議活動に入るつもり？」

慌てた様子で先生が止めに入った。

どうして止めるんですか！　むしろ先生が一番プレイ歴が長いぐらいでしょうに！

「何かダメなんですか？　このまま泊まり込みで頑張りますよ！」

「そうね、連携を取るためにも部室でやるのがいいわね！」

「帰ってる場合じゃないもんね！」

「にゃにゃにゃにゃにゃ」

意気込む俺達だけど、先生は何度も首を振って、

「気持ちはわかるけど無理よ。卒業式の後はみんなが残りたがるから、早い時間で学校を閉めることになってるの」

「ええー！」

「ここで部室を使わなくていつ使うって言うのよ！　先生も今日ぐらいは見逃してくれてもいいじゃない！」

「ダメなものはダメにゃ」

俺達の抗議を猫語で切り捨てた後、先生は真剣に言い直す。

「それにね、今はみんな冷静じゃないでしょう。抗議デモなのか、署名運動なのか、広報活動なのかわからないけど、焦って行動しても良いことはありません」

はっきりと言って、先生は俺達の顔を見回す。

「家に帰って、ご飯を食べて、お風呂に入って、落ち着いてからもう一度考えましょう？」

「でも、そんな時間はないかもしれないんですっ！」

「今日はＬＡの終了が発表されただけの日じゃないでしょう？　御聖院さんの卒業式の日よ」

「それは……そうですけど……」

優しく言う先生にアコが言葉を詰まらせる。

別に忘れていたわけじゃない。そんなことよりＬＡが、なんて言う気もない。

卒業式もサービス終了も、どちらも同じように重要で――いや、同じであっちゃダメなぐらいだ。

「……そうだよな、今日はマスターの卒業式なんだ。まずはそれを大事にしなきゃな」

「そうですね。ＬＡのことはすごくすごくすごく大事ですけど、でも……」

「マスターの卒業が一番よね」

「うん。ちゃんと卒業の日をやりきらなきゃ。みんなで校門で見送ろ？」

「しゃしん、とります」

「あー……その、だな……」

俺達の言葉と視線を浴びて、マスターはひどく気まずそうに言った。

「この後は来賓の方々に挨拶をして、職員室の方にも礼に向かう予定だ。それに生徒会に顔を出さねばならん。見送りなら二時間ほど校門で待ってもらって……」

「待てるわけないでしょーが！」

「台無しですー！」

そういうとこだよマスター！

†　†　†

卒業式、と書かれた看板の横を抜けて校門を出る。

普通の生徒にはサ終(しゅう)なんて関係なく、今日は卒業式でしかない。

近くを下校する生徒はどこかしんみりとした落ち着いた空気が漂ってる。

そんな中、とんとんとん、とローファーの踵(かかと)を鳴らして歩き、元気なアコがくるりとこちらに向き直る。

「一度は死を覚悟しましたけど、今はなんだか燃えてきましたね、ルシアン！」

「もう終わりかと思ったけど……そうだよな、諦めるには早いよな」

みんな死ぬしかないじゃない。そんな風に思ってしまったけど、簡単に受け入れられるわけがないんだ。

サービス終了！　終わり！　って言われてすぐに納得できるような浅い結びつきじゃない。できることがあるならなんだってやってやる！

「そうです！　私達は断固戦うんです！」

胸の前で両拳を握り、むんっと鼻息も荒く言う。

「そもそも、私は前から不満だったんです！　サービス終了するゲームはいくつもありますけど、会社が独断で決めすぎなんです！　ユーザーにちゃんと相談してみんな助けてくれませんかって言うべきですよ！」

いや決めるのは当然会社側でしょうよ、という常識的なツッコミを放棄して、俺も頷く。

「そうだよ、勝手に見切りつけて、サ終です！　残念です！　って発表しちゃってさ。俺達の力を甘く見るなって言うんだよ」

「ですよね！」

プレイヤーの力だって捨てたものじゃないんだ。こっちはまだまだＬＡに時間と労力、可能ならお金だって注げるんだぞって教えてやらないと。

誰も立ち上がらなければそりゃ無理だけど、みんながあんなに悲しんで苦しんでるんだ。

「みんなレジェンダリー・エイジを諦めてないんです！」

「運営は数字だのデータだのしか見てないから勘違いしてるんだ。まだまだ終わってないな！」

「そうです！　私達の冒険はこれからです！」

元気よく言っていた俺達だけど、アコの言葉で自然と動きが止まった。

「……」

「…………」

一瞬の間を置いて、アコがそっと目をそらす。

「……いまのは言っちゃいけない台詞でしたね」

「打ち切られるやつだな」

「なんと言うかその、つい語録が出ちゃう的な感じってありまして」

「わかりみしかない」

つい人前で言ってはいけないタイプの用語が漏れそうになって慌てて口を閉じること、ありますねぇ！

「にしても言葉は選ばないと。緊急事態なんだから」

「そうですね。変なフラグになるようなことを言ったら危険です」

ほっ、と息を吐くアコ。

「こんなところで油断をして、本当にサービス終了したら大変ですからね」

アコはのほほんと、いっそ安心した様子で言った。

いやそんな気楽な状況ではないけど。全く安心できるような情報はないし。

「どうなるんでしょうね。サービス終了はやめます！　このまま継続します！　ごめんなさい！　って言うんでしょうか？」

「過去にあったパターンだと、運営会社を変えて継続、とか。あとタイトルを変えてリニューアルオープンとかもあったな」

「タイトルにZEROとかRとかつくやつですよね」

「そうそう」

れじぇんだりー・えいじ・ぜろ、略してLAZとして新サービス！　みたいなのはありえる。

実際いくつも例があるんだ。

そういう希望はもちろんあるんだけど——ただ、実際のところ。

「でもサービス終了を発表した後で撤回するってパターンは……ほとんどないかな」

口に出して、すっと熱気が冷えていく。

そうなんだ。みんなでテンションを上げてはみたものの、結局は空元気。冷静な思考は頭の中にずっと残っていた。

いくら希望を持ったところで、八割、いや九割、もっとか。

本当に高い確率でこのままサービスは終わる。レジェンダリー・エイジはなくなる。

ＬＡ自体が黒字だったりそこそこの集客力が残っていたりすれば、他社が買い取ってキャラ引き継ぎで継続、なんて例は一応ある。

キャラデータが消えるとしてもＬＡが存続するなら幸いってぐらいの、小さな小さな可能性。

それがかすかな希望として残る程度なんだ。

終わる。俺達のＬＡがなくなってしまう。

こうして歩く足が止まりそうになるぐらいの恐怖。そりゃありもしない希望にすがって元気を出さないとやってられないってもんだ。

「可能性が少ないとしても諦めたくない。頑張らなきゃな」

きっとアコも同じように考えてるんだろう。そう考えて言った俺に、

「ルシアン、そんなに悲観的にならなくていいんですよ」

ふわふわと柔らかく微笑(ほほえ)んで、アコが俺の肩を支える。

「絶対に大丈夫ですから。ＬＡは終わったりしません」

「いやまあ、そういう話はしたけど……」

何だろうこれ、どこか様子がおかしいような。

「あの、アコさん？」

「はい？」

アコは体を前傾姿勢に傾けて、俺の顔を覗き込むようにして答えた。

俺の嫁は可愛いなあ、なんて能天気な思考を頭から追い出してよく見つめてみる。

特に違和感はない。俺と二人で居る時は大抵がご機嫌なアコ。気を抜いたのんびりした表情も、やたらと近い距離感もなにも変わらない。

いつも通りで何も変なところはない。

変なところがないのは、むしろおかしいんじゃ？ ない、けど。

「えっと、その、大丈夫か？」

「どうしたんですか。そんなふわっとした心配して」

「ほら、今日は色々あったし。マスターの卒業式からサ終の発表って、心の上下がすごいというか、いっそショックしかないというか」

マジで激動の一日だった。心の準備をしていたこととは違う衝撃っていうのは本当にダメージが大きい。

「特にサ終は俺もマジで血の気が引いたし……それこそアコは気絶してもおかしくないぐらいだと思ったからさ」

ゲームが全てで、ゲームの中に居るのが本当の自分。リアルの自分は正しい自分じゃない。

この世界に希望なんてないと、そう言って長い髪の裏に表情を隠していた昔のアコなら、本当にその場でぶっ倒れてたんじゃないかってぐらいだ。

「いえいえ、もちろんあの時は心臓が止まるかと思いましたけど」

「やっぱ深刻だったよな」

「あやうく異世界転生するところでした」

「死亡イコール転生って発想はやめよう。あれは九割フィクションだから」

「残りの一割は異世界に行ったんですか⁉」

「言葉のあやです」

「なんでそんな上げて落とすようなことを言うんですかっ」

「上げたつもりも落としたつもりもない件について」

ぷんぷんと怒ってみせるアコの表情は、少し視線の高い俺からでもよくわかる。

今でも長い前髪だけど、出会った頃よりいくらか短く、そして整えられているように思う。

下にあるころころと変わる表情がやたらと可愛いのは出会った頃から変わらないけど。

「ま、俺もLAの終わらない世界があったら行きたいぐらいだけどなあ」

「大丈夫です。そんな心配は要りません」

じゃりっとローファーの底を擦って、自分の歩くアスファルトの地面を確かめるように歩みを進めるアコ。

「まだまだLAは終わったりしません！　間違いないですよ！」

未来への希望を全身に漲らせて、アコは空を見上げた。

「……そ、そう、かな？」

「そうですよ！　ルシアンは心配性ですねー」

「そうかな……俺がおかしいのかな……」

らしくないぐらい楽観的だ。普段は誰よりも不安そうに生きてるのに、こんな時に限ってどうして自信満々なんだろう。

そんな疑問は、アコのわけのわからない圧に押し流されてしまった。

「今日から忙しくなりますよ！　頑張りましょうね！」

「お、おう……」

重い重い、吐き気のするような現実と、余りにも温度差のあるアコ。

そんな姿に更に嫌な予感が高まっていくのを感じていた。

†††　†††　†††

◆ハラミロース：集合ありがとうございまーす
◆ニャルラトポトフ：これからデモのルートを説明します。SNSでも画像で貼ってるので確認お願いします
◆コイヤズch：デモ配信中です、拡散よろしく
◆ニャルラトポトフ：見た目に派手さが欲しいです、可能なら同じルートで移動してください
◆ハラミロース：一般プレイヤーの方には申し訳ないですがご協力をお願いします！
◆ニャルラトポトフ：非参加者は首都鯖から出てくれると嬉しいです、強制ではないです！
◆ハラミロース：むしろ全員来てくれー

夕食を食べて、風呂につかって、頭をスッキリさせても、やっぱり結果は変わらなかった。

◆シュヴァイン：何が何でもLAを終わらせるわけには行かねえぞ。わかってるなお前ら
◆アコ：はい！　少ないお友達に頑張って声をかけました！
◆セッテ：私のフレンドも大体は来る予定だってー
◆アプリコット：このデモには絶対に成功してもらわねばな！

LAを存続させるためにできることをやろう！　ということで、全員一致でデモに来てる。

そりゃそうだ、やるに決まってる。

しかし猫姫さんの言う通り頭を冷やして良かったとは思う。勢いでやるのと、覚悟を決めて真剣にやるのはまた違う重みがある。

時間が経ったことでこのゲームを思う気持ちはむしろ膨らんだと言っていい。

ふわふわしたままなんとなく集まってるんじゃなく、諦めるわけにはいかないっていう強い決意が俺達に満ちていた。

◆猫姫：デモはあくまで平和的に行うのにゃ。暴言は禁止、良いのにゃ？
◆ルシアン：俺達は正義のデモ隊です！
◆アコ：ちゃんと怒られないようにやります！
◆猫姫：よろしい！

俺達が集合地点に向かう間にも、全体チャットはどんどん盛り上がっていってる。

◆まんじまんじ：LA終了はんたーい
◆華蓮華：まだ継続できるだろー
◆カナタ：金が足りないなら言えー、払うぞー
◆アプリコット：もっと課金をさせろ

街中には文字を表示できるプラカードを連続で持って『はんたい』と表示するプレイヤーや、露店名、チャットルーム名で主張するプレイヤーが大勢居る。

花火や爆弾、派手なエフェクトの出るアイテムがあちこちで惜しみなく使用されて、聞き慣れたロードストーンのBGMが聞こえないぐらいの大騒ぎだ。

そんな中でついにデモ隊が動き出した。

◆ハラミロース：では出発します！　十分で次の街に移動します！
◆ニャルラトポトフ：お騒がせしますがご容赦ください
◆ルシアン：サービス終了反対ー！
◆シュヴァイン：俺様の冒険を奪うなー！
◆ニャルラトポトフ：運営は実態を公表しろ！
◆アコ：私はこれからも、この世界で生きて行きます！
◆華蓮華：見てるんだろ！　なんか言えー！

練り歩くデモ隊の周囲には、ＮＯ！　の看板や、ありえん！　と書かれたプラカード、巻物などがあちこちに広げられていて、町全体で抗議している空気が伝わってくる。

◆セッテ：な、なんかモヒカンの人と全身真っ白の人が多いんだけどこれなに？
◆ルシアン：逆毛と白ハゲの妖精は強い抗議の意を表すからな
◆セッテ：どうしてそうなったの……？
◆アプリコット：そうだからそうなのだとしか言いようがない

途中で逆毛と白ハゲ軍団も合流して、さらなる大群になったデモ隊が街を練り歩いていく。

やばい重い重い重い。家のパソコンがガリガリ言ってる！

◆アコ：動きがワープして見えますー！
◆ルシアン：こんなラグること最近のＬＡであったっけ？

◆シュヴァイン：まだまだ増えてんぞ！
◆まんじまんじ：もっと人数の少ないゲームも運営やってるだろ！
◆キングスレイ：終了する必要はなーい！

人だらけで背景すら見えない首都の道。

それでも歩いてるだけで思い出が溢れてくる。

◆ルシアン：ここ、前にＰｖＰ用のロードストーンで戦った辺りだよな
◆シュヴァイン：あんたの盾が飛んできてたわね
◆アコ：あの屋根の下に罠があって見えなかったんですよう
◆アプリコット：十字路先の騎士団横はラビッツホーンのたまり場だな
◆ルシアン：芋屋の隣、ヴァレンシュタインのとこだよな。交渉に行ったなあ

首都の東側を抜けて北側へ。

こちらは攻城戦用の砦に近く、黒の魔術師さんやギルドの人と雑談をしに、ときには交渉をしに、何度も行ったことがある。

居住区近くの大通りにはいつも見慣れた露店も並んでる。

◆ルシアン：猫姫御用達さんのポーション店は今日もあるんだな
◆アコ：最後までちゃんと売ってるんですね
◆猫姫：決して認可はしてないのにゃ……

製作者の名前が製造品に残ることを利用して作られた『猫姫御用達のポーション』なんかを売ってる猫姫御用達さんは今日も変わらず営業中だった。

けど店の名前が『最後の時は推しと共に』になっているのが涙を誘う。

デモ隊はそのまま居住区を通過。猫姫城の横を通り過ぎる。

◆アコ：猫姫さんのお城、LAを忘れないって垂れ幕になってますね

◆ルシアン：泣きそうになるからやめてくれぇ

イベントをやったり宣戦布告に来たりと、思い出だらけのユーザーハウス。

俺達以外にもこの場所に縁がある人は多いだろう。

そして街の端にある首都の飛行船発着場。

◆シュヴァイン：ここからポポリー号で戦いにでたな……

◆アプリコット：我々を象徴するような良い船だった

ポポリー号で色んな冒険に行ったのは今でもよく覚えてる。

船の名前までは残っていないけれど、小型船最強時代というタイトルでＷｉｋｉの深い所に一項目があるぐらいの活躍をしたんだ。

そして最後に首都入り口の大門。

◆ルシアン：はじめてこの門を出て冒険に出たこと……今でも覚えてるよ

◆アコ：バグで新キャラを作った時はここまで来るのが大変でしたね

◆**セッテ**：みんなどこにいるんだろー、って一人であちこち歩き回ったよー

◆**アプリコット**：ロードストーンはまさしく我々の街だった。同じように思うプレイヤーは数多く居るだろうな

しんみりと門を眺める。もうすぐ見納めだなんて思いたくもない。

デモ参加者は増える一方で、画面に表示される上限人数を超えて人影が出たり消えたりするバグったような状態になってる。

チャットにも熱がこもっていて、

◆**コイヤズch**：レジェンダリー・エイジを救うクラウドファンディング開始予定！　もう申請済み！　SNSと動画、生放送で詳細説明中！

◆**カナタ**：株主総会の即時開催を請求するのに持ち株が少し足りないので、連名で請求出してくれる方を探してます

抗議デモが可愛いく見えるぐらいのガッチガチの内容も流れていた。

クラウドファンディングとか株がどうのとか、思いつきもしないような方法で状況を変えようとしてる人が居るんだ。

◆**ルシアン**：マジで戦う気の人がいるなあ

居るなあっていうかなんか見たことある名前なんだけどフレンドだったわ。

何やってんだあの人。

◆シュヴァイン：でも実際どーなのかしら。クラファンでお金がたくさん集まればどうにかなりそうな気はするわよね

　頭の上にドルマークを出して言うシュヴァイン。

◆アプリコット：金の問題ならば可能性はある、あるのだが……

◆アコ：お金があれば続けられる、っていうのは普通ですよね！

　マスターは黒字のはずだって言ってたけど、ギリギリ黒字だから赤字になる前に辞めます！　なんて話なら交渉はできそうな気がする。

　これだけの人がＬＡの終了を惜しんでるんだ。一人が少しずつでも課金すればＬＡを百年続くコンテンツにだって出来そうな気がする。

◆コイヤズｃｈ：今週中にはクラファン開始できるはずなので是非！　もちろん手数料なんて抜きません、儲（もう）けゼロ！　こちらの身分はＳＮＳと動画でしっかり出してます！

◆ハラミロース：まずトレンド入りから！　タグは＃ＬＡ継続、で呟（つぶや）いてください！

◆青色１０８号：この規模のゲームが即終了なんて前例が残ると他のゲームにも影響が出ます！　拡散お願いします！

　そうだよ、諦められない人がこんなにも居るんだ。

　ただデモに参加して訴えるだけじゃない。

　動画を作って公開してみたり、ＳＮＳで呼びかけたり、クラウドファンディングを始めたり。

みんなこの世界を愛してる。これだけの人数に動くつもりがあるんだって見せてやろう。そうすれば運営側だって、ユーザーと協力して状況を変えようって気になるかもしれない。

まだ戦いは始まったばかり。

ここから出来ることをやっていく、スタート地点に過ぎないんだ。

――そう、思っていたんだ。ここから現実を変えられる可能性はあるって、俺は本当に信じてたんだよ。

◆コッシー：運営から告知来たぞー！

そんな全体チャットが流れるまでは。

告知が出たのはデモが終わり、たまり場に戻ってきたタイミングだった。

◆シュヴァイン：告知？　マジで？

◆セッテ：本当だ！　公式ページにお知らせが増えてるよ！

どこだどこだ、急いで確認しないと。

お気に入りタブに入れているLA公式のボタンを押すと、みんなが開いているのかちょっとのロードが入った後、ページが開いた。

最新のお知らせがサービス終了のお知らせから、レジェンダリー・エイジ運営状況についてのお詫びとご説明、という表記に変わっていた。

◆ルシアン：ご説明って、どういうことだ？

◆アプリコット：運営状況……か

◆シュヴァイン：どうもサ終撤回ってわけじゃなさそうね

だとすると、一体どういう発表なんだろ。

何にしても俺達の行動を見て運営も応えてくれたんだ。開いて確認しないと。

とりあえず俺達の訴えが運営に届いたってことだけは間違いないみたいだけど、でもお詫びとご説明っていうのはあんまりポジティブな感じがしない。

◆ルシアン：ちょっとページ開くのが怖くなってきたんだけど

◆アコ：そ、そうですね。前に進む話ではなさそうな気が……

◆シュヴァイン：説明って何なのよ。聞けば納得できるってわけ？

◆アプリコット：経緯が気になっているのは間違いないが……

とりあえず確認すればわかるんだろうけど見るのが怖い。

どうしよう、部室にいればみんなで読んだんだけど、こうして一人で見るのは恐ろしい。

◆ルシアン：バラバラに読むと怖いから、ちょっと代表して誰か確認してくれない？

◆シュヴァイン：そういうのあんたの役割でしょーが

せやかてシュヴァイン、俺だって怖いもんは怖いんだよ。

◆猫姫：じゃあ私がちょっとずつコピーして貼るからみんなでゆっくり読むにゃ

◆ルシアン：マジですか
◆アコ：よ、よろしくお願いします
　気をつかってくれたんだろう、そういう先生に甘えることにした。
　すう、はあ、意識的に呼吸を整えてチャット欄を見守る。
◆猫姫：じゃあ、いくにゃ。長いから前文とか、要らなそうなところは省略するにゃ
　こういう時に国語の先生はありがたい。

　内容を確認してるんだろう、少しの時間を置いてから、チャット欄に文章が貼り付けられた。
◆猫姫：以下、ユーザーの皆様に運営チームの認識をお伝えするため、サービス終了の詳細な経緯についてご説明させて頂きます
　おおう、やっぱりどうしてサ終するか教えてくれるのか。
　聞きたいような、聞きたくないような！
◆シュヴァイン：き、聞いてやろうじゃないの
◆セッテ：チャットなのに声が震えてる……！
◆シュヴァイン：リアルで言ったらきききき聞いてやろうじゃないの、ぐらい震えてるわよ！
◆猫姫：レジェンダリー・エイジは当社の開発した初めてのオンラインゲームとなります。
◆猫姫：まだオンラインゲーム開発、運営のノウハウが足りない中、ゲーム制作には多くの技術的困難が伴いました。

前日譚から始まった！

え、サービス終了の経緯にゲームの制作過程が関係あんの⁉

◆セッテ：そこからの話なの⁉

◆シュヴァイン：根の深い問題ってことかしら……？

◆アプリコット：ゼロからオンラインゲームを作る。難題であるのは間違いなかろうが話している間に、猫姫さんが続きを貼り付ける。

◆猫姫：暖かな世界観。簡易な操作性。わかりやすいUI。奥深いシステム。

◆猫姫：多くの要素を取り入れ、皆様に愛されたレジェンダリー・エイジはデザインされました。

◆猫姫：当時のスタッフは可能な限りの努力を行い、このレジェンダリー・エイジの世界を作り上げました。

数行にまとめられたけど、実際の苦労はそんなもんじゃなかったんだろう。

初めて作るオンラインゲーム。ゲームシステムもＵＩもシナリオも、それを支えるプログラムも、どれ一つ楽な要素がない。それでもちゃんとＬＡを完成させたんだ。

◆ルシアン：初めて作ってこのLAができたって凄いよなあ

◆アコ：自慢して良いと思うんですけどねえ

いきなりネトゲ作ろうってなかなかの決断だけど、初めての製品でこんなゲームが作れたんなら胸を張っていいんじゃないのか。
しかしそこから流れは一変した。
◆**猫姫**：ですが一次開発の終了時より、当ゲームは安定性のなさ、保守性の悪さ、拡張性の低さ、といった問題を抱えており、特に安定性と拡張性については大きな課題でした。
◆**猫姫**：原因はオンラインゲームにおける最大の課題である安定したサービス、継続した開発という二つの要素が初期のデザインに組み込まれていなかったことです。
◆**セッテ**：どういうことー？
◆**アコ**：説明が説明になってないんですが！
おっしゃることがわかりません！　と頭を抱えるアコ。
あー、ややこしい言い方だけど、俺はなんとなく言いたいことはわかると思う。
◆**アプリコット**：ふむ、なるほどな
こちらも納得しているのか、うむ、と頷（うなず）くモーションをとるマスター。
◆**アプリコット**：LAの開発チームは苦労に苦労を重ねて、とりあえずゲームは出来た
◆**アプリコット**：しかし初めて開発したオンラインゲームだ。ゲーム単体としては完成していても、先を考えれば問題は多かったわけだ
◆**ルシアン**：どんなゲームにするか決めた時に、ずっとサーバーを開き続けたり新しいシステムを導入するってことをあんまり考えてなかったみたいだ

◆シュヴァイン：安定性と拡張性、ね。面白いゲームを完成させようってことだけ考えたら、無視されそうな部分ね

経験豊富なゲーム会社なら当然考えることなんだろうけど、決して大きなチームじゃなかったLA運営はそこの考えが甘かった、ってことなんだろう。

◆アコ：でも色々アップデートはされてましたよ?

◆セッテ：ちゃんとサービス続いてたもんね

ね、と頷き合う二人。

と話している間に次が貼り付けられる。

◆猫姫：開発スタッフの尽力のもとレジェンダリー・エイジは様々な新要素を実装し、世界をさらに広げて参りました。

◆猫姫：その過程において開発時の想定にないシステムも多く組み込んでいます。

◆猫姫：結果として当ゲームはより不安定化が進み、定期メンテナンス後にサーバーが正常に稼働しないなどの不具合が見られるようになりました。

定期メンテでバグが出てたの⁉

正常に稼働しないって、なかなかの問題じゃん!

◆ルシアン：そ、そういや謎にメンテ延長する時あったよな。パッチもないのに

◆アコ：何ヶ月かパソコンを動かしたままにしてると再起動した時に動かなくなって焦ったり

しますよね

◆シュヴァイン：そんなレベルでゲーム運営されても困るでしょーよ

さらに続けて、

◆猫姫：アップデート時においてもパッチ内容が相互に干渉し予期せぬ挙動を起こす、などの不具合があり、運営上に多くの問題を抱えることとなりました。

不具合増加パッチ……！　確かに前からあったけど！

◆セッテ：あ！　みんなが転職したら入れなくなったの、これが理由なのかな？

◆アコ：私が遺影になっちゃったことありましたね……

◆シュヴァイン：新しいミニゲームとか空中のフィールドとか、よく作ってたわね

◆アプリコット：おそらく開発には相当なコストがかかっていたのだろうな……

◆ルシアン：そんな不安定なシステムでよくやって来られたなあ

新しいソフトを入れるたびによくわからないバグが頻発する、何なら再起動したら固まる。自分のパソコンがそんな状態になったら俺だって買い換えるよ。

◆猫姫：サービスが長期にわたるにつれ、問題はより重大さを増しました。

◆猫姫：アップデートの予備チェックを行う際に想定外の不具合が多発するようになり、アップデート内容にあわせて既存のプログラムに変更を加え、その変更により発生した不具合を取り除くために修正を重ねることの繰り返しが行われ

◆猫姫：度重なる修正によりプログラム全体が安定性を欠き、アップデートが難しくなるという負の連鎖が続いていました。

読んでるだけで怖い！

俺達が話してるこのクライアント、中身はぐちゃぐちゃになってたのか。

◆ルシアン：裏でそんな状態なのか……

◆シュヴァイン：平和に見えた世界が、実は崩壊寸前だった、的なやつね

◆セッテ：なんだか難しいプロジェクトを紹介する企画みたい

◆みかん：ぷろじぇくとなんたら

◆猫姫：度重なる不具合への対応とシステムの再構築により開発コストの肥大化は深刻でした。

◆猫姫：開発チームはプログラム内容の修正を試みましたが、当初の開発スタッフは社を離れており、抜本的な改善が難しい状態でした。

◆猫姫：また初期のプログラムと運営開始後に実装した新要素が混在し、全容の把握すら困難となっています。

◆アコ：説明！　ここまでのまとめをお願いします！

猫姫（ねこひめ）さんがそこまで書いたところで、ヘルプ要請が入った。

うん、確かに言ってることはわかりにくい。

◆ルシアン：えーと、LAは初めて作ったオンラインゲームだから、元からややこしいプログラムになっちゃってたんだけど
◆ルシアン：作った人がもう会社に居ない状態で色んなパッチを当てたせいでぐちゃぐちゃになって
◆ルシアン：何がどう繋がってるのか、どこが引っかかってるのかわかんない知恵の輪みたいになってもう直せません、って感じか……？
◆アコ：なるほど！　なんとなくわかりました！

説明があってるかはともかく、理解してくれたらしいアコ。
そして頭上にどんよりとした暗雲を浮かべて、

◆アコ：ただ、その……と、とても良くない状況なのではないでしょうか？

震え声で言うアコが脳内再生されるような台詞だった。
良くないどころか、それがサ終の原因なのかもしれないレベルの大問題だよ。

◆アプリコット：とりあえず動けばいい、と構築したシステムが長期利用され、あれこれと新しい要素が結合されて大きな問題が起きる。よく聞く案件ではあるな
◆猫姫：スパゲティコードとか言うにゃあ
◆アコ：ちゃんとした会社が作ったものにそんなことあるんですか？
◆シュヴァイン：よくあるらしいわよ

◆アプリコット：例えば三日で作ったと言われるコメントの流れる有名動画サイトを知っているだろう。あちらも一時期似たような問題を抱えていたそうだ
◆ルシアン：え、マジで？
◆アコ：そうなんですか!?
　何千万人も利用してるようなサイトでもあるようなことなのか。
　ＬＡぐらいの規模なら、そりゃ起きて当然の問題なのかもしれない。
◆アコ：か、解決策はないんですか？　救いはないんですか!?
◆猫姫：じゃあ、先を貼り付けるにゃ
　一拍置いて、先生が続きをチャット欄に貼り付ける。
◆猫姫：様々な検証を行いましたが、現状のプログラムの安定化は難しく、解決にはレジェンダリー・エイジというゲームそのものを再構築、再製作する他ないという結論が出されました。
◆猫姫：しかし複雑化、多様化したレジェンダリー・エイジの再製作には莫大(ばくだい)なコストが必要であり、現実的ではありません。
◆猫姫：前述させて頂いた通りレジェンダリー・エイジは安定したゲーム運営とサービス継続を保証することが難しい状態にあり、
◆猫姫：このままではレジェンダリー・エイジとのお別れをご案内することもできないまま、ある日突然の終了となってしまう危険性がありました。

◆**猫姫**：最もユーザーの皆さまを裏切ってしまう事態です。

いやいやいや、そりゃ予告なしに今日でサ終(しゅう)です、は無理だよ死んじゃうよ。

◆**ルシアン**：想像してた百倍ぐらい切実な事情なんだけど

◆**シュヴァイン**：赤字だとか黒字だとかそんなチャチなもんじゃあ断じてなかったわね

◆**アプリコット**：ある日、突然にサービス終了するか、予告してこの日で終了するかの二択しかなかったというのか……

むしろこれまで遊んでいられたのが奇跡的なのかもしれない。

俺達がサービス継続とかサ終(しゅう)撤回とか叫んでる裏で、絶望的なシステムと戦い続けた開発の人達が居たんだ。

◆**アコ**：でもお金があれば作り直せるんですよね？　みんなでお金を集めればそれぐらいになりますよ、きっと！

◆**ルシアン**：あー、確かにコストが必要だから無理って書いてるな

お金だけの問題ならもしかしたら解決は可能かも、なんて思ったんだけど——。

◆**猫姫**：ユーザーの皆様からクラウドファンディングを含めた募金活動、レジェンダリー・エイジ支援商品の販売希望など様々なご支援のご提案を頂きました。

◆**猫姫**：大変ありがたく思いますと共に、皆様のレジェンダリー・エイジへの愛情に心から感謝しております。

◆猫姫：しかしながら、レジェンダリー・エイジの継続、再製作に必要なリソースは膨大であり、また資金の調達が行えた場合にも開発は長期に渡ることが予想されます。

◆猫姫：その開発期間、現在のレジェンダリー・エイジがサービスを継続できる可能性は低く、開発が無事完了した場合にもデータの移行は難しいと判断せざるを得ません。

◆猫姫：まことに残念ですがユーザーの皆様のご期待に添うことはできかねる状況です。

◆猫姫：運営、開発チームの力不足からこのような結果となったことを心から謝罪致しますと共に、皆様がレジェンダリー・エイジを最後まで楽しめるよう尽力することで、せめてものお詫び(わ)とさせて頂きます。

◆猫姫：以上にゃ。後は最終イベントと、有料通貨の引き継ぎ先についてかにゃ

◆ルシアン：ありがとうございます……

手間をかけてくれた先生に御礼(おれい)だけ書いて、モニターから視線を外す。

俺はぐっと椅子の背もたれに体を預けて目を閉じた。

レジェンダリー・エイジができた時からの問題。今まで騙し騙し(だまだま)やってきたけど限界が来て、もはや解決は不可能。いつサーバーがぶっとんでもおかしくない。あと一ヶ月だけはなんとか頑張るから一緒にお別れをして欲しい――まあ、そういう話なんだろう。

「……ダメじゃん」

無理じゃん。どうしようもないじゃん。

赤字とか黒字とか関係ない。大元のシステムに限界が来てるんだ。そんなゲーム、誰も運営を引き継いでなんてくれない。売ろうにも買ってくれる会社なんてない。作り直すには新作と同じぐらいのコストが必要だから無理。RもZEROも運営移管も全部が不可能だ。すがる可能性がどこにもない。

「ああ……あああぁぁ……」

自分の口から聞いたことのない声が絞り出されるのを他人事のように聞いて、体から力を抜く。

知らぬ間に頭を抱えていた両手がふらっと落ちて、ゴツッと鈍い音を立ててデスクに叩きつけられた。

目を閉じたまま、じわじわと広がってくる痛みを感じつつ、キーボードに当たらなくて良かったな、なんてことが頭の片隅をよぎった。

別に壊れたっていいのに。この先に使い道なんてないんだから。

何もかも終わりだという冷え冷えした現実が俺を包み込んでいくような感覚。

いや、現実はずっとそこにあったんだ。俺がやっと理解できたってだけで。

血の気が引くとか、青ざめるとか、そういう反応はもうない。

絶望感と焦燥感、それ以上の無力感。胸の中がむかむかして今にも転げ回りたい気持ちと、何もしたくないという無気力さがごちゃまぜになってる。

ただ気を抜くと目から涙が零れ落ちそうで、息をするだけで鼻をすすりそうになる。

誰も居ない自分の部屋なんだ。大泣きしたって誰も見てなんていない。なのに無駄に我慢してる自分が滑稽でしかたなかった。

「そっかあ……ダメか……うっわマジか、そんなマジなやつなのかあ……」

心の中でまだなんとかなるかもって思ってた。LAは上手くいってるように見えたし、愛着のあるプレイヤーも多い。他の会社が引き継いでくれたり、名前を変えてやり直す可能性はまだまだあるんだって。

「いや、だってそんな……あー、嘘だろ……もうちょっとなんか……そこまでかあ……」

自分の口から漏れるわけのわからない言葉が全部見苦しいし聞き苦しい。

ただわかっていても止められないし止めたくないし、ああちくしょう。

いいじゃんか泣き言ぐらい言わせろよくっそふざけんなマジでなんでそんなどうしようもなくなってんだよ、俺の関係ないところで勝手に詰むなよおかしいだろ、っていうか最初から不具合だらけのゲームをサービス開始してんじゃねえよ、いやごめん嘘LAがなかったらそれはそれで困るんだけど終わるのもやっぱり困るからさあ！

「うぇおおおおあおあ！」

ほんとクソ。全部クソ。何もかもクソ。この世界はクソ。どこからか現れた天才プログラマーが一晩でLAを完全修復してくれないなら何のためにこの星は生まれたんだよちょっとは考えろ自覚が足りないぞ太陽系第三惑星、お前そういうとこだぞわかってんのか。

――それは流石に理不尽か。ですよね。

余りの暴言に地球が怒り出すと困るので少しだけ冷静になった。

今のは俺が悪かったけど、それぐらいの感情が俺の中に溢れかえってるんだと理解して欲しい。俺達の地球ならそれぐらいの懐の大きさはあると信じてる。ついでに惑星パワーでこの状況もなんとかしてくれないか。無理か。そうだよな。

本当にここがネトゲ部の部室じゃなくて良かった。みんなに見られてなくて良かった。こんな姿はいくら無二のギルメンでも見せたくない。みんなも同じように爆発してただろうけど、その様子はきっと俺に見せたくはなかっただろう。

「……みんな大丈夫かな」

めちゃくちゃになった思考がぐるっとまわって戻ってきた。

思考が360度まわる、なんてネタを実体験するとは思わなかったけど、みんなもそれぐらいの衝撃を受けてるはずなんだ。

弛緩した体に無理やり力を入れて、焦点の合わない目を画面に向ける。

最初に目に入ったのは画面に表示されたチャットの文字で、

◆シュヴァイン：誰か石油王のライン知らない？　連絡入れてよ

◆**アプリコット**：石油王では足らんな。ホワイトハウスにホットラインを繋げ、今すぐだ
◆**セッテ**：実はタイムマシンが完成してて未来から来た私達がLAを直しちゃう説ってない？
あ、大丈夫だ。
みんな俺と同レベルになってるけど、とりあえず生きてるわ。
◆**ルシアン**：俺はこの星が全てを生み出した責任を取ってLAを直すべきだと思った
◆**猫姫**：にゃ、にゃあ……言いたいことは色々あるけど……でも気持ちはわかるのにゃ……
流石の先生も俺達の嘆きにストップをかけたりはしなかった。
言わせてください、今だけは。
◆**アプリコット**：冗談はともかく、だ
◆**アプリコット**：……自分が冗談を言ったのかどうか余り自信はないが、ともかく
と、マスターがふらふらとキャラクターを動かして言う。
◆**アプリコット**：我々にはダメージが大きいが、誠実な発表ではあった
◆**アプリコット**：これは非常にリスクの高い発表だ。技術力の限界と開発の失敗を明らかにするなど、利益目的の株主なら激怒する案件だ
◆**ルシアン**：あー……確かにそうかも
同じ運営の別ゲーに誘導とかしてたけど、この発表を見た後だと考えちゃう人が多そうだ。

他のゲームも同じように中身がめちゃくちゃなんじゃないかって思ってしまう。

◆セッテ：うん。これって絶対に、言わなくていいこと、だったよね
◆猫姫：株価とか下がっちゃいそうだにゃ
リスクはあったし、何ならあちこちから怒られるかもしれない。

それでもユーザーに本当のことを伝えた。教えてくれた。

絶望的な真実だった。救いのない現実だった。

でも、確かに思う。
◆ルシアン：知ることができて良かった、よな
◆シュヴァイン：そうね。すっごく腹は立ってるけど、何に怒ればいいのかはわかってるもの
◆アプリコット：この本来不要なまでの真摯さに彼らの人間らしさを感じずに居られん
◆セッテ：運営の人が一番悔しいのかもね……
◆猫姫：これまで必死に頑張ってきたんだにゃ
メンテのたびに、もう起動しないんじゃないかって。

パッチを当てるたびにとんでもない不具合が出るんじゃないかって。

そんな恐怖と戦いながら、これまで必死に運営を続けてきたんだろう。

きっと彼らは今日のサ終(しゅう)反対デモだって確認してたはずだ。

俺達が運営見てるかって叫んでるのを見て、このゲームを勝手に終わるなって怒鳴ってるのを聞いて、どんな気持ちでこの告知を書いたんだろう。

◆**シュヴァイン**：もしかしたら、だけど

さっきまで怒っていたシューが、少し落ち着いて言う。

◆**シュヴァイン**：この発表はあたし達への説明もだけど、それ以上に

◆**シュヴァイン**：運営も終わりたくないんだって、あたし達と気持ちは一緒なんだって

◆**シュヴァイン**：そう言いたかったのかもね

◆**セッテ**：……そうだね、そうなのかも

きっと深く深く、このゲームを愛していた人達だったんだろう。

その人達が諦めたんだ。むしろちゃんとお別れをするためにはこれしかないって思って、このタイミングでサービスを終わらせることに決めた。

プログラムさえ正常なら収支は黒字で、ユーザーも望んでる。それでも辞めなきゃいけない。

誰にとったって苦渋の決断だったんだ。

◆**ルシアン**：運営も、やっぱつれえわ、ってことだったんだな

◆**シュヴァイン**：そりゃつれぇでしょ

◆**アプリコット**：聞けてよかった

◆**猫姫**：みんな意外と余裕あるのにゃ……？

ないない。もう落ちるところまで落ちて逆に開き直ってるだけだよ。

それに本当に良かったとは思ってるんだ。

◆ルシアン：少しだけ、ほんの少しだけどあっちの気持ちも理解はできたかもしれない

運営を憎んで、この世界を惜しんで、恨みと悲しみだけでゲームが終わるよりも。この世界も生きようと必死に頑張っていて、神様も苦しんで、それでもダメだったって思った方が、納得——は無理だけど、ちょっとは受け入れられるかもしれない。

◆ルシアン：運営はゲームの中じゃ神様みたいだけど……世界を守れなかった責任も、一番感じてるのかもな

◆シュヴァイン：ま、責任者だしね

◆アプリコット：神が世界を守れなかった、か。このゲームのストーリーに似た話だな

そういえば、レジェンダリー・エイジのオープニングもそうだった。

ゆるやかに終わりゆく世界に残された人間。世界の滅びをどうすることも出来ない神。

それでも輝いていた時代に思いを馳せたのが、この物語の始まりだったはずだ。

◆ルシアン：それっぽい終わりになったのかな

◆シュヴァイン：……終わり、ね

店の床にどさっと座り込んで、シューが言った。

◆シュヴァイン：もう本当に終わるしかないのね

◆アプリコット：この世界自体が維持できる状態ではないのだ、可能性はないだろう

◆セッテ：げーむおーばー、なんだ

散々に嘆いたせいか、みんなで話しているせいか、どこか穏やかな気持ちでこの世界の終わりを受け止めている俺が居た。

誓って言うけど納得はしてない。諦めたくもない。

ただ、それでも、終わりは避けられないと理解はしてしまった。

俺だけじゃなくこの場のみんなも同じように、諦観に沈んでいく。

そんな空気の中で、

◆アコ：嫌です

そうチャットが表示された。

◆アコ：みんな変です！　私は納得できませんっ！

◆アプリコット：私も納得はしていないとも。しかし理解はせざるを得ん

◆アコ：でも！　だってみんな言ってたじゃないですか！

普段は自分の操作でアバターの表情をころころと変えさせているアコが、今は完全な無表情で叫ぶ。

◆アコ：可能性はあるって！　大丈夫だって！

◆アコ：他の運営がサービスすればばって、他の会社が買い取ればばって、リメイクして名前を変えてサービスを続ければばって！

◆シュヴァイン：気持ちはわかるけど全部無理なのよ。さっきの告知で言っちゃいけないこと

まで言ってくれてたでしょ？

◆**アコ**：それでもダメです！　私は認めません！　絶対です！

◆**アコ**：みんなが見捨てても、みんな諦めても

◆**アコ**：私だけは絶対にレジェンダリー・エイジをやめませんよ！

アコがぽわんと音を立ててその場から消えていった。

◆**ルシアン**：アコ……

◆**シュヴァイン**：行っちゃったわね……

ギルドメンバー一覧の表示はオフライン状態。クライアントごと落としたのか、サブキャラに移動したのかはわからないけど、追いかけるのは無理そうだ。

アコが逃げるように言い捨ててログアウトすることは割とある。

ただ大抵は『絶対に勉強したくないでござる！』ってテスト勉強から逃げたり『今日はルシアンの夢を見ますからねっ！』とか恥ずかしいことを言うだけ言って落ちていくパターンで、こうして本当に言いたいことを叫んで落ちるのはちょっと珍しい。

それだけアコにとってショックだったんだろう。いや、そりゃそうだよ。

◆**ルシアン**：途中からずっと黙ってたしな、アコ……まあ納得できないよな

◆**シュヴァイン**：あの子にはあんまりな現実よね……

仕方ないね、と頷（うなず）いていると、

◆**セッテ**：ルシアン君、アコちゃん大丈夫そう？

ふと、セッテさんがそんなことを聞いてきた。

大丈夫かと言われてもちょっと俺にも自信はない。

◆**ルシアン**：正直わからない……ヤケになって無茶をするとかはないと思うんだけど

◆**セッテ**：あれ、いま一緒じゃないの？

◆**ルシアン**：そりゃ家だし

当たり前じゃないか、と答えたんだけど、

◆**シュヴァイン**：そーなの？　んじゃちょっとメッセージだけ送っとくわ

なんだかシューにも意外そうに言われた。

俺はそんないつもアコと一緒なイメージがあるかな。いや否定はできないけどさ。

マスターはうむうむと頷(うなず)いて言った。

◆**アプリコット**：もしも明日学校に来ないようであれば連絡をくれ。様子を見に行こう

◆**猫姫**：出席日数は大丈夫だけど、あんまり休まないで欲しいにゃあ

先生の心配はわかる。でも、できれば俺だって休みたいぐらいなわけで。

◆**ルシアン**：アコにも一人で考える時間が要るだろうし、無理はさせたくないな

◆**アプリコット**：そうだな。生存確認をメインに、急(せ)かすことは避けるとしよう

◆**シュヴァイン**：おっけ。とりあえず生きろ、で

◆セッテ：ゆっくり元気になってくれるといいね
◆猫姫：それはあなた達全員が同じにゃ！

アコへの心配で一致していた俺達に、猫姫さんがびしっと杖を向けた。

◆猫姫：ショックを受けているのはみんな一緒なのにゃ！　自覚が足りないのにゃ！
◆ルシアン：自覚と言われても
◆シュヴァイン：まあショックはショックだけど……
◆猫姫：現実にはＨＰゲージはないのにゃ、自分がどれだけのダメージを受けてるか把握するのは大変なのにゃ！

ぽわんぽわんとヒーリングサークルを撒いて、

◆猫姫：だから休息が大切にゃ！　みんな今日はゆっくり寝るのにゃ。眠れなくても目を閉じて休んで、考えることは全部明日にまわすのにゃ！
◆シュヴァイン：明日になったって別に現実は変わらないし

ふてくされたように言ったシュヴァインに、先生は穏やかに返す。

◆猫姫：現実は変わらにゃくても、そこにいるシュヴァインちゃんが変わるのにゃ。これはとても大事なことなのにゃ
◆シュヴァイン：急に先生みたいなこと言うわね
◆猫姫：先生なのにゃぁ

苦笑した後、猫姫さんはほらほらと急かすように杖を振った。

◆猫姫：こうしてのんびりしてたら、みんな朝までこのままなのにゃ。無理にでもモニターを消して寝るのにゃ。はりーはりーにゃ！

立場上こうして心配するのはわかるけど、そんな急かされるような時間じゃ——と思って時計を見たら、もうとっくに日付は変わっていた。えええ、もうこんな遅いの？

◆ルシアン：そっか、デモやって告知見て、あれこれやってたらこんな時間じゃん

◆猫姫：気づくのが遅いにゃ！　しっかり休んで明日に備えるのにゃ！

◆ルシアン：いや、でも……まあ、そっか

ここに居てみんなと話していたら朝までだらだらしてしまいそうだ。

それでも良いとは思うけど、サ終は大きな問題だし、アコが居ないまま俺達だけであれこれ考えるのもちょっと嫌な感じがする。

◆ルシアン：先生の言う通り、今日はもう落ちるよ

◆シュヴァイン：おつー。あたしも適当に寝るわ

◆セッテ：また明日ねー

◆アプリコット：ゆっくり休むのだぞ

◆ルシアン：おー、じゃなー

そのチャットを最後にクライアントを落とした。

もういっそパソコン本体も消すか。最近ちょっと再起動してないしな。

電源を落とすと、いつも電子音とファンの音が聞こえる自分の部屋が珍しく無音に包まれた。なんだか世界そのものが眠ってしまったような、死んでしまったような、妙な感覚だ。

俺はデスクを離れて、ふらふらと倒れるようにベッドに飛び込んだ。

「あー……どうしよ」

どうしようじゃない、どうしようもないんだよ。

冷静な顔をした脳内の自分が言うけど、わかってるけどわかりたくない。

だって俺にとって生きる理由のほとんどはLAにあったんだ。

学校に行くのも、勉強するのも、ただ朝起きることですらも。

オンラインゲームをするため、LAをやるためっていうのが理由にある。

受験だなんだって偉そうに言ってたけど、それも結局はそれなりの人生を進まないと気兼ねなくネトゲができないからなんだ。

明日の活力も、未来の願望も、結局は全てレジェンダリー・エイジに依存してたのが俺だ。

それが終わる。なくなってしまう。時間はもう一月も残っていない。

こうして横になってしまうと、動く気力すら湧いてこない。

もう息をする理由もよくわからないぐらいだ。

死ぬしかないじゃない、なんて冗談のように考える。本当にそれが現実的なんじゃないかって思うぐらいの絶望感が――。

「……アコ、本当に大丈夫かな」

思考が意味を成す前に、口から言葉がこぼれ落ちた。

他人のことなんて気にしてる場合じゃないのかな。でも自分よりも大事な相手なんだ、もっと先に考えるべきなぐらいだよ。

俺がこうして死んだように倒れているんだ。俺よりもＬＡに心を預けていたアコはもっと傷ついて苦しんでるんじゃないか。

信じない。納得できない。そう言い放ってログアウトしたアコを一人で居させて大丈夫なのか。

そう考えると、そもそも一人で帰らせたのはどうしてなんだろう。

セッテさんもシューも、俺とアコが一緒に居ないのが意外そうだったし、考えてみれば確かにおかしいんだよ。

俺の家でもアコの家でも、事情を話せば――いや、別に何の理由もなくたって、泊まっていくことぐらいできたはずだ。それだけの関係を築いてきたはずなんだ。

なのに俺はあっさりとアコと別れて、一人で家に帰ってきた。どうしてだ？

「……今から行く、か？」

動く気力もなかったはずの体が自然と起き上がった。

気づいたのならすぐにでも行けばいい。自転車で走れば今からだって向かえるはずだ。

でも、と。

さっき顔を出した冷静な自分が言う。

——こんな常識外れの時間に何を理由に押しかけるんだ。

そりゃ、俺はアコの——ネトゲの、だけど、夫なんだ。

今のアコを一人にしておけない。十分過ぎる理由だ。

何度も考えた言い訳。手癖で進むダンジョン攻略のように考えた俺へ、冷たい自分が答える。

——夫婦って設定も、レジェンダリー・エイジと一緒に消えてなくなるのに？

「ああ……くそっ……」

もう一度、ぱたんとベッドに倒れ込んだ。

そうかよ、そういうことなのかよ。

とんでもなく情けない自分に気づいてしまった。

無意識にこんなことを考えていたから、俺はアコと一緒に居ることを避けてたのか。

もうすぐネトゲの夫婦って設定が消えるのが怖くて、それがなくなったら俺とアコは何の関係もなくなって。全部終わってしまうんじゃないかって——。

「いやいやいや、そんなわけあるか」

倒れたまま額に手を当てた。

あーもう、馬鹿みたいなこと考えるなっての。

いまさらＬＡがなくなったからって俺とアコの関係が変わるわけない。

むしろ心配する方が失礼な話だよ、そうだろ？　考えるまでもないだろ！

これはアレだな、ＬＡが終わるショックで神経質になってあれこれと余計な不安を感じてるだけだ。ナイーブになってる、ってやつ。

ったく情けない。

あー、でも、何の確認もせず、なあなあの関係を続けるっていうのも誠意のない話かな。

明日にでもちゃんと話した方が良いかもしれない。

ちゃんと相談して、お互いの認識をすり合わせて……。

「……なんて聞くんだ？」

ＬＡがサービス終了する。もうどうしようもない。そうショックを受けてるアコに、こう聞くのか？

俺達はＬＡが終わっても両思いだよな？　この関係は変わらないよな？　って。

「ありえねー……」

ないわ。マジないわ。

それを理由にフラれるぐらいの気持ち悪さじゃん。

手を繋いで、抱き合って、唇を合わせて、もっと先へ進まないことを説教までされて、それ

なら――。

だけどアコはいつもLAで夫婦だからって言ってて、今でも本当にそれが何も変わってない

でサ終したらお別れなわけがないよ。アコを馬鹿にした話だ。

思いがぐちゃぐちゃに乱れて考えがまとまらない。

気がつけば意識が半分落ちて、ふわふわぐるぐると思考が回り続けていた。

――ルシアン、ルシアン

なあアコ、大丈夫なんだよな？

――大丈夫ですよ、ルシアン

信じていいんだよな？

――LAが終わって、夫婦じゃなくなっても

俺とアコの始まりがなくなってしまっても。

――私はずっと、ルシアンのことを愛してます

「……アコは……」

頭の中で聞こえた声に、俺は無意識に返していた。

――私は永遠にルシアンを愛してます

「アコはそんな、俺にだけ都合の良いことは言わないっ……」

はっと、自分の言葉に驚いて目を覚ましていた。

いつの間に寝たのか、それとも寝ていないのか、窓の外はもう朝日が昇っていた。

そして静かな自室の中には、もちろんだけどアコの姿なんてない。

もしかしたら寝てる俺にアコが声をかけてくれたのかな、なんて考えたけど——。

「そんな甘くないんだよ……簡単に確かめられるなら苦労しないって……」

甘ったれた夢の中の自分に舌打ちをして、俺は寝床を出る。

ＬＡがなくなるまで、残り短い時間の一日目はこうして終わった。

††† 　††† 　†††

卒業式が終わって世界が終わると言われて。

でも俺たちの現実は終わらないし学校だって休みにならない。

仮にも私立の我が前ヶ崎高校、定期テスト以外の勉強もしっかりと叩き込まれる。

来年度は受験の俺達に少しでも知識を叩き込もうと、三月にも授業が組まれてるのだ。

二年生の——すごく嫌いな単語だけどあえて言うと、新三年生である俺達に、長い春休みなんて存在しない。

休みになるのは三月も後半になってからなんだ。

ただ、その遥か先にある休みを一日分だけもらえないかな。そう思うぐらいに今日の体調は最悪だった。

意識を落としたのは午前何時だったのか。果たしてちゃんと眠ったのか眠れなかったのかもわからない。

そんな俺に、絶対にちゃんと寝てはいないぞ、と教えてくれる迷惑な眠気に耐えつつ、ふらふらと登校した。

よろよろと歩いて教室に入り、席に鞄を置いて倒れ込むように座る。

普段ならここまでダルそうには動いてないつもりだけど今は格好をつける余裕もない。

「西村ー、おはよ」

「おはよ～」

先に教室に居た瀬川と秋山さんがのろのろと寄ってきた。

登校中に五回ぐらい死にかけたような表情。

二人の土気色の顔色を見て、ああ、と思ってしまった。

「やっぱ夢じゃないんだなあ……」

昨日のことはやっぱり現実だったんだ。

どこか信じられない気持ちでここまで来たけど、自分じゃない誰かの様子がこのリアルが嘘じゃないと確信させた。

絶望する俺に二人も疲れた笑みを浮かべて、

「茜も同じようなこと言ってたねー？」

「あたし起きてすぐに公式見たもの。告知なんてないいんじゃやって思って」

「あー、俺も見た」

スマホで公式ホームページを開いちゃったよ。もちろん何も変わってはいなかったけど。

「死刑宣告がいつでも見られるって便利な世の中だよなあ」

「笑えないなー」

あははは、と本当に笑っていない声で言った秋山さん。

口調はいつも通りだけど、俺や瀬川のように眠気と疲れがあるってより、いっそ体調が悪そうに見える。こんなに弱ってる秋山さん、本当に初めて見るかも。

「体調悪そうだけど、大丈夫？」

「奈々子も眠れてないんでしょ。あたしはもう寝るっていう選択肢は序盤で捨てたわよ」

序盤って。言いたいことはよくわかるけど。

「うん、眠れないならまだ良かったんだけど……私すっごい寝ちゃったの」

「なら別にいいんじゃ？」

ううん、と力なく首を振り、

「いつもは眠いって思うことあんまりないのに、昨日は起きてても全然頭が回らなくて。横になって目を閉じたらすぐに朝のアラームが鳴って……」

「いっそ健康的でしょ。普段からそれぐらい寝なさい」

「でも全然考えがまとまってないよ？　冷静になってないと思う！」

「大丈夫よ、一晩考えても何の成果も得られなかったから」

瀬川はいっそ達観した顔だった。

「西村は？　アコとずっと話でもしてた？」

「いや……一人であれこれ考えてたら途中で寝ちゃって……」

その点で言えば俺も大して考えはまとまってない。

ただ少しは眠れたせいか、昨夜の俺は本当にテンパってたんだなー、とは思ってる。

俺達の関係は変わらないよね？　なんてことをわざわざ聞くなんて、さすがにないよな。

じゃあどうすんの？　何もしないの？　と聞かれると、わかんね！　ってなるんだけども。

もし仮にだけど、99・95％ないと思うけど、0・05％の確率でアコの方から「LAが終わったら今の関係も終わりにしましょう」なんて言われちゃったら——。

「その時はLAが終わる前に、俺の人生を終わらせよう」

「いきなり怖いこと言わないでくれる⁉」

「西村くん⁉」

あ、やべ、思わず口から出てた。

「大丈夫、考えてることが漏れちゃっただけだから」

「何のフォローにもなってないのよ！」

「言い間違いじゃないのが逆に怖いっ！」

瀬川と秋山さんが俺の両肩に手を置いて、ぐらぐらと揺すってくる。

やめれやめれ、今の調子じゃ本当に気持ち悪いから！

「お願いだからアコと心中なんてしないでよ」

「ないない。ほぼほぼない」

「ほぼほぼって何!?　どのぐらいの確率であるの!?」

「移動中に通りすがりの敵を一体倒した時に限ってレアドロップしちゃうぐらいの確率」

「そこそこあんじゃないの！　やめなさいよ！」

0・05%の経験が多い瀬川である。

「うそうそ、本気じゃないって。思わず変なこと言っちゃっただけだから」

「ただでさえゴタゴタしてるんだから怖いこと言わないでよ、もう……」

「びっくりしたよー」

そんなに心配されるとは思ってなくて。

むしろ本気に取るぐらいに、瀬川も秋山さんも精神がやられてるのかもしれない。他人事じゃない、って感じ。

「あー、なんか揃って調子悪そうだけど大丈夫か……？」

と、高崎がそろーっと声をかけてきた。

「会長さんが卒業して、昨日は大変だったんだよね？」

隣にかおちゃんさん。二人揃ってるってことは、今はうまくいっておられるので？　なんてどうでもいいことが一瞬頭をかすめた。

「私も陸上部の先輩が卒業して……平気だと思ってたけど昨日は泣いたなー」

「おーおー、泣け泣け」

「うっざ……」

「ひどくね？」

ああ、そりゃそうだよな。

卒業式の翌日に凹んだクラスメイトを見たら、原因は卒業式だと思うよね。

「ええと……その……」

「まあそれも理由としてはあるっていうか……」

「そうだね、先輩が卒業しちゃって寂しいよね、わかるー」

頑張って話を合わせる俺達だけどそんな演技が通じるわけもない。

「……リアクションが別の事情っぽい？」

「他に何かあるっけ？」

「まあその、ちょっと別ジャンルのショックがありまして……」

「玉置さん号泣してたけど大丈夫なん？　多重ショックでヤバない？」

「あー、そーね。アコ平気かしら」

ケアが足りなかったかも、とつぶやく瀬川。

さすがに夜中に会いには行かなかったけどちゃんと連絡はしたよ。

「朝メッセ投げたら普通に返事はあったたし、何なら結構普通だったから平気かも」

おはよう、学校行けそう？　って送ったら、ねむねむですけどなるべく行きますってすぐに返って来た。とりあえず大丈夫っぽい。

「平気……？　アコが平気だったらむしろ変でしょ？」

「それは俺も思ったんだけど……」

からからとドアが音を立て、長い髪の女子が教室に入ってくる。

あの長さはこのクラスに一人だけ。っていうか歩いてる足音でわかる。

噂をすればアコ。ちゃんと登校してきたみたいだ。

「おはよーございますー」

「おはよう、ちゃんと来られて偉いぞ」

「がんばりましたー」

アコはうーんと伸びをして、意外にも元気そうに言う。

あれー？　思ってたのと違う。全く違う。

アコが一番ショックを受けてるだろうと思ってたのに、こんなにあっさりと元気になるとは。

「あんた、もう整理ついたの？　嘘でしょ？」

「もしかしてアコちゃんが一番ドライだった？」

「LAが終わるのに学校なんて行ってる場合じゃありません、とか言うと思ってた」

驚く俺達に、アコはキョトンと目を丸くして、

「LAが終わるなんて、そんなことありえないですよー」

「……は？」

何を、言って、おられるので？

「どうしたのよアコ、昨日の告知をみんなで読んだでしょ？」

「あれは夢じゃなかったんだよアコちゃん」

「辛いけど現実を見るときが来たんだアコ」

揃って言う俺達に、

「ああ……みんなはまだその段階なんですね……」

目を細め、アコはふっと息を吐いて首を振る。

な、何その余裕ありげな態度。この状況でどうしてそんなリアクションができるんだ。

「ルシアンも、しゅーちゃんも、セッテさんも、どうして諦めてるんですか！」

びしっと指を向けて、堂々と言い放つ。

「まだ諦める時じゃありません！　もっと熱くなってください！」

「悪いアコ、話がわからない」

アコの意図が読めない。何が言いたいんだ。

今はもっとシリアスな状況で、ネタに走っている時ではないだろうに。

「あのねアコ、あたしたちが熱かろうが冷たかろうが現実は変わらないの」

「諦めたくないけど、しょうがないよ。世界の中身がもう……」

「関係ありません！」

俺達の言葉を遮り、アコは強く目を光らせる。

「理由があれば諦められるんですか！　人に言われた言葉で納得できるんですか！」

ぽん、と心臓を叩(たた)き、昔を思い返すように目を閉じる。

「これまでいろんな無理がありました。不可能だと思うことばかりでした。でも、なんとかなったじゃないですか！」

ぱっと目を見開き、両手を広げるアコ。

「今回だって大丈夫です！　サービス終了なんてきっと撤回されますよ！」

ずっとこの世界が続いて、俺達は一緒に居られる。

楽しい冒険はいつまでも終わったりしない。

そんな夢を、アコは心から信じているように見えた。

いや信じちゃダメだろ。その未来はもう来ないんだよ。

「今まではそうだったけど、今回はさすがに……」

「不可能を可能にするんです！　無理を通して道理を蹴っ飛ばすんです！」

言っていることはとても格好良く聞こえる。

熱く真っ直ぐで決意に満ちた口調だ。

「私は最後まで信じ続けます！　私はLAを！　やめませんよ！」

でも、それは間違った強さなんだ。

告知は事実で、内容も覚えていて、なのに理由もなく全てが上手くいくと言い張るアコ。

そうかあ、そっちに行っちゃったかあ。

「ええと……西村が死んだ目になってる原因って、この玉置さんのテンション？」

「いや……こっちは追加コンテンツだと思う……」

こそこそと聞いてくる高崎に、俺は力なく答えるしかなかった。

二章
「悔いなく死のう！」
And you thought there is Never a girl online?

「どうすることもできない。できることとなんてない。そう諦めてしまうのは自然なことです。私だって一度は諦めそうになりました」

俺達に優しげな目を向けて、彼女は穏やかな口調で言った。

「でもみんなは本当に全力を尽くしましたか？　できる努力の全てを行いましたか？　精一杯頑張ったって言えますか？」

一人一人の顔を見回して、

「夢というのは叶うものではなく、叶えるものでもありません。叶うものなんです」

そう力強く訴える。

「私達はいつだって一人じゃありません。同じ志を持つ多くの仲間が居ます」

両手でろくろを回すように手を丸く差し出す。

「自分にできることを精一杯やれば、必ず結果はついてくるんです。それが夢が叶うということなんです」

自信たっぷりな口調が意外と馴染んでいて、それが逆に違和感を膨らませる。

胡散臭い自己啓発セミナーの講演者のように語ったこの女性が、なんと我らがアコなのである。

「これが自分より信じられない人間は居ないと言い切っていたアコか……」

「アコちゃん、変わり果てた姿になっちゃって……」

「その偽物っぽい意識高い系、ぜんぜん似合ってないわよ」

「意識の高い低いじゃありません！　全ては目標へのもちべーしょんの問題です！」

俺はモチベーションとか言うアコを見とうはなかった。

いずれそういう前向きな感じになってくれてもいいと思ってたけど、このタイミングは想定外だよ。

「つまり、こういうことだろうか」

卒業式翌日だっていうのに部室に呼び出されたマスターが、頭痛をこらえるように言った。

「サービス終了が決定し、撤回されることもないと示されたというのに、アコ君だけが現実を受け入れずに全く信じようとしない……と」

「どうしてこんなタイミングでおかしなことになるのよ、この子は……」

まさかこの極限状態でアコだけが現実逃避して妙な思考に走ってしまうなんて。

俺とアコの間には色々と問題が起きてきた。それでもみんなで協力して、アコだって頑張ってくれて、少しずつ前に進んでると思ってた。

それがまさか、アコが前向きすぎてどうしよう、なんて悩みを抱くことになるとは。

サ終なんて緊急事態、非常事態だ。泣く、怒る、引きこもる辺りは全然ありえると思ってた。現実を認めない、なんてこともあるだろうと想像してたよ。

しかしまさか、諦めない、できる！　ってポジティブな形で受け入れないのは想定外だ。

こうしてアコがわけのわからない妙なことを言い出すだなんて。そんなことは全く考えて

――なかった、かなあ？

「そこまで違和感はないかもなあ……」

「そ、そうかもね？」

何か問題が起きると連動してアコも変な方向に突っ走るって、割といつものことなんだよね。

想定通りに暴走するアコと、想定外に爆走するアコは、割合としては五分五分ぐらいだ。

「むしろなんで最後の最後までいつも通りなんだよ、とは言いたい」

「最後じゃないです！　ＬＡは永遠に続くんですよ！」

続かないんだよ。

悲しいけどこのゲームはここでお終いなんだよアコ。

「でも今までにない角度に飛んでった感じはするわね」

「かつてなくポジティブだもんねえ」

本気で呆れた様子の瀬川と、困り顔だけどちょっとおもしろそうな秋山さん。

「これまでの成功体験がこうもズレた形で実を結ぶとは……」

そして割とマジで頭を抱えているマスターである。

「俺達がアコをこんな形に歪めちゃったのかもしれないな……」

「我々の努力は的外れだったのかもしれん」

「そんなことはありません！　みんなのおかげで私は真実に気づけたんですから！」

それは真実じゃなくて妄想なんだよ！

「むしろみなさん、諦めるのが早すぎると思いませんか！　私は絶対にＬＡを諦めません！　ＬＡは終わらない、ずっと続くんです。奇跡は必ず起きるんです！」

「起きないから奇跡って言うのよ、アコ」

「ダメですよ！　後ろ向きな言葉は運気を下げます！」

「運気とか言い出した時点で何も信用できないのよ！」

「下手に理由を説明したら説得されちゃうから、ふわっと肯定的なこと言ってるね」

「余計なところだけ知恵つけてるんだからこの子は」

やれやれと肩をすくめて、瀬川(せがわ)が天井に視線を向ける。

「あたし達が初手でミスったのかもね。一度希望を与えちゃったから変更できないんでしょ」

「可能性が薄いことを念頭に、継続の方法を考えたつもりだったが……失敗だったか……」

まだ可能性はある！　って知ったせいで、逆に思い込みが強固になっちゃったらしい。

「このままじゃアコはＬＡが終わるって認めないまま、最後の日を迎えてしまうんじゃないかって気がするなあ」

「マズいわねえ」

「どうしよっか？　毎日読経(どきょう)みたいにサ終(しゅう)の告知を読み聞かせてあげる？」

「新しいタイプの拷問ですか⁉」

アコが青ざめて後ずさる。

それは俺でも泣きながら謝るレベルなんで勘弁してあげて欲しい。

「そ、それでも私は信じますよ！　暴力には屈しません！　真実はいつだって一つなんです！」

「完全に折れないわねこの子。どうすんの西村、あんたの嫁でしょ」

「嫁じゃねえよ」

いや否定しなくてもいいんだけどさ。

ともかく、アコが妙な状態になってるのは確かなんだ。

だから俺もなんとかしなきゃ、と思った。最初はそう考えたんだ。

「どうにかしなきゃいけない、っていうのがいつものノリなんだけどさ……」

普段ならそうなんだ。

アコの奇行を何とかしようと、みんなに協力してもらったり。逆に俺やみんながやりたいことがあって、全員で力を合わせたり。そういうイベントは何度も超えてきた。

それこそいつものことだって言っていいぐらいに。

ただこうして話していてもなんだかしっくりこない。

今回はどうも違うんじゃないかって気がしてる。

「みんなに聞きたいんだけどさ。今のアコを見てどう思う？」

「どう……？」

「ふむ？」

「私はいつも通りですよ？」

みんなの視線を浴びて、アコは不思議そうに俺達を見返す。

「なんかこー、一番元気そうだよね」

この中で最も気力に満ちているアコに、秋山さんが言う。

瀬川も頷いて、

「そーね。元気だし楽しそうだし、何も困ってなさそうよね」

「誰に迷惑をかけているわけでもないいな」

「そう！　そうなんだよ」

みんなも俺の気持ちをなんとなくわかってくれたみたいだ。

試験前は勉強しようとか、ちゃんと学校に行こうとか、そういうのは無理にでも背中を押そうと思う。最低限のPSはつけようとか、難しいダンジョンを超えるために練習しようとか、そういうのも一緒に頑張ろうって思う。

でも今回は違う。本当に考え方が違うだけなんだ。

俺はLAが終わると思ってるし、現実的にはそうなんだろうと思う。でも絶対間違いないって確証はない。

なのに、誰を困らせるでもなく、LAは終わらない！　って一人で信じてるアコに無理やり現実を受け入れさせるのは良いことなのかな。

「これまでアコのことは色々とみんなに相談してきたけど、今回はどうなのか、ちょっとわからないんだ。俺の理屈を押し付けていいのかって」

「アコちゃんが終わらないって言うならそれでいいんじゃないかー、って西村くんは思ってるんだね」

「かな、と思う。無理やり現実を押し付けるのって、割とエグいしなあ」

「LAはアコにとって命みたいなもんだしね。余命宣告を受け入れないからって、あんたは死ぬのよ！　わかれ！　って説教するのはかなりのグロ要素かもしれないわ」

「うむ。死に様に美学を求めるのは自由だが、強制するものではないな」

「わかってくれて嬉しい」

朝一番にアコの異変には気づいたものの、どうしてもその場で強く言えなかったんだよね。

どうしてかなって放課後まであれこれ考えて、ここに引っかかってるんだなーって気がついたんだ。

「よし、じゃあ今回のアコは一旦放置の方向で……」

「あのあの、ちょっと良いでしょうか！」

アコがおろおろと俺達を見回して言う。

「自分の扱いについて真面目に議論されてるの変な恥ずかしさがあるんですけど、こういうのは私が居ない間に話すものなんじゃないでしょうか！」

とても困惑しています、という顔をするアコ。

「裏で相談してる場合が多いけど、本人の前で相談することもあったじゃないか」

「その時も納得していたわけではないと思うんですが！」

「まあな！」

でもしょうがないじゃないか。この大事な時にアコをのけものにして相談ってのも嫌だしさ。

「最後の最後だっていうのに隠し事ってのも良くないかなって」

「まだ最後じゃないですよう」

あくまでもアコは折れない。

押しに弱いくせに頑固なのがうちの嫁だ。

「こうなると、今日からはアコとは別行動になるのかな」

「ええっ⁉　どうしてですか⁉」

「だって俺達はサ終（しゅう）を前提に色々やるだろうけど、アコはいつも通りに遊ぶんだろ？」

「うっ……それは……」

アコは息をつまらせて俺達を見回したあと、

「仲間外れは嫌です！　私も一緒にみんなのサ終を手伝いますので！」

「サ終を手伝うってどんな概念だよ」

「無理に付き合わせるのも悪いでしょ」

「でも一緒に居る間に、やっぱりサービス終わるのかも、って思ってくれそうじゃないっ？」

「あー、それはあるかも」

「やっぱり洗脳ですか⁉」

そんなつもりはないけど！

ただ、と前置いて、

「ほんと今でも腹が立ってるし、納得できないし、どうしたらいいのかわからない。でも俺はLAが終わる覚悟をして残りの時間を過ごそうと思ってる」

覚悟をして、ちゃんと自分の気持ちと向き合って、満足できる終わり方ができたらそれが理想だと思う。

どうやったらそんなことができるのかさっぱりわかんないけどな！

「アコもそのつもりで付き合ってくれるなら嬉しい」

「……わかりました」

大丈夫なのに、みんな心配性ですねえ、もう——そんな雰囲気を出して、アコは仕方なさそうに頷いた。

普段なら心配性なのはアコの方なんだけども。マジで今は楽観主義になっちゃってるなあ。

「でも具体的に何をするんですか？　普通に遊ぶ、じゃダメなんです？」

「確かにどーするかは決まってないんだよな」

「ネトゲが終わる時って何をするものなの？」

「ありがちなのは移住先を探すことかしらね」

「いま別ゲーする気はわかないなあ」

移住先はサ終した後でも探せるしさ。

「だからってレベル上げとかレア探しとか、ボスに挑戦だーなんてやりたくもないわよね」

「終わっちゃうのに、ね……」

ううん、と悩みこむ俺達。

と、マスターが重い口調で言った。

「——終活、というものをやるべきなのかもしれん」

しゅうかつ。

なんか嫌な予感のする単語が出てきたぞ。

「就活？　今後のご活躍をお祈りします？」

「ではない」

マスターがホワイトボードに、終活、と書き込んだ。

終活

「自身が死ぬ時に、そして死んだ先のために行う、人生の終わりに向けての活動のことだ」

「なんか聞いたことはあるわね」

「お爺ちゃんがやってたかも。遺言とか作るんだー、って」

「セッテの言う内容はまさに終活だな。主に遺言の作成や、葬式についての準備。財産分与を含む生前整理になる」

「どれもネトゲじゃ関係ないわね」

「引退する時ならアイテム配ったりするけどなあ」

たまにもらうこともあって、捨てたり売ったりできないからずっと倉庫の中に残るんだよな。

今回は全員が強制引退になるわけでアイテムを撒く意味が全くない。

「フレンドと連絡を取っておく、身内でのお別れ会、アイテム整理などはもちろんだが、それ以上に、終活にふさわしいことがある」

マスターはこちらに視線を向けて、

「終活で行うのは義務としての事務処理だけではない。その先にある本当にやりたいこと、やり残したことに気づき、残りの人生をさらに有意義に過ごすというのも大きなテーマなのだ」

「ほうほう」

「残りの人生を有意義に過ごす……ね」

「そうだ。残り少ないLAのサービス期間、ただ嘆き悲しんで過ごすのは、本当に意味のある時間だと言えるだろうか」

「ああ、もったいないかもしれない。LAで過ごす最後の時間なのに」

なんでだよ、納得できるかよちくしょうって、そう思う気持ちは今でもある。

でもその気持ちだけで一ヶ月過ごしたら、本当にこのゲームを嫌いになって終わってしまいそうな恐怖はあった。

だから残された時間でやり残したことをやる。

未練がないように。ちゃんと満足してこの世界から離れられるように。

「この世界でやりたいことを全部やる……うん、良いと思うっ！」

「だらだら過ごすより納得できそうね。いーんじゃない？」

「やりのこし、あります」

秋山さん、瀬川に双葉も、さっきまでと違い前向きに画面と向き合った。

「うん、やろう。俺も胸を張ってLAを終わらせたい」

レジェンダリー・エイジと、ルシアンとの別れを納得できるものにできるなら、それ以上に嬉しいことなんてないよ。

「我々はLAに邁進するわけだ、アコ君にとっても喜ばしいだろう」

「はい！　みんな楽しくLAしましょうね！」

そしてアコちゃん大歓喜だった！

アコにとってはそうだろうね！　みんな全力でLAをやるわけだからな！

「でもみんなのやり残したこととか、達成できなかった目標を一緒に終わらせてたら、アコもLAは終わりなんだなーって思うかもな」

「祭りの後片付けをしてたら終わりを実感するやつね！」

「そうだね、アコちゃんにも良い効果がありそう」

「私への追加効果を堂々と話し合わないでください！」

ここまで来て隠し事なんてなしで行こうぜ、はっはっは。

「じゃあ今日から全力でLAだ！　やり残しを全部消化して綺麗に卒業しよう！」

「うむ、それが我々の終活だ！」

サービス終了は避けられない。LAは終わる。

だったらその日を納得して迎えたい。

俺達は終わりを受け入れるために動き出した。

†　†　†

「というわけで、先生も協力お願いします」

「どうして呼ばれたのかと思ったら……」

全員から『すぐ部室に来て！』と連絡されて慌ててやって来た斉藤先生は、苦笑して頷いた。

「でも、悔いなく卒業する、っていうのは良いことね。みんなが前向きに考えてくれて先生は嬉しいにゃ」

「悔いなく死のう！　っていうのは前向きなのかな？」

「半分はやけくそな気もするわね」

「せっかく進む方向が決まったのに、悪い言い方をしないの！」

ま、どんな形であれとりあえず動いてみよう。

ダメならダメでまた考えればいいよな。そう少し投げやりに笑い合った後、

「さて。最初に一つ提案があるのだが良いだろうか」

「良かろうですよ」

「許そうじゃないの、あたしの広い心で」

「急に元気になったね、みんな」

ノリの良くなったアコと瀬川に呆れ気味の秋山さん。

まあまあ、今日からこうしよう！　って決めるとやる気もでるからね。

「うむ、私が言いたいのもまさにそのことでな」

マスターは座った姿勢からぐっとこちらに身を乗り出し、

「このゲームへのやり残しを終わらせる間、別れを惜しみ、悲しみながらプレイするのではなく……我々に可能な限り、全力で楽しもうではないか」

「たのしむ」

オウム返しに言ったアコに頷く。

「そうだ。ただゲームを終えるために義務として行うのではない。我々はこのゲームを始めた原点に戻るのだ。むしろ最高に楽しまねば嘘だろう！」

前向きに言いながらも少し目の赤いマスター。

自覚はあるんだろう、そっと目を伏せて言う。

「悲しむのは今日まで……とは言わん。辛い日は慰め合い、支え合おう。そして笑顔で前に進もうではないか」

「……異議なーし！」

言った俺に瀬川も同意して、

「もちろん、泣きながらログインする気なんてないわよ」

「楽しいのがいいよね！」

「いつもどおりに」

秋山さんと双葉も頷いた。

最後まで楽しく、悔いなく、ＬＡをやり尽くす。

そうすればLAとちゃんとお別れできる——とは限らないけど。

それでも俺達はLAと向き合って最後の時間を過ごそうと決めたんだ。

「じゃあ今から何をしましょうか！」

——なお、普通に笑顔のアコは除くものとする！

「各々がこのゲームを始めた時の目標を達成し、このゲームでやり残したことを終え、悔いを無くす……というのが基本的な考え方になるだろう」

「ふうむ」

「始めた時の目標ねえ」

と言われても。はっきりとした目標や目的があってゲームを始めることってあんまりないよね。

楽しそうだなとか、やってみたいなとか、そのぐらいの感情で遊ぶものだと思う。

「目標なんてないですよう」

「あんた一番わけわかんない理由で始めたもんねえ」

「パソコン触ってたらミスで起動しちゃってなんかハマったんだよな、アコ……」

クライアントも、アコのお父さんが仕事の関係で入れていたもの。とんでもない偶然の結果だ。

「まさしく運命ですね！」

「そ、そうだな」

偶然か運命かはその人の解釈によります。

「そんなに真面目に考えなくてもいいのにゃ。このためにゲームをしてる！　これをやらなきゃ引退できないにゃ！　ってことが一つぐらいはないかにゃ？」

「何のために……やらなきゃ……」

うんうんと考えた後、アコはぽんと手を叩き、

「私がLAをしてるのはルシアンと幸せな結婚生活を送るためですね！」

「ならアコは達成済みだな。次に行こう」

「もっと幸せにしてくれてもいいんですよ⁉」

「それは二人で考えよう！　な！」

みんなの協力を得て全力で頑張り、アコと幸せな結婚生活を送る——どういう状況になるんだよ、わけがわからないよ！　ありえないって！

いやフラグとかじゃないから。本当本当。

「むしろ西村はなんでLAやってたのよ。あんた大目標とか用意するタイプでしょ」

「俺？　俺かあ……確かに色々と目指すところはあったと思うけど……」

最初にゲームを始めた時は、面白そう、やってみたい、って純粋な気持ちしかなかったと思う。

それがプレイを続ける内に、もっとレベルを上げて強くなりたい、このスキルを覚えたい、この装備が欲しい、ってどんどん発展していっただけなんだ。

だから目標って言われると難しい。

あれをやっておけばよかったたって後悔するようなこと。ずっとやりたいと思ってたけど先延ばしにしていたこと。

そう考えると——。

「ああ、一つあるかも」

「ルシアンの目標、気になります！」

「一番強いボスを倒す、みたいな難しいことじゃないよね？」

「そういうエンドコンテンツ、あんま興味ないでしょ」

ないわけじゃないけど、もっとわかりやすいことだよ。

結局のところ、俺のやりたいことはただただ単純。

「ルシアンを完成させたい」

その一言なんだ。

「それはつまり、人間として、みたいな？」

「いやそういう概念じみた話ではなく」

っていうか人間として未完成って悲しいな。

「ルシアンをキャラクターとして完成させたいんだよ。まだステータスが物足りないしスキルも覚えきってないしさ」

「あ、レベルとスキルの話ね」

「できれば装備もだけど、こっちはキリがないから別にいいや」

ルシアンはゲーム上の強さとしてそこそこだけど、決して目標にたどり着いたとは言えないんだよね。

「キャラクターの完成か。ルシアン、具体的な数値としてはどのぐらいを目指していたのだ？」

「転生レベル１００超え。これだけだよ」

「あんた初期の頃からいつか転生するって言ってたもんね」

「まあなあ。何年越しの目標なんだろ、もう忘れてたよ」

「転生って、レベルが１に戻るやつだよね。ちょっと強くなって」

「そうそう」

秋山さんもしっかり知ってるみたいだ。

レベル１００を超えたキャラクターが、ステータスやスキルポイントにボーナスを受けてレベル１に戻る。それがＬＡの転生システムだ。

それだけ聞くと１００になり次第やっちゃえって感じだけど、そう簡単でもない。

ＬＡのレベル１００って普通にきつい上に、転生前よりぐっと育ちにくくなるから、元の強さに戻すのはかなりの苦行なんだ。

「ずっとやりたかったんだけど、俺が一人で転生するとみんなが困るしさ」

「我々はギルド単位で動くことが多いからな……一人だけ転生すると数ヶ月の単位で単独行動になりかねん」

マスターも検討はしてたんだろう、わかるぞ、と頷く。

そもそもアレイキャッツは替えの効くメンバーが居なかった。

タンクが居なくなってもヒーラーがいなくなっても、近接火力、遠距離火力のどれが欠けても編成に不都合がある。

だからレベル１００を超えても転生には踏み切らなかったんだけど——ゲームが終わる前にはやっておきたい。

「サ終前にレベル上げっておかしな話だとおもうけど……できればみんなでやりたい。みんなで転生して、レベル上げ直して、これで満足だなってぐらいまで育ちきったら、とりあえず心残りはかなり減るかなって思う」

「もちろんです！　生まれ変わっても一緒ですよ！」

「愛が重い！」

ありがとうアコ！　来世でもよろしくな！

「西村らしい目標ねー。あたしも完成形シュヴァイン様は見たいから文句ないわよ」

「今はサーバー全体で経験値10倍、ドロップ率5倍だ。むしろ転生のやり時だろう」

「転生のやり時ってすごいタイミングだね……」

微妙な顔をする秋山さん。

「墓が無料！」

「今すぐ死ね！」

「名作クソスレタイはやめろ。繰り返す、名作クソスレタイはやめろ」

サービス終了が発表されて出し惜しみの必要がなくなったＬＡはほとんどの制限がなくなってる。

一部のレア装備以外は店で買えるし、投げ売りされてるアイテムも多い。

狩場も空いてるからレベルを上げようと思えばすぐに上がるはずだ。

「どれぐらいかかるかな？」

「経験値が10倍、マナフィードイヤリングで2倍、レベルを上げているプレイヤーが大幅に減って効率が2倍に、優秀な装備が安く手に入ることでさらに2倍のスピードになったとすれば」

「あわせて80倍ね。余裕じゃない」

「そんなウン肉マンみたいに上手くはいかないと思うけどにゃ」

「でも10日真面目にやれば800日分ですよ先生」

「世界が加速してますねぇ」

これがインフレを気にする必要のなくなったネトゲの恐ろしさだ。

「レベル100じゃないのはみかんだけかしらね」

「もう98なのですぐあがります」

「さすがちゃんと頑張ってる」

この倍率なら本当に一日二日で100になりそうだな。

「ではルシアンの目標は転生だな。他メンバーのやり残しはどうだ？」

「みんな何かあります？」

のほほんと聞いたアコに、瀬川が小さく手を挙げる。

「あー、あたしも一つあったんだけど……」

お、瀬川のやり残しか、なんだろ。

もともとシュヴァインを操作するのが目的だったはずだから——。

「瀬川もシュヴァインを完成させるとか？」

「違うわよ。あたしのシュヴァイン様は存在がすなわち完成形なの」

マイユニへの自信がすごい。

そこまで愛が強いことを考えると、むしろこっちか。

「わかった、シュヴァイン様写真集の自費出版だな！」

「もー、西村君、茜を何だと思ってるの」

そんな呆れなくても。

瀬川ならワンチャンあるかもしれないし。

「……出版はともかく作ってみるのはいいかもしれないわね」

「ごめん私が間違ってたっ！」

ワンチャンどころかツーチャンぐらいありそうだった！

写真集って個人的に作ったらただのアルバムじゃなかろうか。

「っていうか、ほぼ目的はそれよ。ＳＳを撮りたいの」

「……ＳＳっていつも撮ってるスクリーンショット？」

撮りたい、っていうか、要らないぐらい撮ってるじゃん。

保存のし過ぎでハードディスクが埋まって調子が悪くなるぐらい撮ってるじゃん。

「そう、今の量じゃ足りないのよ」

「あれだけ撮って⁉」

「当たり前でしょ！　シュヴァイン様個人ならともかく、みんなと一緒のシュヴァイン様が少ないのよ！」

「あー、みんな揃ってポーズ決めて、とかそういうのか」

「それもだし、飾らないプライベートショットっていうの？　シュヴァイン様と仲間達の日常シーンも足りてないのよ」

「しゅーちゃんの愛が重いです……！」

「アコに言われると誇らしいわね」

誇らないで。悲しんで。

「それにSSを撮り始めたのはちょっとレベルが上がってからなのよね。だから成長過程は素材が少なくて。転生したらレベルに応じて各マップを周りながら、みんなでSS撮りましょ。思い出も残るし一石二鳥ってやつね！」

「スクリーンショットを撮る、思い出を残す、ということだな」

ホワイトボードにシュヴァインのやり残しが書き込まれた。

本人の目標とみんなの利益が同時に達成できる良い目的だね。

「全てのMAPで一枚ずつは撮るわよ」

「何日かかるんですか……？」

要求する規模が大き過ぎることをのぞけば！

「後はセッテ、どうだ？　やり残しは、達成していない目標はあるか？」

「私？　もともとみんなと仲良くしたくて始めたんだから、今は夢が叶ってるよっ？」

「嬉しいこと言ってくれるじゃないの」

瀬川の秘密を暴こうとしていたことはスルーしよう。それもまた友情だよね。

「では心残りは何もないか？　ＬＡでやりたいことは全て終わったのだな？」

「全部かな～……あっ、一つあるかも！」

秋山さんは頭の上にぴこーんと電球の光りそうなモーションで顔を上げた。

「ずっとね、みんなに聞きたいことがあってて」

勢いよく言おうと立ち上がり、

「………」

ぴたっと動きが止まる。

「奈々子？　聞きたいことって何だったの？」

「今はいいや！」

「いいの!?」

何そのフラグだけ立てて放置するようなムーブ！

「質問ぐらい誰でも答えるんじゃないのかな」

「うーん、ちょっと大事なことだから、この場で適当に聞くのも違うかなって」

俺達に聞きたい、そんな重要事項ある？

むしろ後回しにして大丈夫なのかな、それ。

「んじゃどこかで、ちゃんと話ができるタイミングを見つけないといけないわね」

「このメンバーで真面目な話って難しいよな……」

「先生はいつもそれで苦労してるのよ？」

「よく言うわね、猫姫せんせー」

自分はネタに走ってないと仰るつもりか、にゃーにゃー鳴く教師なのに。

「んじゃ次は……マスター、なんかありそうな顔してるな」

見ればわかる、何かの決意を固めた表情のマスターに話を振る。

彼女は重々しく頷き、

「うむ。私の目標は最高のギルドを率いることであり、そちらは達成しているつもりだが……」

「お、おう」

すごい自信だ。

アレイキャッツは最強には程遠いけど、確かに最高のギルドだとは思うけども。

「一つだけ心残りがあってな」

「やっぱマスターでも終わってないことってあるんだな」

「全てのレアアイテムをコンプリートする、だとちょっと難しそうですよね」

「全てのガチャアイテムを制覇の間違いでしょ」

「そちらはコンプリートはしているので心配ないぞ」

してたー！　どんだけかかるんだよ毎回コンプしてたら！

「申し訳ないが課金の話ではない。そこは常に後悔なく投入している」

それもそれで怖いけど、だとすると何なんだろう。

「私の心残りは……オフ会だ」

は？　オフ会？

何度もやったよな、オフ会なんて。っていうかむしろこの時間がオフ会だろって話で。

「何かやり残したオフあったっけ？」

「うむ。非常に大きな心残りがある。すまないが休日を一日使わせてもらいたい」

「いーんじゃない？　サ終(しゅう)前にオフ、やっといて損ないでしょ」

「そうだね！　真面目にお話しできそうだし！」

俺達が揃(そろ)って真剣な話ができるのかは置いといて。

後はみかんと猫姫(ねこひめ)さんかな。

「どうだみかん、このゲームでやり残したことは何だ？　プレイ時間もまだ長くはない、山程にあるのではないか」

「もう一年ぐらい、やってます」

「……そうだったか？」

「うっそマジで？」

「私たち、時間感覚がおばあちゃんだねぇ」

「反応速度おじいちゃんで時間感覚おばあちゃんですよう」

もう老害となったアレイキャッツ先行組だった。

「でもやりのこし、あります」

言いながら双葉(ふたば)はじーっと俺の方を見て、次に先生の方へ視線を動かした。

あ、ちょっと察しが付いたかも。

「これは先生、出番がありそうですぞ」

「き、聞きたくないにゃあ」

にゃあと鳴いた先生を意に介さず、双葉(ふたば)は力強く言う。

「せんぱいとせんせい、たおします」

「やっぱりにゃあああああ」

「前からずっと倒す倒すって言ってたもんなあ」

なんだかんだ俺と猫姫(ねこひめ)さん以外は何かしらの形で一矢報(いっし)いてる。

正面から戦って負けてないのは猫姫(ねこひめ)さんと俺だけだ。

「ちなみに艦隊戦で勝ったことにはなってないのにゃ？」

「しょうぶに勝ってしあいに負けたので、負けです」

「それは勝ちの概念なのにゃー！」

猫姫さんの抗議にも耳を貸さず、

「のこり二人。やらずにおわれません」

「どうしてこう戦闘民族に育っちゃったのよ」

「わ、わからないっぴ……」

「バッツが悪いよ、バッツが」

「ばっつんに会う前からこうだったと思うけどなあ」

根っからの負けず嫌いだったことは否定できない。

もう少し時間があったらエンドコンテンツを制覇してそうなタイプだよ。

「でもにゃあ……どうするにゃ、西村くん」

「PvPだと俺と猫姫さんはほぼ負けないですよねぇ」

「す、すごい自信ですね」

逆に対人自信ない勢のアコが目を白黒させてる。

いやいや、猫姫さんはともかく、俺が強いとかではなく。

「弓と盾って相性が悪いんだよ、盾が有利なんだ」

「え、そうなの？　対人だと弓強いって聞くけど」

「実際強いんだけどにゃあ」

アーチャーやスナイパーと言った弓職は遠距離かつ無詠唱で攻撃することができる。

スナイピングヘッドショットは火力が出るし、足や腕を狙って鈍足、封印と言ったデバフもかけられる対人では強いジョブだ。

しかし完全無欠の最強ジョブなんてLAには存在しない。

「遠距離万能型である弓手は、DPSはあれど瞬間火力には欠けている。相手を倒し切る力が足りていないのだ」

「それがもんだい」

マスターの解説に双葉も頷く。

わざわざ詠唱というリスクを負って攻撃している魔法職に対し、ノーリスクで動きながら攻撃できる弓職が火力で優越しているとバランスが酷いことになる。

そのため攻撃し続けることでダメージを稼ぐデザインになってて、瞬間火力は抑えめになってるんだ。

そうなると自己回復と逃げ性能の強いヒーラーや、耐久力と回復アイテム積載量が多い盾職を倒しきれない。

高い耐久力と自己回復を搭載し、上手に逃げ回る猫姫さんを倒し切るのは至難の技だし、俺の方はシールドブーメランというちょっとした遠距離攻撃スキルがあるせいで、盾をぶんぶんと投げているだけですぐにみかんの回復アイテムが尽きる。

「何度も何度もやれば一度ぐらいは勝てるかもしれないけど、それでいくか？」

「えんりょします」

双葉はふるふると首を振って、

「別になぐりあいだけで、勝ちたいわけでは」

「そーよね。操作技術とかゲームの知識を使って、ここぞって一戦で勝つのが勝利よね」

「どこかで良い感じに、勝った！　ってなればいいわけか……」

「そう言われてもにゃあ。もうイベントもサーバー終了イベントぐらいしかないにゃ」

何なら先月の方がイベント盛り沢山だった。

色んな意味で力の尽きてるＬＡはサ終前なのにそこまでイベントが開催されてないんだ。

「もう猫姫さんが何か企画しましょうよう」

「そうよ、猫姫せんせーがみかんの勝てそうなイベント用意してあげて」

「無茶振りはやめて欲しいのにゃ……」

がっくりと肩を落とす先生。

「猫姫さんはいつもこうにゃ……猫姫さんだってたまには好きなように……にゃっ！」

はっと顔を上げて、先生はぱっと立ち上がった。

「そうにゃ！　わかったのにゃ！」

「何がですか!?」

いきなりどうしたんですか!?

俺達が驚く間にさらさらとホワイトボードにペンを走らせて、イベント開催、と綺麗な字で書き込む。

「これで良いのにゃ！　やってやるにゃ！　みかんちゃんと決着も付けるし猫姫さんのやり残しも解消してやるにゃ！」

あ、これヤバそうなやつー！

猫姫さんが本気になるとやることの規模が大きいんだ。何せ俺たちに圧をかけるためだけに、大きなギルドで幹部にのし上がってたりする人だ。

「せ、先生？　何をやる気で？」

「結衣先生のやり残しって何なのかなー？」

恐る恐る聞くと、先生はふんと顔をそむけて、

「猫姫さんはいつもみんなに振り回されてばっかりにゃ！　最後ぐらいは猫姫さんがみんなにやりたい放題してやるのにゃ！　それぐらいはしないと引退できないのにゃ！」

あ、これはもう手遅れですね！　完全にすねちゃったよ！

「のぞむところ」

「望んでんじゃないわよみかん」

「もう好きにやってもらうしかないね」

「目標があるのならそれで良い。これで出揃ったな」

ホワイトボードに書き込まれたみんなの目標はこうなった。

アコ　　　　　私はＬＡを諦めないですよ！
ルシアン　　　ルシアンを完成させる！
シュヴァイン　転生レベル１００！
**　　　　　　　全ＭＡＰでＳＳを撮る**
**　　　　　　　レベルアップの過程をみんなで撮りたい！**
アプリコット　オフ会の開催
**　　　　　　　やるべきオフ会があるのだ**
セッテ　　　　聞きたいことがあるっ！
**　　　　　　　真面目な時に聞くね～**
みかん　　　　現代通信電子遊戯部全員に勝つ
**　　　　　　　あとはせんぱいとせんせい**
猫姫　　　　　イベント開催
**　　　　　　　盛大にみんなに迷惑をかけてやるのにゃ！**

「一ヶ月でやるには中々の量ね」

「とりあえずレベルを上げながら各自の目標を手伝って、できるものからやっていこう」

「誰のが最初にできるかな。準備も含めると……」

「今週末にゃ」

え、と口に出したのは誰だったのか。

「今週末に開催するのにゃ。見ているのにゃ、猫姫さんの本気を見せてやるのにゃ」

にゃーっはっは！　そう笑い声を上げる先生。

アレイキャッツ終活第一弾は、猫姫さんの挑戦状だ。

†　†　†

ロードストーンの大通りにそびえる、もはやランドマークと化した有名ユーザーハウス、その名は猫姫城。

普段は光に包まれた大ホールが薄闇に覆われ、怪しげな雰囲気をかもしだしている。
◆アコ：何が行われるんでしょう……？
◆シュヴァイン：気を抜くんじゃないわよ
◆ルシアン：恐ろしい邪気を感じるぜ……
そこに完全装備で揃う俺達。

今日は猫姫さんのやり残しに挑むべく、ここに集まっているのだ。

◆**猫姫**：くっくっく……よく来たのにゃあ……

チャットと同時にぱっと光が灯る。

ホールの先に聳える階段の上から、ゆっくりと降りてくる豪華なドレスのキャラクター。

◆**猫姫**：この城の主！　聖天使！　猫姫様の登場にゃー！

くるりと回ってドレスの裾をひるがえし、頭上にいくつものハートマークを飛ばして、猫姫さんがキメにキメた笑顔を浮かべた。

◆**アコ**：ノリノリですねえ

◆**ルシアン**：うわキッツ

◆**シュヴァイン**：どんな顔してそんなチャット打ってんの？

◆**アプリコット**：数年前まで学生だったのだ、多少のはっちゃけも笑って許そうではないか

◆**セッテ**：せんせーかーわいー！

◆**猫姫**：中の人への精神攻撃はやめるのにゃあああ

肉球型の杖でぽふんぽふんと玉座を叩く猫姫さん。

◆**アコ**：そうですよ！　中の人と本体は違うんですよ！

◆**ルシアン**：いや普通は中の人が本体なんだけど……

アバター側が本体なのは特殊例なので。

◆みかん：それで、なにをするんですか？

◆猫姫：そうだにゃ！　今回の企画を説明するのにゃ！

言って、猫姫さんが杖を一振りすると、ぱっぱっぱ、と広いホールに明かりが灯っていく。

いつもイベントスペースとして使われている豪華なホールから家具が取り払われ、代わりに左右の壁に何か変なものが見える。

あれは——白い骨を組み合わせて作った、螺旋階段か？

◆ルシアン：え、なにこの、なに？

◆シュヴァイン：アスレチック、みたいなやつ？

◆猫姫：その通りにゃ！　今日はみんなに、この猫姫城を舞台にしたアトラクションに挑戦してもらうのにゃ！

踊るように階段を降りて、猫姫さんはぱっと杖を頭上に掲げた。

◆猫姫：仕掛け満載の螺旋階段を登りきって、最上階の一本橋を渡るのにゃ！

◆猫姫：無事に反対側の展望台にたどり着ければ大勝利！　時間以内に誰もゴールできなければ敗北にゃ！

カメラを動かしてみると、確かに天井近くに何か橋のようなものが見える。

一番上まで行ってあの細い橋を渡るわけか。なるほどアスレチックステージだ。

◆猫姫：これが！　風雲！　猫姫城！　骨渡りゲームなのにゃ！

にゃーっはっはっは！　と高らかに笑う猫姫さん。

普段から俺達の都合に巻き込まれることが多いせいか、自分が主導して謎のイベントをやるのが本当に楽しいらしい。

と、アコが頭上に？マークを表示して、

◆アコ：えっと、猫姫城なのはわかりますけど、風雲っていうのは……？

◆猫姫：えっ　知らないのにゃ？

一歩引いて、嘘にゃ、という顔でアコを見る猫姫さん。

◆シュヴァイン：アレでしょ？　なんとかの挑戦状とかそういうクソゲーがあったじゃない

◆アコ：あ、それならわかります。こんなゲームにマジになっちゃってどうするの、ですよね

◆アプリコット：猫姫の挑戦状というわけだな

◆猫姫：近いけどそれじゃないのにゃあああああああ

ジェネレーションギャップに震える猫姫さん。

だ、大丈夫ですよ、俺はわかりますから！

◆ルシアン：猫姫さんと違って世代じゃないですけど俺は知ってますよ！

◆セッテ：私も見たことはないけど聞いたことはあるから！　へいきへいき！

◆猫姫：猫姫さんだって世代じゃないのにゃ！　ただの基礎教養にゃあああ！

ぷんぷんと膨れた後、猫姫さんは細かいルール説明に入った。

全員同時にスタートして階段を登り、橋を渡って展望台に入ればゴール。

色々と障害物や妨害ギミックがあるので頑張って避けること。

スキルや装備品の使用は全て自由。

精神攻撃は遺恨が残らない程度に。

◆猫姫：さあさあスタート地点に並ぶのにゃー！

ホールの外周、壁に沿うように設置された骨の螺旋階段に並ぶ。

骨製だけあって半端に隙間や穴が空いていて、ただ登ればOKってわけではなさそうだ。

これは意外とちゃんと作られたコースなのかもしれない。

◆みかん：一位でゴールすれば、せんぱいとせんせいに初勝利

と、横に並んだみかんが握りこぶしのエモと共に言った。

そうだな、みかんのやり残しは俺と猫姫さんに勝つことだったはずだ。

これに勝てば彼女は気持ちよくＬＡのサ終を迎えられるんだろうけど——。

◆ルシアン：手は抜かないからな

◆みかん：もちろん

この後輩は手抜きされて勝っても絶対に納得しない。真剣に戦って勝たないと満足しないタイプのバトルジャンキーだ。

空気を読んで負けるべきだとしてもここは全力で行こう。一年間でみかんがどれだけ操作技術を上げたのか見せてもらおうじゃないか。

◆**猫姫：**では風雲！　猫姫城！　レーススタートにゃあああ！

じょわーん！　とどこからかドラの音が響く。

同時に五人揃って骨の階段を駆け上がり始めた。

◆**シュヴァイン：**盛り上がってるところ悪いが、一位は俺様がもらうぜ!!

先頭を駆けていくのはシュヴァイン。

なにせ移動スキルが多い。短距離をダッシュするスキルや短い距離をワープするスキルを連打して射程の短い近接キャラの利点を存分に活かしてる。

◆**アプリコット：**スタートダッシュから出し惜しみなしか！　やるではないか！

◆**シュヴァイン：**はっはあ！　クールタイムごとに連打してりゃ俺様に速度で勝てるヤツは居ないんだよ！

どどどどど、と室内なのに土煙をたてて駆けるシュー。

様子見なしに最初から全力で来るのは想定外だった。何事もなく進むのなら逃げ切られるかもしれないけど——本当にこのまま行けるのか？

そう考えながら、意気揚々と先頭を走るシュヴァインに目を向けた、その時。

彼の真横の壁からにょきっと本棚が飛び出してきた。

◆**シュヴァイン：**は？

細い骨が組み合って出来た階段に、もちろん手すりなどない。

壁に押されたシューが、ぽんっと階段の外に押し出されていく。
◆**シュヴァイン**：はあああああああああ!?
◆**アコ**：しゅーちゃーん!?
◆**ルシアン**：惜しい人をなくした……
◆**アプリコット**：やはり罠(わな)があったか
やっぱこうなるよなあ、と落ちていくシュヴァインを見守った。

思わず脚を止めた俺達の前でにょきにょきと壁から本棚が飛び出し、消えるように戻っていったと思ったらまた飛び出してくる。
◆**ルシアン**：何だこの謎のギミック……
◆**アプリコット**：こうも不気味に動く家具など聞いたことがないぞ
◆**アコ**：この本棚は知ってますけど、動く機能なんてないはずです!
何が起こってるんだ？　どうすればこんな仕掛けができるんだ？
◆**猫姫**：にゃっはっは！　これは家具のずらし置きを適切な位置で行うことで微妙に位置ズレを繰り返す、という仕様を使った仕掛けなのにゃ!
どういうルートを通ったのか、空中の足場からこちらを見下ろして言う猫姫(ねこひめ)さん。

また妙なテクニックを使って作ったのか、この飛び出す本棚!

しかし、位置ズレをする仕様……？

◆アプリコット：それは仕様と呼んで良いのだろうか

◆アコ：バグなんじゃないでしょうか

◆ルシアン：バグだよなあ

◆猫姫：事前に問い合わせからバグ報告を入れた結果、仕様通りと返答があったのにゃ！

仕様なのかよ、こんな位置ズレが！

もはやサービス継続もギリギリのＬＡ。

こんなどうでもいいバグは直す気がないから好きにしろと回答を出したんだな！

◆アプリコット：くっ、運営のお墨付きであれば仕方あるまい。タイミングを見切って……

◆アプリコット：ぬおおおおおお

◆アコ：マスター！

本棚の動きをしっかりと見て突入したマスターが、消えた直後に出てきた本棚に押されて階段の外へと消えていく。

◆猫姫：タイミングゥ？　甘いにゃ！　甘すぎて猫の体に悪いのにゃあ！

◆猫姫：こんなバグってるだけのギミックにタイミングなんてあるわけないのにゃ！

◆ルシアン：攻略法ないのかよ！　ってか仕様って建前はどうした！

普通は本棚が消えた瞬間に進めば行ける、とかあるだろ！

バグってるだけだから消えたと思ったらすぐ出てくることもあるし、逆にしばらく出てこないこともあるし、ルールがめちゃくちゃじゃないか！

◆ルシアン：どの辺がヨシでヨシって言ったんだよおおおお！

◆猫姫：安全性ヨシ！　なのにゃ！

◆アコ：違法建築じゃないですか！

もちろんこの先にはいくつもの無理ゲーゾーンが待ち受けていた。

◆アコ：水です！　階段の途中にお水がたまってます！

◆ルシアン：しかも下に向かって流れてる！　入ったら落ちるぞ！

◆アプリコット：ならばここでパーフェクトブリザード！　凍らせれば通ることもできよう！

◆猫姫：残念にゃ！　それは水と一緒に防衛用ウォーターゴーレムがハマってるのにゃ！

反応したウォーターゴーレムが、んまっ！　とノックバック属性のパンチを飛ばす。

◆アプリコット：ぬあああああ

◆アコ：マスター！　そもそも家具の水流はスキルじゃ凍りませんん！

水流の根本からダッシュで侵入し、流されながら無理やり越えた先には、

◆アプリコット：爆発ゾーンだと!?　地雷なぞ、どうやって設置したというのだ！

◆セッテ：なら地雷探知犬むーたん！　ごめんね、むーたんを先頭に歩かせれば！

◆**猫姫**：はい連鎖爆発でセッテちゃんごとドーンだにゃ！
◆**セッテ**：むーたんんん！

本当に酷いコースだった。公式が実装したアスレチックミニゲームだったら炎上してたんじゃないかってぐらいの理不尽さだった。

しかしそんなクソゲーもやってる内にちょっと楽しくなってしまうのがゲーマーの性質だ。

気づけば完全ランダムのはずの家具の動きもなんとなく勘で避けられるようになり、階段のどの段が抜けているかも体が覚えてしまい。

◆**ルシアン**：ついにたどり着いたぜ……この長い猫姫階段の頂上に……
◆**猫姫**：こんな頭のおかしい階段に猫姫さんの名前をつけないで欲しいのにゃ
◆**ルシアン**：誰が作ったと思ってるんですか！

自覚があるのが性質が悪いんだよ！

◆**ルシアン**：最後の最後に、壁の外にある大砲で大爆発なんてギミックしかけて……あんなの落ちるにきまってるでしょうが！
◆**猫姫**：にゃにゃ！　初見のギミックなのにジャストディフェンスで踏みとどまったルシアンには文句を言われたくないのにゃ！　どうやって気づいたのにゃ！
◆**ルシアン**：しばらくギミックがなかったからこの辺で何かあると思って、カチって聞こえた

瞬間には無意識でボタンを押してました

◆猫姫：ええぇ……

ドン引きされる筋合いはないんですが。

ギミックを攻略したんじゃなく猫姫さんの性格を考えた、いわゆる人読みなのに。

たどり着いた階段の頂上には何本かの骨の橋が伸びていて、ホールの上空を抜けた先の展望台へとつながっていた。

最初に猫姫さんが言っていた通り、この橋を渡りきればクリアなわけだ。

◆猫姫：にゃっふっふ。ここからが本番、地獄の骨渡りなのにゃ……

◆ルシアン：ちくしょう、最初からこの橋を渡ればOKの構造にすればいいのに

◆猫姫：興が乗った、ってやつなのにゃ

ふふんと笑った後、

◆猫姫：……あと、こんな高いところから何度も落ちるのは怖い子も居るかにゃって

◆ルシアン：その気づかいを別の方向に使ってください！

ええい、もういい。とにかくここをクリアすれば終わりなんだ。

まだ後続が追いついてくるには時間がかかるだろう。慎重に一発クリアすれば俺の勝ちだ。

◆ルシアン：よし、先を見て安全そうな橋を

よく確認しようとした俺の横に、するっと並ぶ小さな影。

◆**みかん：ここがしょうぶのわかれめ**

◆**ルシアン：ああ、下手なルートを選ぶと一発落下だな**

って素でチャットを返したけど、

◆**ルシアン：は⁉　生きてたのかみかん⁉**

みかんが当たり前みたいに一緒に来てる！

てっきり爆破に巻き込まれて吹っ飛んだと思ってたのに、俺の後ろに居たのか⁉

◆**みかん：うしろのほうでみてたので**

◆**ルシアン：平然と先輩を人柱にしてるなちくしょう**

なんか静かだと思ったら気配を消して隠れてたのか！

バッツとかコロウさんのやりそうな手だ。やっぱり師匠が悪いんじゃないのかこれ。

◆**ルシアン：ともかく、やるじゃないかみかん。でもここまで来たら勝ちは譲らないからな**

風雲猫姫城レースは、たまたま運良く、あと猫姫さんの人読みでたどり着いた俺と、

◆**みかん：みんなのぎせい、むだにしません**

ギミックが炸裂するのを丁寧に見てから突破してきた雌伏のみかんの一騎打ちだ。

ある意味みかんの望んだ展開になったんだ、俺が情けないところを見せるわけにはいかない。

◆**シュヴァイン：俺様がぶっ飛んでる間に抜けやがって……**

◆**セッテ：ずーるーいーよー**

◆アプリコット：この恨みはらさでおくべきか……

◆ルシアン：なんか囮にされた仲間がめっちゃ恨み言を言ってるけど

下の方から聞こえてくる呪いのチャットに、みかんは深く頷いて、

◆みかん：みんなのきもちが、せなかをおしてくれる

◆ルシアン：メンタル鋼かよ

◆アコ：すごいけど憧れません

と、話してる間にも落ちたメンバーが追いかけて来てる。特に容赦なくショートテレポートを連打するアコが地味にヤバい。テレポ先さえミスらなければギミック全無視で追いついてくるはずだ。

◆ルシアン：ええい、考えてる時間もない。俺はこの赤い橋を選ぶぞ！

◆みかん：となりにいきます

特に根拠なく、若干赤っぽく染められた骨の橋を渡り始めた。

みかんも隣の橋を選び、並んで進んでいく。

普通にまっすぐ進めばいいだけなんだけど、ここまでの道よりかなり細い上に、2DのMAPとはいえ高所にいるのは伝わる。なかなかの緊張感だ。

◆ルシアン：しかもこの橋がちゃんと組まれてなくて、ところどころが大きく途切れてる。

◆ルシアン：ちょ、これジャンプするんですか？

◆猫姫：もちろんにゃ！　アスレチックといえばジャンプ！　れっつギリジャンにゃ！

◆みかん：じゃんぷ、じゃんぷ

◆ルシアン：こっちはこっちで普通にクリアしてるし！

こんな後半で一発勝負のジャンプを毎回成功させろっていう無茶振りに、平然と挑むみかん。

俺達はどうしてこんな肝の太い後輩を育ててしまったんだ。

いや、こいつ最初からこんな感じだったわ。ワシは育ててない。

しかし操作技術なら一日の長がある。負けるつもりはないぞ。

ギリギリのジャンプはバレンタインのイベントでも散々やったんだ。今更落ちるわけにはいかない。

ほいほいほい、とタイミング良くジャンプボタンを押して大穴を飛び越えていく。

◆猫姫：にゃにゃにゃ！　猫姫さん的にはそれなりに難しいと思ったジャンプギミックを、二人ともあっさりと超えていくにゃー！

さすがにチャットをする余裕のなくなった俺達に代わって猫姫さんの実況が入る。

それなりに、と言うだけあって中々タイミングがシビアだけど、本当の本当にギリギリの操作が要求されるってほどでもない。猫姫さんの人情が透けて見える。

◆猫姫：見る間に最終コースも後半戦にゃ！　二人とも正確なジャンプで進んでいくにゃ！

◆猫姫：でもほとんどノンストップのルシアンと、ちょっとぎこちないみかんちゃんで差が開

いていくにゃ！　これは追いつけるのにゃー!?

お互いの橋が折れ曲がって距離が近づき、俺とみかんのその差を確認できた。

こっちの橋はこのカーブを抜けたらほとんど直線だけど、みかんの方はこの後さらにカーブが続く。まだ時間はかかるはずだ。これは勝ち申した！

悪いな双葉（ふたば）、まだ負けてはやれないらしいぞ、はっはっは！

そんな余裕が、恐らくは見透かされていた。

◆猫姫：にゃにゃ？　みかんちゃんがトラップを仕掛けたにゃ？

連続カーブの直前、俺の橋に近づいたところでみかんにスキルの表示が出た。

使ったのは単純に爆発するタイプのトラップスキル、マインボム。防御無視で固定ダメージを与える上に短時間だけ鈍足化させる、敵によっては使えるスキルだ。

と言っても倒す相手なんていないないし、ＰｖＰじゃないんだから俺には当たらない。そもそも置いたのはみかんの足元だ。

そう、自分の足元に爆弾を――。

あ、まさか、もしかして、そんな馬鹿なことは。

◆ルシアン：いやいやいや冗談だろそれは無理だって

◆みかん：ししょうの教え、そのいち

ぽちりと、みかんが足元のトラップを起爆する。

敵が居なくても設置した本人にだけはトラップが発動するのだ。

当然マインボムはその場で爆発し、設置したみかんを大きく吹き飛ばす。

◆みかん：じぶんのスキルは、だれよりもりかいすること

ジャンプでは到底届かないはずの、俺の橋の方向へと。

◆猫姫：にゃにゃにゃにゃにゃー！　みかんちゃんが足元爆破で大ジャンプ！　ルシアンの橋に飛び移ったのにゃー！

◆ルシアン：届くのかその距離ー!?

◆みかん：トラップマインじばくは、ＰｖＰのきほん

◆ルシアン：見たことねーよ！　大道芸だからな、それ！

そういう使い所のわからないテクニックを使いこなすのがガチ勢ではあるけど！

ただみかんは俺の橋の先へとショートカットしたものの、鈍足の効果もしっかり食らっている。スキルの自爆による状態異常はデメリットが重くて万能薬でも解除はできないんだ。

この間に通り抜ければ後は直線だけ、どちらにせよ俺の負けはない！

◆猫姫：猫姫さんも想定外のショートカットを決めたみかんちゃん！

◆猫姫：でもこのままじゃルシアンが抜き去ってしまうにゃ！　さあどうするのにゃー!?

いいもの見せてもらったけど、小手先の技より基礎的なテクニック！　勝負は俺の勝ちだ！

……チャットで言おうかと思ったけど負けフラグっぽいからやめとこう。

そう考えたこと自体がフラグだったような気がする。

◆みかん：ししょうのおしえ、そのに

俺がみかんを抜き去るその直前に、みかんがそう言ってスキルを使った。

またマインボムで吹き飛んで進むのかと思ったけど、スキル名が違う。

今度はスネアトラップ。ハンターの覚える罠系統のスキルで、敵の移動を一時的に止めるトラバサミを置くのだ。ハメにも使えるからもちろん存在は知っていた。

◆猫姫：ここで足元スネアにゃ!? ま、まさかそれはにゃ！

そのスキル使用を見て、正直言って俺には意味がよくわからなかった。

当たり前だけど足止めスキルがプレイヤーに当たったりはしない。むしろ足元にトラップを置いたみかんがガシャンと足を縫い留められて動きが止まっただけだった。

みかんはその場に足を止めたけど、ＬＡはキャラがぶつかるなんてシステムはない。普通に通り抜けることができる。

これで俺の勝ちは確定的に明らか――。

◆みかん：へんな仕様はりようできる

◆ルシアン：……へ？

みかんの上を、そしてみかんが置いたトラップの上を通り抜けようとした瞬間だ。

脈絡もなく俺のルシアンが真横にズレた。

ズレた先は当たり前のように橋の外で、見る間にルシアンが落下しようとする。

その間に、俺は走馬灯のように思い出した。

ＬＡはプレイヤーの上を通り抜けることはできる。

ただ同じ場所に複数のキャラが存在することはできないから二人が全く同じ座標に立とうとすると干渉して双方の位置がズレるって仕様があった。

そして他プレイヤーのトラップに引っかかることはないけど『引っかからない』という確認をするために数フレームだけその座標に居るって判定が出てるらしい。

ＬＡのちょっと雑なシステムにそんなのがあったはず。

結果として起きたのは。

◆猫姫：これはスネアの仕様にゃー！　スネアにかかったプレイヤーの上を通り抜けようとするとちょっとズレる微妙なシステムを見事に利用したにゃあああああ！

俺の敗因の説明、ありがとうございますちくしょう！

そうなんだよ、自分で置いたスネアに引っかかると、上を通るプレイヤーの位置がズレるんだよ！　んなのぱっと思い出さないって！

そしてみかんは足場から押し出されて落ちていく俺に、随分早くなったチャットで言った。

◆みかん：ゲームのちしきは、みをたすける。せんぱいのおしえです

◆ルシアン：よく学んだぞ後輩よおおお！

負け惜しみを言いながら落下する俺だった。

くそう、使わないジョブだから弓師のスキルがどんな仕様かなんてしっかりとは覚えてなかった。これは完敗だ。

◆みかん：これで、ごーる

そしてそのままみかんがゴールを決めた。

結局追いつけなかった面々はともかく、最後に負けた俺には何の文句もない勝ちっぷりだった。

◆猫姫：猫姫さん的には最後で脚を引っ張りあって誰もゴールできないと思ってたのにゃ

◆猫姫：そこでしっかり相手だけ落としたのは見事の一言にゃー！

空中の足場をとんとんと移動して、猫姫さんが踊り場へと歩み寄る。

◆猫姫：認めてあげるのにゃ。今回は猫姫さんの負けなのにゃ

みかんがゴールした展望台に飛び乗ろうと、最後のジャンプをする猫姫さん。

◆みかん：あまいです

◆猫姫：にゃっ!?

その眼前に、じゃきんと音を立てて氷の壁がそそり立った。

猫姫さんは壁に阻まれて空中に止まり、慣性が切れた瞬間にずるりと落ちていく。

下から見るとみかんの装備が切り替わってる。

◆アコ：氷花の三角帽子、ですって……!?

◆セッテ：知ってるの、アコちゃん!?

◆アコ：装備時限定でアイシクルウォールレベル1の使える頭装備です

言っちゃなんだけど宴会芸と他人の妨害ぐらいでしか使えないネタ装備もネタ装備だ。

しかしこのレースに限ってはとんでもない有効装備だ。

俺との勝負では装備を切り替えてスキル一覧から選ぶ時間がなかったんだろうけど、こんな最後の最後で見せてくるとは。

◆みかん：ししょうのおしえ、そのさん

表情を動かしてニヒルに笑わせて、みかんは言った。

◆みかん：あおれるやつは、全員あおれ

◆猫姫：そんなことを学んで欲しかったわけじゃないのにゃあああああ

猫姫(ねこひめ)さんも含めた全員が落下し、ゴールしているのはみかんただ一人。

◆ルシアン：なるほど、これは完全勝利だな

◆アプリコット：うむ、負けを認めざるを得まい

◆みかん：ぶい

本当にろくでもないことをメインで学んでしまってる気はするけど、俺も猫姫(ねこひめ)さんもみかんの知識と心構えに負けたんだ。

これは素直に称賛するしか——いやでも、バッツは俺の後輩に何を教えてんだよ。

◆猫姫：ぐぬにゃ……確かに猫姫さんが叩き落とされるのは想定外にゃ……

◆みかん：どやぁ

◆猫姫：しかし、しかしにゃ

◆猫姫：無様に負けた城の主が、最後にやることと言えば何だと思うのにゃ……？

上空の橋の下、つまりロビーに落っこちた猫姫さんが、じりじりと城の入り口へと移動しながら言う。

え、いや、待って待って。

◆ルシアン：まさかそんな、ここまでやって全部台無しになんて

◆みかん：ず、ずるい

◆猫姫：最後に教えてあげるのにゃ

猫姫さんは堂々とロビーから出て、

◆猫姫：大人は！　ずるいものなのにゃあああああああ

大砲の爆発とは比にならない、大きな爆音が城のあちこちから響き渡る。

ロビーの真ん中に立った俺の頭上から瓦礫が降り注ぎ、階段を上っていたアコ達が、そしてゴールである展望台に居たみかんが上から落ちてくる。

◆猫姫：にゃーはっはっはー！　猫姫さんに勝つには100年早いのにゃあああああああ！

◆アコ：爆発オチなんて最低ですうううううう

三章
「自分達にあっさり負けるオチとかある？」

And you thought there is Never a girl online?

北部ノースエンド地区にそびえ立つ雪に覆われた白峰。

常冬の山麓を制覇した者は、絶対零度の山頂にありながら凍ることなき美しき神殿、その名も天上の泉を目にすることとなるだろう。

そこは常世のルールから外れた場所。

過去か未来のいずれかに繋がると言い伝えられている。

◆アプリコット：この神殿で神と再び出会い、二度目の人生を始めることができるわけだ

ロードストーンのたまり場で解説を入れるマスター。

ボーナスの恩恵でみかんも簡単にレベルアップした。全員のレベルが１００を超えたことで、本日めでたく転生に挑むことになったのだ。

◆アプリコット：これがいわゆる転生システムだ

◆アコ：強くてニューゲームですね！

◆アプリコット：ＬＡにおける転生はステータスボーナス、スキルボーナス、一部スキルパワーアップ程度だがな

程度、なんて言うけどその差は大きい。レベルで言えば10ぐらいは上乗せされた強さになるはずだ。

しかし恩恵にはリスクもある。

レベル１から再スタートになるのはもちろん、レベルアップに必要な経験値は倍増と言っていいぐらいに増えるんだ。

俺達が急いで転生しなかった理由もそこで、レベルを戻す為に必要な時間が長すぎるんだ。サ終前の経験値ボーナスで、もう気にする必要もないけどな！

◆アコ：二度目の人生……なんだかドキドキします……

◆アプリコット：強くてニューゲームは全ゲーマーの夢だからな

俺にとっては待ちに待った瞬間だ。ワクワクが止まらない。

◆アプリコット：さて、試練の山だが、行ったことのある者は？

◆シュヴァイン：ないわねー

◆アコ：ちょっとだけ入って敵が強いので逃げたような記憶があります

◆ルシアン：俺も一緒だったたな。少し倒したけど経験値が全然なかった

幸いこのＭＡＰを進んでいる他のプレイヤーが居ないらしく、目の前の敵を倒しながら進行すれば、大きな問題はなく進むことはできた。

そしてたどり着いた山の頂上。

◆アコ：雲の上の神殿！　ＲＰＧって感じがしますね！

◆シュヴァイン：ＳＳ撮るわよＳＳ！　集合はしなくていいから近場に居て！

ここまで登ってきたのは雪だらけの冬山で、森林限界の上にあるらしくほとんど樹木もなかった。

しかしその上にある神殿は、なぜか空中庭園のように豊富な水が溢(あふ)れてる。なんで凍らないんだよどうなってんだ。

◆ルシアン：ここからは敵が居ないのかな

◆アプリコット：扱いが街になっているな。仮に死んでもデスペナはないだろう

◆みかん：せーふ

なんとか死ぬことなくたどり着いたみかんはふーっと息を吐くエモを出した。

美しい水路から雲の下へと水が流れ落ちていく、荘厳(そうごん)な神殿。

噴水の横を通過して歩く俺達に柔らかな日差しが注いでいる。

◆アコ：この場所で転生ができるんですね……来世にワンチャンを実践する時がついに……

◆ルシアン：アコは賭けたのだ。来世でコミュ強でポジティブ、やる気に満ちた陽キャとなることに己の命を賭けたのだ

◆シュヴァイン：さすがに要求が多すぎない？　異世界でも無理でしょそれ

◆アコ：異世界転生する時は一緒ですよルシアン

◆ルシアン：心中宣言はやめて欲しい

まずはこっちの世界で幸せになろ？

目的地はどこかな、とマップを見ると、奥にある大きな建物にクエスト表示がある。

建物内部には美しい女神像がそびえ、俺達を見下ろしていた。

◆アコ：これ見たことあります！　最初のムービーですよね!?
◆アプリコット：オープニングでプレイヤーを過去に送った女神、だな
◆シュヴァイン：黒幕はこんなところに居たのね！
神様悪役説がまだ残ってる！
ストーリーの終わりまで見られないから全ては闇の中だけど、真相は知りたかったな。
◆ルシアン：よし、話しかければ転生できるっぽいな。これでクエストクリアかな？
あー、ドキドキしてきた。ずっと夢だったんだよ、転生して強くてニューゲームするの。

転生したらボーナスポイントをステータスに振って、いきなり中級狩場でレベル上げをして――。
◆アプリコット：む？　ルシアン、この先は予習していないのか？
◆ルシアン：え、なんかあったっけ？
ここでクエストが終わるのは覚えてるから、他に行く場所がないのはわかってる。
ただそこまでしっかり調べてはいないんだよね。
◆シュヴァイン：げっ、まだ先があるわけ？
◆アプリコット：あえて言うことはあるまい。話しかけてみるといい
マスターの言葉に猛烈な嫌な予感がしつつ、像をクリック。
話しかけるとクエストが進行した。

▼よくぞ戻りました——我が最後の子よ——▲

女神が言っているんだろう、文字が画面に表示される。

▼あなたはこの伝説の時代において——一つの到達点へたどり着きました——▲

▼ですが己の限界を超えることで——さらなる未来を目指すことができるでしょう——▲

▼さあ挑むのです——自分自身に打ち勝ち——あらたな可能性の地平へ——▲

画面が暗転する。

次に表示されたのは今までいた神殿じゃなく、何もない白一色の空間。

◆シュヴァイン：何よ、この精神と時の部屋みたいな場所

◆アコ：神様転生される空間みたいですね

◆ルシアン：言葉通りなんだよなあ！

実際に今から転生するんだから。

しかし、次に現れたのは神様なんかではなかった。

ぼしゅん、とマップ移動の効果音が鳴り、一体のキャラクターが姿を見せる。

現れたのは——俺？

◆アコ：え……ルシアン、ですか？

◆シュヴァイン：あんたはこっちに居るわよね？

◆ルシアン：ああ、俺じゃないな、俺と同じ見た目の何かっぽい

ルシアンと同じ姿をしたキャラクターが、ちょうど攻撃が届かないぐらいの距離にぽんと出現した。

さらにSEが連続し、アコ、シュー、マスター、セッテさん、そしてみかんと同じ姿のキャラクターがぽこぽこと出てくる。

◆シュヴァイン：なんですかこれ!?　私達が居ますよ！

◆アプリコット：これが試練だ。己を超えて潜在能力の扉を開く、それが転生クエストの最終段階

女神かってぐらいに厳かな口調でチャットを打つマスター。

なるほどな、ここからまだ戦闘があったわけか。

◆シュヴァイン：要するにドッペルゲンガーがこのクエストのボスってことね。上等じゃない

◆みかん：のぞむところ

シュヴァインとみかん、自分に負けるのが一番嫌いな二人がやる気になってるけど、

◆アコ：待ってください！　自分にだけは勝てる気がしないんですが！

◆ルシアン：ぐうわかる

同キャラは不利マッチングな俺とアコの夫婦はもう苦戦の予感しかしてなかった。

いやー、自分に勝つ！　みたいな概念とは相性が悪いからね！

◆ルシアン：ただ、相手は人間じゃないんだよな?

◆シュヴァイン：AIでしょ。肉入りのこっちが負けるわけないわ
◆アプリコット：うむ、NPCとなった自分など、雑魚も同然！

これがレジェンダリー・エイジで挑む最後のクエストかもしれない。

心の中のドキドキをゆっくりと抑えて、俺は大きく息を吸った。

さあ勝負だ、アレイキャッツ！

◆ルシアン：行くぞ！　とりあえずヘイト取る！

言って俺が前に出た瞬間。

相手も、ルシアンが先頭で突っ込んで来た！

◆ルシアン：俺がまとめて抱えるから、範囲で一気に……げっ！

広範囲にヘイトを稼いでターゲットを集めるスキルを打ったものの、特に効果を発揮しないままエフェクトが消えていった。

ヘイトのないタイプか！

◆ルシアン：タウント効かない！　全部のタゲは無理だ！

挑発スキルを無効にする特性は少ない。当てはまるのは一部のボス属性と後衛ターゲット属性、そしてプレイヤー属性。

これは多分プレイヤー属性だ。プレイヤーに挑発は効果がない。

◆シュヴァイン：あんたは自分を抑えてなさい！　バッシュがなければ負けやしないわ！

VS

殴り合う俺とルシアンの横をすり抜けて、シューが前方にワープ。

両手剣を腰だめに構え、スキルのモーションに入った。

その頭上に、……と沈黙マークが。

スキルシーリング！　敵のアコがスキルを封じてる！

◆シュヴァイン：スキル出ない！　ちょ、アコあんたまともに仕事してんじゃないわよ！

◆アコ：あっちのは私じゃないですー！　すぐ解除します！

◆セッテ：カバーするね！

解除しようとシュヴァインに近寄るアコ。

その前に立った軽装のセッテさんに、ひゅっと糸が絡まった。

◆セッテ：えっ？

そのまま引っ張られてどんどん敵の方に連れ去られていくセッテさん。

◆アコ：セッテさーん！

◆セッテ：何これ何これーー！！！

引っ張られている間に矢が連続で突き刺さる。敵のみかんが狙撃してるらしい。

◆セッテ：あうあうあうー

◆アコ：すぐ助けに行きます！

◆シュヴァイン：あたしの方が近いわ！　あんたは後ろに！

◆**アプリコット**：いかん、全員離れろ！
固まったシュー、アコ、セッテさんとむーたんの頭上からノータイムで振ってくる隕石。
◆**シュヴァイン**：マスターー！　リリースのタイミング完璧過ぎるでしょーが！
◆**アプリコット**：私ではない！　あっちの私だ！
薙ぎ払われる三人。
しゅーとアコは魔法一発はなんとか耐えたみたいだけど、
◆**セッテ**：むりーー！
偽みかんの矢をぐさぐさと受けていたセッテさんが見事に沈んだ。くっ、召喚士が死ぬと一気に人数不利になる！
◆**ルシアン**：こっちは連携が取れるし回復もある。一体ずつ倒せばいけるはずだけど
◆**シュヴァイン**：わかってるわよ！　あんたは絶対に自分を通すんじゃないわよ！
◆**ルシアン**：すまねえ、すまねえ
役に立てなくてすまねえ……！
◆**アプリコット**：厄介な私に火力を集めるぞ！
◆**アコ**：ダメです、逃げていきますーー！
近づこうとするとアイスボルトを撒きながら距離を取るマスター。なんでＡＩのくせに動きが丁寧なんだよ！

その中を矢が飛び交い、さらに伸びてきた糸がこちらを拘束しようと動き回る。

◆シュヴァイン：ああもうこの糸面倒くさいー！

◆みかん：これ、なんです？

罠を巻きつつ糸から逃げ回る双葉が、嫌そうにチャットを出す。

◆ルシアン：ファウストのスキルだ！　蜘蛛の召喚獣アラクネ！

◆セッテ：えええっ!?　私はむーたんしか呼べないよ!?

むしろフェンリル単の方が特殊なんだけどね！

セッテさんは万能型のソロビルドだけど、あっちは支援型なんだろう。ドッペルゲンガーのくせに本人のコピーではないみたいだ。

◆シュヴァイン：ナイスみかん！　いくわよ！

と、動き回っている間に置いていたトラバサミが敵のマスターにＨＩＴ。

◆みかん：ねらいます

前に出るシュヴァインとあわせて前進するみかん。

その横で魔法を狙うマスター、その前をカバーするようにアコも動く。

四人がアプリコットへ火力を集め、敵のアコが使うエクスヒールも超えて落としきった。

◆シュヴァイン：一人！

◆アプリコット：これで五分だ。このまま数を減らせば……

集まった味方のど真ん中に、ヒュンと軽いＳＥと共に大剣を構えた戦士が出てきた。

あ、これヤバイやつ！　全員スキルを打ち切った後だ！

◆シュヴァイン：あたしのシュヴァイン様が二人に！　なにこれ天国!?

◆ルシアン：ドッペルゲンガーだよ！

シューの横にフラッシュブリンクで短距離ワープしたドッペルゲンガーが腰だめに剣を構える。

さっきシュヴァインがやろうとした、敵のど真ん中ランペ！

◆シュヴァイン：やばっ

◆アプリコット：アコ、スキルを

◆アコ：間に合いませんー！

残念ながらこっちのアコは瞬時に反応してスキルを止められるようなハイスペックじゃない。

振り切られた両手剣が一気に味方のＨＰを削り落とす。

◆シュヴァイン：あああ、即死ー！

◆アコ：しゅーちゃんー！

◆アプリコット：くっ、すまん！

何度か交戦していたシュヴァインがソードランページで撃沈。

ちょっと後方に居たみかんは何とか回避し、ダメージは大きいがまだ生きているマスターとアコが距離を取ろうと下がっていく。

全員が敵のシュヴァインから少しの距離をとって固まってる——ということはつまり。

◆シュヴァイン：その位置はダメ！　もっと離れて！

自分のことだからだろう、すぐに気づいた瀬川の声は間に合わなかった。

瞬時に竜へと姿を変えたドラゴンナイトが正面に猛烈な火を吹きつけた。

◆アプリコット：無茶を言うな！　ドラゴンブレスは避けきれんぞ！

◆アコ：じょうずにやけましたー

マスターとアコ、みかんが焼き尽くされてその場に倒れこんだ。

その間に俺は敵のルシアンと殴り合い、そこそこHPを削りはしたけども。

◆ルシアン：あれ？　残ったのは俺だけ？

◆アコ：勝ってください、ルシアン……！

生き残った敵のタゲが全てこちらに向く。

魔法が、矢が、剣が、盾が全部俺の方に飛んできて、

◆ルシアン：勝てるわけあるかー！

あっさりと俺も叩き潰され、クエスト失敗の表示が画面に大きく映し出された。

NPCの自分に負けるはずがないのに！

こっちはちゃんと操作してるのにー！

◆**アコ**：いやー、私達は強敵でしたね
◆**シュヴァイン**：嬉しそうに言ってんじゃないわよ！
◆**シュヴァイン**：ここまで来て自分達にあっさり負けるオチとかある？
◆**ルシアン**：いやあ普通に勝てなかったな
◆**みかん**：くやしみです
◆**セッテ**：みかんちゃんレベル下がってない？
◆**みかん**：デスペナ、ついてないです
◆**ルシアン**：フィールドが街ＭＡＰ扱いだからデスペナがないのかな
◆**アプリコット**：幾度も失敗しながら挑むのが前提になっていると見える
最初から負けるのは想定済みってことか。
流石は転生クエスト最後の壁。簡単じゃないな。
◆**セッテ**：うう、私が最初に落とされちゃったせいだよね
ごめんね、と土下座のモーションをするセッテさん。
◆**シュヴァイン**：あれは奇襲でしょ。糸で引っ張られるとは思ってなかったもの
◆**アプリコット**：ドッペルゲンガーが本人と別のスキルを使ってくるとは、卑怯であろう
スキル構成が全然違うとは思わないよなあ。

相手が自分なだけに予想外のことされたら食らっちゃうよ。

それに最初に落ちたのがセッテさんってだけで、俺も自分を抑えてた以外に何もできてない。

メインタンクがタゲを集められてないんだからそりゃみんな苦戦するはずだ。

◆**ルシアン**：ヘイトの概念がない敵みたいで殴ってる相手以外のタゲが取れなかった。役に立たなくてすまん
◆**シュヴァイン**：考え方を変えた方がいいかもね。これは疑似的な対人戦だわ
◆**アコ**：スタンいれてもらって、私もエクダメするので一人ずつ倒しますか
◆**みかん**：なら、スネアまきます
◆**アプリコット**：基本は単体火力で攻める。多少なり誘導できれば範囲でまとめて焼くことも考えよう

俺達もここまで遊んできたわけじゃない。

いや遊んではいたんだけど、ちゃんと真面目に遊んできたんだ。

作戦さえあればＡＩ制御のドッペルゲンガーなんかに、絶対負けたりしない！

対人用の装備を倉庫から引っ張り出して、面倒なフィールドを駆け抜けて、再び神殿へと舞い戻る。

◆**ルシアン**：よし、リベンジマッチだ！
◆**アコ**：私達のチームワークを見せつけてやりましょう！

おー！　と拳を突き上げて戦闘に突入した。

前回と同じように陣形を組んで前に出てくるドッペルPT。

一番厄介なのは恐らくアプリコットだ。範囲魔法も単体魔法も厄介極まりない。
◆ルシアン：俺が前でマスターを止める！
◆シュヴァイン：タイミング見て突っ込むわ
攻撃を受け止めながら前に出るルシアンとサイドから回り込むシュヴァイン。

後ろを守るようにむーたんが一緒に前に出て、退路をカバーするようにみかんの罠が置かれていく。こっちも連携はしっかり取れてる。
◆ルシアン：やべ、鈍足食らった！
◆アコ：解除いれます
偽アプリコットからのアイスボルトで鈍足化するが、即アコからリカバリーが入る。ありがてえありがてえ。

おかげで中央を突破できた。あとは、こう！
◆ルシアン：スタン入った！　←　ここ！
◆シュヴァイン：よしきたー！
◆みかん：あわせます
ブリンクで飛んでくるシューの剣とみかんの矢が偽アプリコットに突き刺さる、直前。

スタンした偽アプリコットの体に糸が絡みつき、しゅっと後ろに引っ張られていく。

◆シュヴァイン：逃げたっ⁉

◆アコ：そんな使い方もあるんですか⁉

◆アプリコット：敵味方問わず、短時間行動を制限して自分の下に引き寄せるスキルだ！

◆セッテ：便利すぎー！

だからそっちのビルドが多いんだけどね！

◆ルシアン：クールタイムはあるから、そう連発はできないはずだけど

それでもシールドバッシュとそう変わらない程度には打てる。こりゃ適当にスタンを入れても倒せないか。

しかも相手の動きがいやらしい。

あくまでも遠距離を維持してこちらの体力を削りながら持久戦を狙う構えだ。

◆シュヴァイン：こうなったら仕方ないわ。シュヴァイン様から退場してもらいましょう

多少のリスクは飲み込んだか、偽シュヴァインに突っ込むシュー。

同じ姿の相手に大剣を叩き込む。

◆シュヴァイン：あたしの弱点は！　防御力なのよっ！

さらにマスターの単発魔法に、みかんの矢も何発かは命中した。

よし、これで一人は――。

◆シュヴァイン：うそ、耐えんの!?

落ちてない！　偽シュヴァインは健在だ！

それどころか、逆に殴り合いになったシューのＨＰがガンガン減っていく！

◆シュヴァイン：むりいいいい

◆ルシアン：俺と交代だ！　一度下がれ！

◆アコ：すぐ回復します！

◆セッテ：コンボ狙ってみる！

偽アプリコットを抑えていたルシアンで急いでフォローに向かう。

他のみんなもカバーに入ってめちゃくちゃになった俺達の陣形。

そのど真ん中に大きな魔法陣が出現した。

見慣れた火属性大範囲魔法の魔法陣。しかしこれはマスターじゃない。

◆アプリコット：散会だ！

◆アコ：あんまりバラバラに逃げたらヒールが

◆シュヴァイン：待ってシュヴァイン様の攻撃でヒットストップが

◆ルシアン：一発は耐えるから俺が残って足を止める！

リリース！　と、偽アプリコットの頭上にスキルが表示された。

ああ……そっちもリリーススペルが使えるもんね……。

メテオストライクの詠唱完了と同時に、即座に発動するもう一つの大範囲スキル。
しかもご丁寧に反対属性のパーフェクトブリザード。

◆ルシアン：これはしぬ。二発は耐えない

◆シュヴァイン：あたしはメテオの時点で即死なのよねえ

◆アコ：途中で回復をっ

◆ルシアン：あ、近づいたら

◆アコ：あうっ

回復を差し込もうとしたアコに糸が絡(から)みつき、範囲魔法の中に引っ張り込まれた。ああ、こっちがやろうとしてた作戦がそのまま使われてる。

そしてさっき本物がやっていたように、突っ込んでみかんへと斬りかかる偽(にせ)シュヴァイン。
俺がやっていたようにマスターを追い回して止める偽(にせ)ルシアン。セッテさんは引き撃ちで矢を撃ちまくるみかんに対応策がなく――。

俺達は無事に全滅した。

◆シュヴァイン：勝てないんだけど！　あたしの癖に普通に硬いし！

◆アコ：私なのに回復強いんですけど！

◆みかん：わなじゃなくて弓がつよい

◆セッテ：今更だけどペットが違うのおかしいよ！
◆アプリコット：ううむ
一度たまり場に帰還して作戦会議に入った。

流石にこれは予想と違いすぎる。ただ自分と戦ってるって感じじゃなかった。
◆ルシアン：どうせAIだし適当で勝てるだろって発想は捨てなきゃダメなのかもな
◆アプリコット：無闇矢鱈と挑んでも勝てそうにないのは確かだな
◆シュヴァイン：AI操作であんな強いのね
◆ルシアン：最近のAIって実は強いんだよなあ
ＡＩ制御のＮＰＣに負けるなんて、って思ってしまいがちだけど、舐めたものじゃないんだ。

例えばアクションゲームのＣＰＵって、最強の設定にすると人間では不可能な超反応で反撃してくるから、限定状況なら人間より強いってことも普通にある。

今回も閉鎖空間での対人戦闘だから意外とＣＰＵ向きの条件なんだ。
◆セッテ：だからってこんなに負けるかなあ
◆みかん：れんしゅうは、してるんですが
◆ルシアン：そもそもあいつらは何なんだよ。同ジョブなだけの別キャラだよな？
◆アコ：だと思います
負けた理由を考える前に、どういう仕様のクエストなのかがいまいちわかってない。

その辺を把握しないと戦略が——と考えていると、入店する軽いSEが鳴った。
たまり場にしている店へ入ってきたのは軽装のプレイヤーが一人。
服装がいつもと違う、ノービスのデフォ衣装の猫姫さん。
普段がやたらとフリフリな装備を着てるから中々に違和感がある。

◆猫姫：にゃ？　みんなまだ転生してないのにゃ？
◆アコ：猫姫さん、もう転生したんですね
◆猫姫：にゃ。入るのが遅くにゃるから、一緒に上げられるように先に転生しておいたにゃ
◆セッテ：ということはっ！
◆みかん：くえすと、クリアしてる？
◆アプリコット：ご指導を頂きたい！
◆シュヴァイン：せんせー攻略法！
◆ルシアン：はよはよ
◆猫姫：にゃあああああ!?

†　†　†

◆猫姫：このクエストはキャラ育成に必要にゃのに難易度が高いからって、運営から説明があ

ったのにゃ

ノービスの服装から着替え、知的なスーツっぽい衣装にメガネを装着し、くいっと位置を直して猫姫さんが言う。

◆猫姫：それによると、ボスとして戦うドッペルゲンガーはそれぞれのジョブに応じて

◆猫姫：運営の想定するノーマルな育成をしたキャラクターになっているのにゃ

ノーマルな育成、つまり推奨ビルドってことか。

◆アコ：テンプレキャラになってるんですね

◆シュヴァイン：運営が正解を決めちゃうってのもどうなのよ

◆猫姫：あくまでも一つの例であって、それだけが正解ってことはないけどにゃ

ともかく、とにゃごにゃご言って、

◆猫姫：相手は優秀なスキルと適切なステ振り、それなりの装備を備えたドッペルなのにゃ

◆猫姫：まともに戦うとそこそこ強いかもしれないにゃ

◆セッテ：え、でもでも、ファウストって蜘蛛をペットにするのがオススメなの？

とセッテさんがむーたんを撫でて首をかしげる。

◆セッテ：蜘蛛ってソロじゃ戦いにくいんでしょ？

◆ルシアン：そのはずだけど

サモナーの育成についてセッテさんと検討した時にそんな話をしたことがある。

蜘蛛ビルドは人気ではあるけどあくまでもPT用。ソロ専門なら火力的にも耐久的にもフェンリルに劣る。安易に推奨ビルドとは言えないはずなんだ。

◆猫姫：良い質問にゃ！　まさにそこが問題なのにゃ！

低レベル用のシンプルな杖で床を叩いて、猫姫さんが頷く。

◆猫姫：なんとこのクエストはどんな編成で挑むかで、出てくる敵が大きく変わるようになってるのにゃ！

なる、ほど？

そりゃ自分と同じジョブの敵を倒すんだから、編成は変わるだろうけど。

◆ルシアン：敵がこっちと同じ編成になる……ってだけの話じゃなさそうだなあ

◆猫姫：もちろんにゃ！　運営肝いりの転生クエストはそんなに甘くないのにゃ！

なぜか自慢気な猫姫さん。

どやっと胸を張り、これがポイント！　とチャットを出す。

◆猫姫：転生クエスト『伝説の時へ』の敵ドッペルゲンガーは、相手の編成に合わせて、自在にスキルやステータス、装備が変わるのにゃ！

編成にあわせて変わる、ですと？

スキル、ステータス、装備って——ジョブ以外全部じゃん！

◆セッテ：変わるってどれぐらい変わるのー？

◆猫姫：まるっきり別になるにゃ。例えばセッテちゃんがソロで挑戦するとSADのフェンリル型メフィ、PTで挑むとIVDの蜘蛛型メフィが敵になるのにゃ

◆セッテ：全然違うっ！

◆猫姫：もちろん装備もそれにあわせて調整されてるのにゃ

◆シュヴァイン：うっわ面倒くさ！

◆ルシアン：俺はソロだとSADの槍火力型、PTで挑むとVSDのタンク型とかですかね

◆猫姫：そんな感じにゃ。ソロで挑むとソロで、PTで挑むとPTで、適切に育てられたテンプレキャラが襲ってくるのにゃ

◆アコ：つまり私達が戦ったのは……

◆猫姫：理想的なテンプレ構築のPTなのにゃ

◆シュヴァイン：そりゃ強いに決まってるわね

◆アプリコット：ぬう……厄介だな……

　ヒール力に欠けたアコと彼女を補うため過剰に硬くなった俺。

　その俺が敵を抱えることで安全に殴れるシューは火力に特化する。

　そこに後から入ってきたセッテさんはソロ型の万能タイプで、みかんは本人の気質で半対人ビルド。

　俺達のPTとしての完成度では、テンプレ揃いのPTには劣るに決まってるんだ。

◆**アプリコット**：私は完成形で劣った点はないと思うのだが
◆**シュヴァイン**：ドッペルゲンガーはお金がかかってないのが優秀でしょ
◆**アプリコット**：それは優れた点なのだろうか……？
　マスターは普通にドッペルさんより強いと思う。
　俺達が足を引っ張ってすまねえ。
◆**アコ**：あの、それなら私達はクリアできないんですか？
◆**シュヴァイン**：そーよ、テンプレキャラ以外じゃ転生は無理なわけ？
◆**猫姫**：そんなことはないのにゃ
　ないない、と首を振る猫姫(ねこひめ)さん。
◆**猫姫**：ソロの時は比較的弱い設定になってて自分の得意な部分を押し付ければ勝てるのにゃ
◆**猫姫**：相手はポーションをあんまり使ってこないから連打する手もあるにゃ
◆**アコ**：ふむふむ
◆**シュヴァイン**：あたし正面からの殴り合いでテンプレドラナイに勝てる気がしないんだけど
◆**ルシアン**：動きはＡＩなんだろ？　範囲の大スキルをブリンクで避けながら戦えば？
◆**シュヴァイン**：あー、ね
◆**アコ**：私はどうやって勝てば……普通に聖属性の攻撃魔法で浄化されるんじゃ……
◆**ルシアン**：スキル封印を維持しながら殴り続ければ多分余裕で勝てるんじゃ

◆アコ：あ、シーリングは効くんですね

◆猫姫：こっちは封印耐性の装備を用意できるんにゃけど、相手は普通の装備だからにゃ

ステータスが平均的だから殴っても強いのがアコだ。

いっそ余裕そうなぐらい。

◆シュヴァイン：奈々子はタイマンならラッシュかけて倒せるでしょ

◆セッテ：避けないなら平気かも？

耐久力から考えてハウリングラッシュが通ればまず落とせる。戦いの流れで決まらない可能性はあるけど、それでも決まるまでマラソンすれば勝つだろう。

◆ルシアン：マスターはもちろん勝てるとして、みかんは……

◆みかん：じぶんには、まけません

それもそうか。バッツに訓練つけてもらってるみかんがタイマンでＡＩに負けるとも思えない。さっきも罠で一人倒してたしな。

◆ルシアン：なるほど、状況はわかったぞ。つまりそれぞれがソロで挑戦して、クリアしてから合流して転生すればいいわけだ

と、簡単な解決策を言ってみたものの。

◆ルシアン：……で、いいのかなあ？

全然しっくり来ない。

負けた気しかしないぞ、この選択肢。

◆シュヴァイン：運営からの挑戦状、負けたまま最後って、ねえ?

◆セッテ：私達がダメPTみたいだもんね!

◆アプリコット：うむ、最高のギルドである我々が運営の想定を超えられないなど、ありえんテンプレより完成度は低くても、もちろん弱いつもりはない。ここまでみんなでやって来たのに、PTじゃどうしようもないからソロでやろ、なんて納得いかないよなあ。

◆アプリコット：一応提案しておくが、完ポや雫とまでは言わないが、ポーションを乱打すればすぐに勝てると思われるが

◆ルシアン：あっちはポーションの数に制限あるんだろ? 連打したら負けた気がするよな

◆シュヴァイン：相手が人間ならいいけど、NPC相手に物量作戦って悔しいわよね。むしろこっちはポーション縛っていいぐらいじゃない?

勝てばよかろうな俺達だけど、転生前の重要クエスト、それも運営からの挑戦状って言われると正面から突破したくなっちゃうのだ。

あれこれと縛るつもりはないけど、相手のPTと同じような条件で勝ってみたい。それぐらいならなんとかなるはずだ。

◆アコ：そうですよね。最後の最後で、みんなじゃ勝てないからソロで終わらせようとか、アイテム一杯使って無理やり勝とうとか、嫌ですよね

アコもやる気のある顔で頷いてる。

これがみんなで挑む、レジェンダリー・エイジから課せられた最後のクエスト。

これまで育ててきた愛着のあるキャラクターが、本当に強く育ったのだと証明するクエストなんだ。

そうだよ、これが最後なんだから——。
◆セッテ：……アコちゃん、いま最後の最後って言わなかった？
◆アコ：えっ
はっと口を押さえる動きをして、アコはぷるぷると首を振った。
◆アコ：言ってません。私のログにはなにもありません
◆シュヴァイン：あんたのクライアントぶっこわれてるわよ
◆セッテ：壊れてるからこれ以上は運営できないんだもんね
◆アコ：壊れてません！　まだまだ続けられるはずです！
みんなの話を聞いてるうちに、アコも受け入れつつあるのかもしれない。

このゲームがもうすぐ終わるんだと。できることをしないと悔いが残ってしまうんだと。

よし、みんなの気持ちは一つだ。
◆ルシアン：やろう！　最後は全員で、自分に勝つんだ！
◆シュヴァイン：あたしたちが最高のＰＴだって証明しましょ！

◆**アプリコット**：我々がテンプレキャラごときに負けるなどありえんな！
◆**セッテ**：仲良しパワーをみせよー！
おー！　と拳を突き上げる。
最後の最後に手応えのあるクエストを用意してくれて、むしろ感謝したいぜ。
絶対に倒してやるからな偽アレイキャッツめ。
そんな俺達に、猫姫さんがぽつりと言った。
◆**猫姫**：先にクリアしたのは失敗だったかにゃ……
猫姫さんがいたらゴリ押しでクリアしちゃったかもしれないので！　見守っててください！

——で、挑戦すること既に10回。

◆**アプリコット**：くっ、カバーでリリースを切る！　スタライを壁にして下がれ！
◆**アコ**：どこに打ちました!?　後ろですか!?
◆**セッテ**：アコちゃんから右！　一緒に下がろ！
◆**みかん**：しにました
◆**アコ**：ああああっ、ごめんなさい回復届かなくて！
◆**みかん**：わたしの、みすです
アコのヒーリングサークル範囲外から矢を撃っていたみかんが、大魔法の外側から近づいてきたシュヴァインに切り落とされていた。

倒せる相手をしっかり倒す、ＡＩの堅実な思考が光る。

◆アコ：蘇生を入れるので詠唱時間をください！　蘇生中にあたしが死ぬ！

◆シュヴァイン：ごめん殴り合っちゃってる！

◆ルシアン：一旦オバシする、距離を取ってくれ！

偽シュヴァインをふっ飛ばしてリセットしようと前に出たルシアンに、アラクネの糸がくるっと絡みついてあああああ引っ張られるー！

◆ルシアン：それずるいやつ！　やーめろー！

◆シュヴァイン：待って、もう少しで私が倒せるから！

ハウリングラッシュをしかけるセッテさんが偽セッテさんを倒そうとするけど、アラクネは本体を無視してこっちに攻撃を続ける。

◆アプリコット：身を捨てた連携だと……!?　ＡＩの方が人間よりも人間らしいというのか!?

◆シュヴァイン：計算だけの相手に負けてらんないのよ！　こうなったらあたしが……あ、ごめん普通に死んだ

◆アコ：偽みかんちゃん火力高すぎですー！　しゅーちゃんの回復間に合いません！

◆アプリコット：人数差がついたぞ、アコを守って立て直しをぐふうっ

◆ルシアン：マスター！

マスターが倒れ、前衛の俺とシュヴァインを欠いたアレイキャッツに勝機はない。

今日も敗北して挑戦が終わった。

ごめん、正直言って割と普通に勝てると思ってました。転生が完全なエンドコンテンツだって認識が足りなかった。

幾度も挑戦を重ね、未だに負け通しなのが俺達の現実だった。

✝✝✝　✝✝✝　✝✝✝

あちこちでSSを撮ったり、他のギルドと交流したり、特に意味もなくたまり場でだらだらしたりと忙しいので、ずっと挑戦し続けたわけではないんだよ？

それにしたって負け通しなまま時間が過ぎて、段々と春休みも近づいてきた。

休みが近づくのは嬉しいけどそれはサ終が近づいてきたってことでもある。

逃げられない終末が迫ってくるような圧迫感が消えないまま毎日を過ごしてる俺達だ。

「惜しい戦いはしてると思うんだけど……なんか勝ちきれないよなあ」

部活を終えて帰宅中、ぽつりと言った俺に、アコがほわほわと答える。

「ちょっと幸運を引き続ければ勝てそうですよね？」

「たまたま上手く行った、が三連続ぐらいあればいけそうだよな」

いい感じにハマれば逆転できるぐらいの難易度だと思う。どちらかと言えばここまで俺達に運がなかっただけだとすら思う。

ただ問題は。

「たまたまで勝ちたいわけじゃないんだよなあ」

「そうなんですよっ」

俺の隣で歩調を合わせて、アコが何度も首を縦に振る。

「偽物より私達の方が強いんだって証明したいですよねっ」

「圧勝とは言わないけど、もう読み切ったぜ！　みたいな鮮やかな勝ちを狙いたいなー」

そもそも勝てない状態で何を言っているのかって話なんだけど、何度も負けてると逆に勝ち方にこだわっちゃう現象ってないかな？　俺はあると思うんだよ。

「装備がもうちょっと良くなればなあ」

「探してはいるんですけど……」

俺たちが使ってる装備はちょっと型落ちの対人装備で、そこまで強くはない。

環境装備をがっつり揃えればやりやすくなるはずなんだけど、

「見つけても高いんですよねえ」

「相場が下がらないのは想定外だったな……」

サ終にあわせて装備の値段は下落してはいるんだけど、何もかもが捨て値になるってわけじやなかった。

最後の最後で対人をしたいとか、今まで溜め込んでいたお金を使ってしまおうって人が居て、一部のアイテムに需要が集中してるんだ。

店売りが解禁されてないボス対策装備とか対人装備はいっそ値上がってる物すらある。

狩り用の特化装備とかはお値打ち価格で買えるんだけどね。

「おしゃれ装備はいっぱい買えたんですけどねー」

「そこに使った金があれば高い対人装備も買えたのではないか。ボブは訝しんだ」

「LAはまだまだ続くんですから高い時に買わなくていいんです」

かいものじょーず！　と嬉しそうに言うアコ。

アコがそれでいいならいいけどもよ。

「でも思い出作りのために、せっかく買った衣装でSSは撮っておかないとな」

「あ、はい。それはしゅーちゃんと毎日あちこち行ってます」

「俺も連れ回されてるよ……」

瀬川に付き合って俺のルシアンもそこかしこでSSを撮らされてる。

各メンバーの撮影予定が勝手に組まれてる状態だ。

あ、それと。春休みを前に動かなきゃいけないことは他にもあった。

「マスターがそろそろオフ会の打ち合わせをするってさ」

「それもありましたね！」

いまさらオフか、とは思うけど、マスターのことだから何か理由はあるんだと思う。

むしろ理由がなくたって参加するしな！

「春休み前には予備校もあるしな。タイミングは相談しないと」

「えっ」

普通の会話の流れだったのに、アコが急に固まった。どしたどした。

「なんだそのえって。変なこと言ったか？」

「恐ろしい単語が聞こえた気がしたので……よび、こう……？」

「もう受験生だし勉強はしないと。予備校の見学ついでに土日の体験授業に行くんだよ」

この人の教え方いいな、って講師の人がいたら本格的に通ってね、という体験会だ。

気に入ったら春休みに行われる本格的な講習も申し込めるらしい。

マスターも去年はいくつか受けたらしいし、瀬川(せがわ)は長期的に通う予定だとか。

「ある日突然通い始めるより一度受けて決められる方がいいよな」

「ルシアンはちゃんと考えてるんですね……うう、でもわざわざお勉強のために遠出するのは大変ですし……私はお留守番ですね……」

「アコも行くんだぞ」

「ふぇ？」

ふぇ、ではありません。そんな可愛い顔でこっち見てもダメです。当然一緒に来てもらうぞ」

「俺が予備校行ってアコが行かないわけないじゃないか。当然一緒に来てもらうぞ」

「いえいえ、何も申し込んでないので」

「してあるから」

アコのお母さんが。

「特に準備もしてないですし」

「準備もしてあるから」

アコのお母さんが。

「なんでですかーっ⁉　どうして本人が知らない間に話が進んでるんですか⁉」

「互いの両親を引き合わせたのはアコにとってもリスクだったってことさ……」

「まさかお母さんとお父さんが！」

「両方の親が結託して二人一緒に講習に叩き込まれたんだよ！」

決定事項として言われたのでどうしようもなかった。何ならちょっと授業追加した。

「裏切ったんですか、お母さん……」

「でもアコのお母さんから『予備校帰りのデートは、下校デートとは一味違うからやらなきゃ損』とのアドバイスがあったぞ」

「それはちょっと魅力的ですけど！」

あうあうと左右に視線を動かした後、アコはおずおずと俺と目を合わせた。

「ちなみにその体験って何時ぐらいに終わるんですか？」

「朝から始まって、一時には自由かな」

「それぐらいなら……予備校デートのために我慢できなくも……ううう……」

「あのアコが予備校にちょっと乗り気なの凄いな」

さすがお母さん、アコの動かし方がよくわかってる。

「夜はドッペルさんに挑んで、空いた時間でSSも撮って、オフ会もして、ついでに予備校もあって、忙しい春休みですねー」

「サ終が近づけば専用のイベントもあるし、最後まで楽しまないとな」

正直に言えば、LAがサ終だってのに予備校なんて行ってる場合かよ！　って思いはある。

その気持ちは否定できない。

でも俺が受験に挑む時に『LAに時間使ってないで勉強しときゃ良かった……』なんて後悔をするのは絶対に嫌だ。失敗の理由をLAにしたくない。

胸を張ってサービス終了を迎えるためにもやるべきことはやる。そんな風に考えられるようになったのも、少しずつやり残しが減っていってるからだと思う。

「でもさ、俺たちのやり残しばっかり挑戦してるけど……アコはいいのか？」

俺との結婚生活、なんて言ってたけど。それ以外にやりたいことがあれば付き合うのに。

「LAは終わりませんから、私はゆっくりでいいんです」

俺から視線を外して正面に向き直り、アコは平坦な声で言った。

「それでもいいよ。でも仮に終わるとしたら、って考えて思いつくことがあったら言ってくれ。俺達はいつだって一緒に行くからさ」

「優しくされちゃうと逆に折れそうになるのでやめてくださいぃ」

「いつでも折れてもいいんだぞ」

涙目のアコの頭をなでて、俺も進む先へ顔を向ける。

新学年が、受験が本格的に近づいてくる。

レジェンダリー・エイジが終わる。

俺達の前には新しい道が伸びている。望む望まないにかかわらず。

無理に押し付けるわけじゃないけど、みんなに引っ張られて、ゆっくりと受け入れて、アコも新しい道を選んでくれたらいいなって思う。

納得できるかはともかく、俺にとっての終わりは近づいてるんだ。

転生クエストさえクリアできれば——。

いや、それが出来ないんだけどね！

四章
「自己紹介をお願いしましょうか」

And you thought there is Never a girl online?

◆アプリコット：いっそのこと私の資金で全員の装備を精錬すれば勝てるのではないか
◆アコ：いいんですか！
◆ルシアン：ダメだから乗るんじゃありません

マスターのやけくそ気味な提案にアコが乗ったのもわかるってぐらいに、本日も無事敗北。

さっさともう一回行けよ、と思うだろうけど、途中のフィールドを抜けて厄介な山を登って神殿まで行くのは思った以上に面倒で、そう何度も何度も挑戦する気力がわかなくて。

◆アコ：あんまり負けるので、そろそろ甘えていいかなと……
◆ルシアン：冷静になるんだ。そんな魔改造アコが勝って本当に勝ったと言えるのか！
◆アプリコット：ううむ、我々の望む勝利ではないか

もうちょっとレベル上げよう、ぐらいなら全然良いと思うけど、流石にマスターによる強化手術で勝っても仕方ないだろうに。それならポーションがぶ飲みしようぜ。

◆ルシアン：まあ今日の本題はこっちじゃないしな
◆アプリコット：うむ。オフ会について検討させてもらいたい

今日の挑戦失敗後、俺とアコ、マスターだけがたまり場に残ってたのはオフ会についての相談をするためだ。

みかんは追加のレベル上げに、セッテさんとシューはSSを撮るついでに狙いのエンチャントを取りに行ってる。

もちろんギルチャは見てるけど進行はこちらです。

◆アコ：最初にもう一回確認なんですけど。オフ会って何回もやりましたよね？

どうしてまたやりたいんですか？　と？マークを出すアコ。

旅行のような大掛かりなものであったり、一日だけのサバゲーだったり、これまで何度もオフ会はやってきたよな。

◆アプリコット：そうなのだが、違うのだ

マスターは立ち上がって店の中をてくてくと歩き回る。

◆アプリコット：一度目のオフ会を覚えているか？

◆ルシアン：忘れるわけないよ、あんな衝撃的なオフ

◆アコ：リアルでは初めて会いましたからねー

ふわふわ言うアコだけどそんな呑気な話じゃないからな。

同じクラスの仲悪い子、学校の生徒会長、そしてちょっと学校で見たことある気もする可愛い女の子と一気に出くわしたんだ。

わけのわからないメンバーに大混乱だったんだからな。

◆アプリコット：あれはかなり特異な会であったと思う。懐くアコに困惑するルシアン、そんなルシアンとモメるシュヴァイン

◆アプリコット：そして地味にスルーされがちな発起人の私と、初のオフ会としては真っ当で

はなかった

◆ルシアン：まあ確かに

それ以降はどちらかと言えば同級生、部活仲間と会う感じであんまりオフ会な感じはしなかったもんな。

◆アプリコット：最後になってしまうが、あの最初のオフ会をやり直したいと

◆アプリコット：いや、やり直さなければいけないとずっと思っていたのだ

◆アコ：最初のやり直し、ですか

ちょっと不思議そうにアコがチャットを続ける。

◆アコ：今もう一回やり直すと何かあるんでしょうか

◆アプリコット：ある。私にとっては重要な意味が

マスターは重々しく頷いた。

おっけー、それだけ聞ければ問題ない。

◆アコ：わかりました、じゃあ普通に一回目のオフ会な感じでやりましょうっ

◆ルシアン：そだな、細かいところを決めよう

◆アプリコット：……そう簡単に納得して良いのか？

あっさりと話を進めることにした俺達にむしろマスターの方が不審げだった。

◆ルシアン：そりゃいいよ。それがマスターにとって重要なら絶対やろう

◆アコ：仲間ですから！

どんな意味があるのかはきっと話してくれるだろうし、何なら聞けなくてもいいさ。

別に説明はできないって言われたって迷いなく開催しただろうしな。

◆アプリコット：すまない……すまない……

ぶわっと目の幅に涙を流すエモをするマスター。

最近涙もろいし、リアルでも泣いてそう。

◆アコ：どういう流れにします？

◆ルシアン：マスターは考えてる予定ある？

◆アプリコット：ある程度は考えているぞ

と言った後、マスターはしばらく間をおいて、

◆アプリコット：みんなの地元などではない繁華街に集まり、どんな人だろうと緊張しながらSNSで位置報告をして合流。本名を知らないため小声でキャラ名で呼び合いながらカラオケボックスなどに移動してやっと真っ当なトークを始め、店員が来る度にちょっと小声になったりもしつつ馴染(なじ)んでいき、話せる範囲のリアルトークとゲームのトークを織り交ぜながらまたオフ会をやろう、と言って別れるような形にしたいと思っている

チャット長ぇ！

読むのにそこそこ時間がかかるレベルだぞ！

◆シュヴァイン：ちょっ、ログ埋まったわよ!?

◆アプリコット：すまない、思わず熱がこもってしまった

戦闘中のシューが思わず突っ込む程の熱量だった。

読んでみるとめっちゃ具体的だし。

ステレオタイプなオフ会！　っていうものに固定されたイメージがあるらしい。

でも言いたいことは伝わる。そういう意味では最初のオフ会もスタンダードじゃなかった。

◆ルシアン：オフ会って言いつつもリアルで会ったら本名言ってたよな……

◆アコ：一番恥ずかしい名前って誰ですかね？　猫姫さん？

◆みかん：ぶたさん

◆シュヴァイン：あんたドッペル戦もずっと黙ってたでしょ!?　こんばんはの次にチャットしたのがそれってのは喧嘩売ってんのよね!?

多分喧嘩は売ってるんだけど買わずに落ち着いていただきたい。

◆ルシアン：マスターの希望で流れは大体わかった。後は日程かな

◆ルシアン：それぞれあいてる日をログに入れといてくれ

◆アコ：はーい、書いておきますー

◆シュヴァイン：りょ

◆セッテ：りょー！

◆アプリコット：付き合わせてしまって済まない

◆アコ：なんだか楽しそうだし、良いじゃないですかっ

◆ルシアン：逆に新鮮だよな

おっと、猫姫さんにも連絡しておかないと。

◆ルシアン：店も最初の時みたいに個室を予約とかしなくていいんだよな?

◆アプリコット：もちろんだ。場当たり的に、普通の店を探して普通に進めるぞ!

「こ、こんにちは、はじめまして、アコです。ふ、ふひひひ」

早いうちに開催しよう、ということで次の週末、土曜日。

集まったカラオケ店の手狭な一室で、最初に口を開いたのはアコだった。

「これはきもい」

「その引き笑いやめて」

「どうしたら笑い声がふひひになるの?」

「リアリティがある、高得点だな」

アコのとんでもない自己紹介に評価が割れた。

「本当に初めてのオフなら、って考えたら緊張して出ちゃったんですが……」

「たまきせんぱい、最初もそんなかんじ?」

「初回であんな笑い方はしてなかったぞ」

むしろ今より砕けてたぐらいだと思う。

「っていうかアコ、あんた最初のオフ会って緊張してたの？」

「最初から嫁ムーブ全開だったよな」

「夫と初めて会うのに距離感があったら悲しいじゃないですか！」

「もう言ってる意味が全然わかんない」

夫婦じゃないし、夫と初めて会うって意味わからないし、アコ的にゲームで会ってれば初対面じゃないのではって疑問もあるし。

突っ込みどころが多すぎて手がつけられない。

「皆も他人事ではないぞ、自己紹介を続けよう」

そう言ったマスターの視線が俺に向いたので、

「あ、ルシアンっす、よろしく」

それはもう気楽に言った。

「ゆっる」

「適当に言うのずるいー！」

「いやいや俺はただのオタクなんだよ！」

カラオケでハンドルネームを名乗るのに照れたりしないし！

いや当時は内心でちょっと恥ずかしかったけど、それでも普通に名乗れたしさ。

「では次は」

するりと、俺の正面に視線を流すマスター。

そこに座っていた瀬川がずっと顔を伏せる。

「……」

「どうした、自己紹介を――」

全員のスマホが小さな音を立てた。

おや、と画面を見ると、

――俺様がシュヴァインだ。よろしくな(ﾟДﾟ)

「あっ、しゅーちゃんが口に出さない作戦に出てます！」

「ずるい二号ー！」

「これオフ会だとあることでしょ！　ほら続けなさいよ！」

隣の秋山さんの脇をつつく瀬川。

「奈々子です！　七だからセッテでーす！　よろしくね！」

「くっ、奈々子は本名由来だから全然照れないわよね……」

「普通の名前だもん」

ぐぬぬと悔しげに唸る瀬川に、

「私は杏だからアプリコットだ。自己紹介が取られてしまったな」

流れで自己紹介するマスターに、

「みかんです。本名です」

「ちょ、本名シリーズ強くない!?」

「名前がそのままキャラ名なのズルイなあ」

「そうですよ、みんなもっと緊張してください!」

「アコが言うのかアコが」

本名そのまんまの代表だろうに。

とはいえ、さらっと流れた自己紹介に、みんな不満はない。

そう、全員がわかっている。ここまではいわば前座。

本番はここからだ。

「ではあと一人、自己紹介をお願いしましょうか」

「うう……」

全員からの視線を受ける斉藤先生。

残ったのは誰よりも年上で、誰よりも恥ずかしいキャラ名の、この人だ。

「ぜ、全員が自己紹介したんだから誰かはわかってるし、別にいいんじゃない?」

「部外者が混じっている可能性もあります。やはり名乗っていただかなければ」

「実は読み方が違うとか、そういうこともあるわよねえ」

「イントネーションもわかりませんし」

「やっぱり本人の口から聞かないとな」

「初期メンバーのみんなが容赦ないのにゃ……」

　先生は苦しげに下を向いた後、

「――――ままよっ」

　きっと顔を上げて、立ち上がった、

「こんにちはにゃ！　みんなのアイドル、聖天使！　猫姫（ねこひめ）さんにゃ！　よろしくにゃー！」

　目の横に手を当てて、キラッ☆　とポーズを決めた。

　す、すげえ！　やりきった！　やりきったぞこの人！

「おおおお！」

「猫姫（ねこひめ）さんこんにちは！」

「これは間違いなく本物の猫姫（ねこひめ）ね！」

「うむ、猫姫（ねこひめ）氏で疑いはないな！」

　笑顔で拍手をする俺達。

「……むごい」

　しかしぽつりと呟（つぶや）いた双葉（ふたば）の言葉に、

「にゃああああああ！　この歳で黒歴史が増えるのはいやだったのにゃあああ！」

　両手で顔を押さえて叫ぶ猫姫さん。

　だ、大丈夫だから！　いい感じだったよ!?

「え、別に可愛かったよね？　全然おっけーじゃない？　ね？」

「奈々子ちゃんのフォローが痛いのにゃ……」

「あーきっつきっつ」

「瀬川さんにだけは言われたくないのにゃ！　あの文化祭のことは忘れてないのにゃ！」

「豚姫さんのことはもう忘れて！　本当に！」

「いやみんなの携帯に動画残ってるし……」

「あああ消滅させたいー！」

　めっちゃ仕上がってたから大丈夫だって！　猫姫衣装も似合ってたし！

「それでみんな、何歌う？　誰から歌う？」

　わくわくとタブレットを持ち上げて言う秋山さんに、

「え？　歌いませんよ？」

「はい？」

　さっきまでの盛り上がりから急に冷静になって、冷たく言うアコ。

「オフ会でカラオケに集まったのに歌うわけないじゃないですか」

「カードゲームの対戦か、近距離通信でゲームしに来るところだよなカラオケって」

「うっそ!? アニソンとかゲームソングを歌うって聞いたよ！」

「それどこ情報ですか」

「信頼できる筋からの情報だったのにー！」

情報源を疑うべきでしたね、はっはっは。

「私はそう詳しくはないが、歌うパターンもあるのではないか……？」

「そしたら歌えない俺みたいな奴が疎外感あるし」

「歌えばいいじゃないのよ」

「そーだよそーだよ」

くっ、瀬川と秋山さんの歌えるコンビが圧力を！

ええいこれだから歌唱力のあるやつは！

「そもそも何の為にカラオケに集まるの？　歌うからじゃないの？」

「安く使える個室だからですね！」

「キャラ名も呼べるし、飲み物も頼めるしな！」

便利便利、と声を揃える俺とアコ。

「うう、わかった！　お話するのも楽しいし！　じゃあ何を話すの？」

「初オフっぽい話、ですよね？」

「なら当たり障りのない話かしらね」

んー、と瀬川が首を捻った後、

「とりあえず年齢と職業ね。17歳、学生です」

「初手ぶっこんで来たなお前」

「学生が年齢を名乗っただけで変な意味に捉えるネットミームの方がおかしいんでしょーが！」

やっぱわかって言ってるんじゃねえか！

「あ、シューちゃんと言えば！　シュヴァインって豚さんって意味なんですよ！」

「うっさいわね知ってるわよ」

「つまり自覚があるって……コト⁉」

「アコ、その口調ムカつくから二度とやんじゃないわよ」

「うちで犬飼ってるんだけど、その犬の名前もむーたんって言うの！」

「お手が確率成功なのだろう、聞いているぞ」

「ちなみに弟がやった時はお手の成功率が下がるよ！」

「なめられてる。しつけを」

「猫姫って名前は結構見るんにゃけど、犬姫ってどうして見ないのかにゃ」

「猫又と狼男の人気の差とか？」

「狼姫は文字にパワーありそうだけどなあ」

「がおー！　ちょっと吠えてみたー！」

「ごめんアコちゃん、ネタがわかんない！」

「オオカミ姫って、一般的にはお前にセッテが救えるか！　の方じゃないの？」

会話の流れが速い！　止まるタイミングがない！

っていうか普通に話しちゃってるけどこれって初オフなの？　普段と一緒じゃね？

「マスターもう初めてのオフ会っぽくなくなっちゃってるけど、どうしよう、空気戻す？」

「いいや、構わん」

マスターは穏やかに炭酸水を揺らして、

「多少無理を言って空気を変えてみたが、結局はいつも通りになった。つまり最初の出会いがどうであれこの空間になる……そういうことなのだろうと思う」

「そりゃまあ……会う前から第一印象が良いんだからなあ」

仲良くならない、って例の方が少ないよな。

しかもこのメンバー、能天気な馬鹿しか居ないし。

「だが……うむ、そうだな。皆、少しいいか」

と、マスターが話を遮って片手を上げた。

「一つ話しておかなければならないことがある。私はこのために今回のオフ会を招集したのだ」

「ま、真面目なお話ですか？　お説教とか」

若干怯えながら言ったアコに首を振り、

「いいや、私が謝らなければならないことだ」

「マスターに謝られる覚えが全くないんだけど」

「猫姫さんはそこそこあるのにゃ」

先生はちょっと立場が違うのでおいといて。

「今回ではなく二年前。本当の意味で初めて開かれたオフ会なのだが……実は私は、あの会を開催する前からアコとルシアン、シュヴァインのことを知っていたのだ」

マスターは言って、俺とアコ、瀬川と順番に目を合わせた。

「言われてみれば初対面の時から知ってる雰囲気出してたよな」

「確かにそーね」

初オフで全員揃った時マスターだけは全く動揺してなかった。

むしろ、これで揃ったな、なんてあっさりと言ったぐらい。

「み、みんなこれまで気にしてなかったの？」

「マスターならそういうこともあるかなーと思ってました！」

青ざめる秋山さんにアコがのほほんと答えた。

いやほんと、マスターなら変な話ではないかなと。

「なに、探偵でも雇ってたの？」

「ではない。実はチャットしている中で少しずつ情報を収集していき、あの時点でもう個人を特定するに至っていたのだ」

「え、なに、ホラー系の話？」

なんだかそこらの恐怖話よりも震える話が出て来そうな気がする。

「以前にも言ったが、地震、雷、台風などの自然現象から距離が近いことはわかっていた」

「ゆれ、の一言で地域がわかるってやつね」

「ログイン頻度の変化から学生であることも確信していた。あとはそれぞれと個別に話しているタイミングで気づかれない程度に身近な場所について聞き取っていってな」

「身近な場所って……例えば？」

「普段使う鉄道路線や、駅の設備などはわかりやすいぞ。快速急行が停(と)まる、などという話を聞ければしめたものだ」

「なんで探偵みたいなことしてんのよ……」

流石(さすが)に微妙な顔をする瀬川(せがわ)に、マスターは極々真面目な顔で、

「趣味だ」

「いますぐやめなさい」

「迷惑がないよう、考えて聞いていたのだぞ？　皆が揃っている時にはそういった話は避け、ペアで行動する時にだけ少しずつ踏み込んでいくのだ」

普通に怖い。探偵じゃなくて犯人の考え方なんじゃなかろーか。

「そこから個人の特定はどうやったんだよ」

「ルシアンは簡単だったぞ。本当に偶然だが、校内ですれ違った学生がLAの話をしていてな。おや、と聞いてみると符号する事が多かったのだ」

「あー、昨日はネトゲでアレやってて眠いんだよ、とか言ってたかもなあ、俺……」

入学してすぐって、俺はオタクやってますんで、とアピールしてた時期だからそういう発言もあったと思う。

「で、でもさ、俺っぽい奴が居たからって個人の特定まで出来るのか？」

「近くでメッセージを送ると君の携帯が鳴るのだ。何度か行って確証を得たぞ」

「それはバレるー！」

めっちゃ力技だった！

「ルシアンから芋づる式になるが、同時に携帯に反応する場面が多かったことでシュヴァインに疑いを持ってな」

「西村からバレたの⁉」

「えぇぇ……同じクラスの俺が全然気づいてなかったぞ」

俺の携帯と瀬川の携帯が同時に鳴ることもあったのかもしれないけど、わざわざそこまで注目してないし。

「で、でもあたし、ゲームのフレンドからメッセが来ても学校じゃ確認してなかったわよ？　ちょっと携帯見ちゃったかもしんないけど」

「うむ。その時点では、おや、と思う程度だった。確信を持ったのは別のタイミングだ」

「どこでバレたの……？」

「シュヴァインは経験値ボーナスが目的でネカフェに行くことがあっただろう？」

「公認ネカフェだと報酬が増えるからたまに行ってたけど……え、まさか」

背筋が冷えたように身を縮めて、瀬川が恐る恐るマスターを見上げる。

彼女はドヤッと胸を張って、

「そのまさかだ！　同じタイミングで前ヶ崎高校近辺の公認ネカフェを訪れたところ、ゲーミングPCのあるリクライニングボックスから出てくる瀬川茜の姿を目撃したのだ」

「ストーカー！　単独ストーカーに襲われています！」

「こわいこわいこわいよ杏先輩！」

もうやってることがサイコホラーなんだけど！

「事前に疑問を抱いていたので一目でわかったぞ。ルシアンのおかげでもあるな」

「流石に西村のせいとは言いたくないわね……」

「世の中は怖い人が居ると思って生きるべきなんだろうなあ」

「はえー、色んなところからわかっちゃうんですねえ」

怯える俺達に対して、なんだかのほほんとしているアコ。

「マスター、アコはどうやって特定してたんだ？　休みがちだし情報もあんまりなかったんじゃ」

「アコ君についてはすまない。最初から知っていた」

「隠さなきゃいけないと思ってなかったので、高校受験の勉強とか教えてもらってました」

「え、えええ……そんな事情が」

「受験前はルシアンのログインも少なくて暇だったので、一応勉強した方が良いんですかね？ってマスターに相談してて」

「なんで受験は受かったのかなーと思ってたけど、そういう理由だったんだ……」

アコが前ヶ崎高校に合格した理由は俺達のログインが減って暇だから勉強してた結果だ、とは聞いてたけど。マスターが教えてたのか。そりゃ納得だよ。

「そもそもアコは住所氏名年齢、受験予定の学校まで自分から漏らしていたぞ」

「ヒエッ」

「この子が一番怖いんじゃないの!?」

「う、うむ。あっさりと話すものでな、私の方が焦ったぐらいだ」

なんかもう会話に想像がつく。

『前ヶ崎高校っていうところを受けようと思ってるんです。こっちの方に住んでて家から少しは近いので！　女子校とかも考えたんですけど遠いと絶対に諦めちゃうなーって』

って感じで自分から何でも喋っちゃったんだろう。

「しかし全てが本当なはずはなかろうと考えていたのだ。しかし入学後すぐに不登校気味になった亜子という生徒が居ると知り……私は現実の恐ろしさを知ったのだ……」

「そりゃマジかよって思うよなあ」

流石のマスターもこれにはドン引きである。

「最初に聞かれたのがマスターで、何でも喋っちゃダメって怒られたので言わなくなりました」

「初めて出会った悪い人がマスターで本当に良かった……」

「私の扱いは悪い人なのか」

「うるさいわよストーカー犯。二度とすんじゃないわよ」

「その件についてはすまないと思っている」

これは本当に罪悪感があるらしく、マスターがめずらしくしょぼんと肩を落としていた。

しっかり反省していただきたい。

「あ、もしかしてマスター。オフ会をするぞって言い出したのも、最初からアコを学校に行かせるためだったりするの？」

「ほーなんれふかー？」

　この子この子、とアコの頰を摘む瀬川と、そのましゃべるアコ。

　マスターは軽く首を曲げて、

「全くないとは言わないが、矯正するつもりもなかった。学校に行くも行かないも本人の人生だろう」

「マスターは、学校に行きなさい！　とか、勉強しなさい！　とかあんまり言わないですよね」

「そーいやそーね」

　実際マスターはそこまでアコの生活態度や勉学への取り組みに口を出さない。

　というか俺達だって出したくはないんだけど、補習を受けるレベルの赤点とか、進級が危ういレベルの出席日数とか、大学進学希望なのに受験勉強をしないとか、そういうのは突っ込みたくなっちゃうんだよね。

「私は他人の生き方をどうこう言うほど立派な人間ではない。決められた最低限を満たしていればそれで良かろうと思っている」

「ですよね！　私の人生は私が決めるべきですよね！」

「登校しないのであれば素直に退学すべきだとは思うが」

「そこまで投げ捨てられるとちょっと泣きそうになるんですけどっ」

「学生の立場だけ維持してネトゲしたかっただけでしょ、あんた」

「なんだろうね、杏先輩って優しいのかな、放任主義なのかな」

「やさしいです。わたしのテストも、するーしてもらいました」

　こちらも成績ダメ組の双葉が言うけど、

「悪いけどあたしが部長になった以上、みかんの成績にはそろそろ口を出していくわよ」

　現部長は堂々と他人の人生に口を出すタイプなのである。

「ぶたさん部長の、たいじんをよーきゅーします」

「アコより厳しく行くから覚悟しなさいよあんた」

「うそでしょ」

　双葉は勉強嫌いってよりも、見た目で成績良さそうって思われるのにイライラするからわざとサボってるような気がする。瀬川部長の元で頑張ってもらいたい。

「それでも、多少なり良い方向に行って欲しいとは考えてはいた。こうして部を作ったのも、アコを含めて皆を集めたのも、独善的だが良かれと思ってのことなのだが……」

　と、らしくもなく視線を落として、マスターは懺悔するように言った。

「それ以上に、仲間と共に高校生活を送りたいという願望が理由だった。私のエゴのために皆の人生を歪めたのだ」

ゆっくりと頭を下げて、マスターが固い声で言った。

「本来あるはずだった、正しい形での初めてのオフ会を、あたりまえの高校生活を奪ったのは私だ。本当にすまない」

丁寧に、これぞまさに謝罪、って感じの謝り方を見せるマスター。

ど、どうしよう、正直言って困る。

「ええと、本気で謝ってるんだよな、マスター……」

「あたしにはどうリアクションすればいいかわかんないわよ」

「笑えば、いいと思いますよ？」

「笑うのは絶対違うかな！」

どうしようどうしよう、と困る俺達にマスターはのろのろと頭を上げて、

「こちらは真剣なのだが……」

「だから困ってるんでしょーが。あたし達が少しでも怒ってると思うわけ？」

「そーだよー？　杏先輩がみんなを集めたから私も仲間になれたんだよっ」

「マスターのおかげで私はルシアンと幸せな学校生活が送れてるんです！」

「むしろ全て自分のおかげだぞって胸張ってくれよ。マスターがＭＶＰなんだから」

本当に変なことを気にしてるんだから。

今の俺達が楽しく過ごせるのは間違いなくマスターのおかげだ。

オフ会でみんなと出会わず、部活もなく、ただネトゲだけをして過ごした俺になりたいなんて全く思わないよ。

「ＭＶＰか……そうか……それは誇らしいな」

聞き慣れた単語に頰を緩めて、俺達を見回す。

全員が心からの笑顔を向けるのを見て、彼女はようやく自信に満ちた笑みを浮かべた。

「せっかくの評価だ。可能ならば諸君の人生におけるＭＶＰの座を狙うとしよう」

「どんだけ関わってくる気だマスター」

「やっぱりストーカーなんじゃないのかしら」

「むう、否定できる余地がないかもしれん」

そこはちゃんと否定してほしかった！

盛り上がる会話に時間を忘れてしばし。プルルルル、と部屋の電話が鳴った。

近くに座っていた秋山さんがぴょんと立ち上がって電話を取る。

「あ、はーいっ。みんなー、あと十分で退室時間だって。延長するー？」

「えっ、もう時間？　本当に誰も歌ってないわよ⁉」

受話器を置いて尋ねる秋山さんに、瀬川が立ち上がって言った。

最初の歌わない宣言から冗談じゃなく誰もマイクを握ってない。むしろ歌おうって発想がそもそもないレベルだった。

でも割と満足感というか、納得感はあったりする。

「退店でもいいけど、次の店を考えないとねー」

「こうやって落ち着いて話のできる店って他にありますかね？」

使われないタンバリンをしゃかしゃかと鳴らして、アコが言う。

「うーん、ファミレスだとキャラクターの名前で呼びにくいよねー」

「個室のあるレストランなどは選択肢に入るだろうが……」

「学生のオフ会で使う店じゃないでしょ」

「うん、延長で！」

決定！　と秋山さんがフロントへ電話を入れた。

週末で混み合ってはいるものの、まだ時間は延ばせるみたいだ。ありがとうございます。

「でも、誰も解散とは言い出さないんだな」

「当然だろう。満足するまでオフ会を堪能しなければ、私の心残りは消えん」

「そっか……そうだよな」

マスターのやり残しだった『オフ会のやり直し』が終われば、後は転生してレベルを上げるぐらいしかやることがない。

要するにいつも通りの戦闘とクエストの繰り返しになるわけでラストって感じは全然しない。

俺の目標が最後に残ったのはちょっと申し訳ないかも。

――いや、待った。俺の目標が最後じゃないぞ。

「今思い出したけど、秋山さんのやり残してまだ聞いてないんじゃ」

「セッテさんは後で話すって言ってましたもんね」

「うっ、そうだったよね」

アコに視線を向けられて、秋山さんがソファーに座り直す。

こう言うと何だけど、秋山さんに後悔とか心残りがあるってイメージがない。ＬＡにどんなやり残しがあるんだろう。

「えっとね、ちょっと言いにくいんだけど……」

「今更あたし達に言いにくいことなんてある？」

「うん、私もそう思うけどねっ？」

もごもごと口ごもる。

いつも快活な秋山さんらしくない言い方に、俺達に若干の緊張が漂った。

「そ、そんな重大なイベントなんですか？」

「サービス終了まで半月ほどだ。準備の必要なものなら動き出したいところだが」

「ううん、時間は全然要らないから！」

心配そうな俺達に首を振って、秋山さんは息を吸って吐く。

そして、口に出したのはこんな台詞だった。

「実は一つ、茜達に聞きたいことがあって」

聞きたいこと？　え、そんなためらうほど聞きにくいことある？

「何でも聞いていいけど……それ、やり残しに関係あるの？」

不思議そうに言う瀬川。秋山さんは真剣な様子で言う。

「私がこのゲームを始めた目的って、茜が……みんなが楽しそうだから、仲間に入れないかなってことだったの」

「そんな感じでしたねえ」

「ちょっと思い出を美化してない？　あたしの秘密を暴いてやろうって考えてなかった？」

「それもあるけどっ」

「どちらにしても達成はしてるんじゃ？」

瀬川が重度のネットゲーマーであることは暴いて見せたし、気がつけばギルドメンバーとして馴染んでもいる。

なのに何のやり残しがあるんだろう。

「うん、でも一つだけわからないことがあって」

秋山さんは瀬川とマスター、そして俺とアコへ視線を巡らせ、

「私に聞いていいことかわからないけど……」

自信なさげに、でも思い切った表情で言った。

「いまのギルド……アレイキャッツって、どういう経緯で結成したの？」

——アレイキャッツの話？

「……え、聞きたいことってそれだけ？」

「大事なことだよ⁉」

呆れ顔の瀬川に、秋山さんが両手を握る。

いや、俺も瀬川に同意見なんだけど。そんなこと真剣に聞かなくていいんじゃ。

「考えてたよりずっと軽い……」

「そもそも話したことなかった？」

「ないない！」

「そうだっけか？」

別に隠してるわけでもないし、どこかのタイミングで話したと思ってた。

「いつか教えてくれると思ったのに、誰も言ってくれないんだもん！」

もんって言われても。

「もしかしたら聞いちゃダメなのかなって心配してたんだよ⁉」

「全くそんなことはないのだが」

「ギルドメンバーが聞いちゃいけない結成理由って、どんな闇のギルドなんだ」

　でも考えてみると、よくあるパターンなのかも。

　ギルドの設立メンバー以外だと、創設エピソードなんて知らずに入る人がほとんどだろうし。

「っていうかギルドなんて、何の理由もなく作られる方が多いわよね？」

「だなー。元からフレンドの数人で始めたから身内用に作った、ぐらいのギルドがほとんどだと思う」

　ギルドが作れるようになったからなんとなく創設したらたくさん人が来た、って適当な理由で出来上がったトップギルドは普通にある。

「でもみんなはこのゲームで会ったって言ってたし。何か理由がないとギルドは作らないんじゃないかなって」

　俺たちをキラキラとした瞳で見つめて、

「きっと運命的な出会いとかあったんでしょ？」

「それが聞きたかったんですか」

「心残りって言うほどの問題なら早く言ってくれれば良かったのに」

な、と頷き合う俺とアコ。

　いやしかし、困ったことに。

「あー、でもその、ね？」

　秋山さんの大親友としてか、俺達を代表して瀬川が言う。

「期待してもらったのに悪いんだけど、話すほどの大したイベントってないのよ」

「嘘だっ！」

「本当だって」

まことに申し訳ないことに、本当に大した理由がないんだよね。

「大したことなくてもいいから教えて！　何があったの？」

「簡単に言うと、アコとルシアン、それとマスターが困ってるところをあたしが助けに入ったのよ。それでちょっと遊んだ流れで、このメンバーでギルド作ろうかって話になった感じ」

ね？　と瀬川がこちらに目を向ける。

その彼女に、反射的に口から声が出た。

「は？」

「え？」

隣でアコも同じように口を開けていた。

何を言ってるんだこの脳筋剣士。

「何よそのナニイッテンダコイツみたいな顔」

「表情だけでほぼ正解を当ててるな」

そりゃそんな顔にもなるよ。

「あ、あの、私の記憶と全然違うんですけど」

「俺の記憶とも違う」

「ええええ！　あんた達もう忘れたの⁉」

「こっちのセリフなんだけど⁉」

「うむ、シュヴァインの記憶違いだな」

　マスターも深く頷いて言う。

「正しくはアコとルシアン、そしてシュヴァインを私が華麗に救い出し、そこから私に信奉した三人がついていきたいと申し出てだな」

「んなわけないでしょ」

「それも違うと思うんです」

「うっそだろこいつら」

　記憶が自分に都合が良いように捏造されてる……！

　これはいけない。まさかの設立メンバー間で食い違いが発生してる。

「何年か前だけど、こんなに記憶が曖昧になってるとは……」

「こんなにあっさり忘れちゃうなんて悲しいです」

　ううう、とわざとらしく泣き真似をしてみせるアコ。

「アコの記憶ではどうなってんのよ」

「私とルシアンの初デートに二人が割り込んできたんです」

「んなことするわけないでしょ！」

「濡れ衣だ。そんな馬に蹴られるような真似はせんぞ」

言った二人だけど——ど、どうしよう。

「なんか偏った覚え方してるけど、そこまで間違ってもいないような……」

「ほら！　合ってるじゃないですか！」

「へ⁉　アコが正解なの⁉」

「ま、まさかそんなことは」

「いや、完全に正解ってわけでもないけど」

デートに割り込まれたからギルド組んだ、って意味がわからないし。

どうにも記憶がバラバラな俺達を見比べて、秋山さんが言う。

「西村くんは自信ありそうだけど、ちゃんと覚えてるの？」

「俺はゲームを始めてすぐってわけじゃなかったから」

記憶が混乱するような初心者じゃなかったから、大体は覚えてるんだよね。

「なら言ってみなさいよ、あたしの記憶とどっちが正しいか確認してやるわ」

「うむ、私も記憶力には自信がある。聞かせてもらおうではないか」

「じゃあ大雑把に話すから、アコも覚えてることがあったら補足してくれ」

「はーい」

「やっとアレイキャッツ創設秘話が聞ける！　楽しみー！」

本当に、そんな面白い出来事はなかったんだけどね？

五章 「偶然じゃなくて運命ですよね」

はるか昔、もともとの俺は大剣使いだった。

剣士はやっぱり主役っぽくて格好良い。そう単純に考えていたんだ。

でも猫姫さんに振られた後、もう格好良い自分に未練がなかった。

むしろそういうものに嫌悪感があるぐらいだった。

だっていくら格好つけたって、見せる相手も男ばっかりなんだ。

今となっては男同士で格好つけるのも嫌いじゃないけど、当時中学生だった——いや、学年の問題じゃないな。まだまだガキだった俺は意味を感じなかったんだ。

だったら良いじゃないか。やりたいことを素直にやれば。

そう考えて、本当は興味があったけど脇役っぽいから避けていたタンクを選んだ。

大剣使いのルシアンを消して、タンクのルシアンを作り直す。もうあの頃の脳内お花畑だった俺には戻らないんだと覚悟を決めて。

そして作り直したばかりでまだレベルの低いそのキャラクターで街を歩いていた時に。

俺はアコと出会ったんだ。

◆ルシアン：ヒールの使い方はわかる?
◆アコ：せいれいさんにお祈りを
◆ルシアン：ええと、どのボタンにショートカットを割り振ったかの話をしてるんだけどそれはNPCの雰囲気台詞だから信用しないように。

あくまでもマウスとキーボード、つないでいるならコントローラーの操作で動くのがオンラインゲームのキャラクターだ。

操作もおぼつかないのになぜか毎日のように俺を追いかけてくるアコ。

マジで始めたばかりで刷り込みでもされたのか、俺を親のように思ってるのかもしれない。

さすがに放ってはおけなくて、操作練習と最初の転職までは付き合ったんだ。

そうなるとこちらも情がわいちゃうわけで。

◆ルシアン：んじゃもうちょっと一緒にレベル上げるか
◆アコ：はい

俺もキャラを作ってそんなに経っていない頃で丁度良いかな、とそんな風に誘ったんだ。

◆ルシアン：レベル的にはぽぽわりんぐらいかな
◆アコ：ぽぽ
◆ルシアン：ぽぽだ
◆アコ：ぽぽー

時間の余裕があったから多分週末。でも低レベルの狩場は空いていてほとんど貸し切りだったのを覚えてる。

俺が先導してマップをてくてくと歩き、ぽぽわりんMAPにやってきた。

◆ルシアン：俺が殴るから良きところでヒールお願い

◆ルシアン：あと暇なら攻撃もやってみよう

◆アコ：はい

近くに居たぽぽわりんを適当に剣で攻撃する。

タンクな上に低レベルな俺は攻撃力が低い。効率なんて決して良いものじゃない。

だからこそ一戦ごとにそこそこ時間がかかるから慣れるには悪くないんじゃないかな、と思っていた。

ぽわんぽわんと体当たりをしてくるぽぽわりん。

低ダメージの攻撃を必死に繰り出す俺のルシアン。

そしてたまにぽわーんとヒールをかけるアコ。

その光景はなんとも穏やかな雰囲気だった。

◆アコ：へいわ

◆ルシアン：平和だなー

そんな中、木陰に居た一体のぽぽわりんを選んで殴りかかった時。

振るわれた俺の剣が命中すると同時に、木の影からもう一本の剣がぽぽわりんに叩(たた)きつけられたんだ。

◆ルシアン：あ

◆シュヴァイン：あん？

表示の関係で見えない位置に大剣を握ったプレイヤーが居た。格好良いキャラを避けた俺とは正反対の、イケメン全振りみたいなキャラクターだったのをよく覚えてる。

俺の方が早かったと思うんだけど、タゲ被ったし。普段ならスルーでもいいけど、今は初心者も連れてるから謝っとくか。

◆ルシアン：すみません

そうチャットを打った俺に、

◆シュヴァイン：俺様の獲物だぞ、何のつもりだ

第一印象は、なんだこいつ、だった。

タゲ被りなんてどちらの責任でもないのに、偉そうに言うのはどうなんだ、おい。

そもそも画面を見るに、

◆ルシアン：タゲが来てるの俺なんで、多分こっちが先に殴ってますけど

◆シュヴァイン：聞こえなかったか？　俺様の獲物だ

◆シュヴァイン：タゲがどうのって問題じゃねーんだよ

話の通じないタイプだこれ！

言い合いになるのは好きじゃないし、初心者のアコに揉めてるところを見せるのは避けたい。

適当に譲っとくか。そう考えて投げやりに返事を打った。

◆ルシアン：じゃあどうぞどうぞ

◆シュヴァイン：言われるまでもねぇ

大剣をぶんぶんと振り回す剣士。多分レベルはそう変わらないけどジョブとステ振りが違う。流石（さすが）に火力があり、さらっとぽぽわりんが弾（はじ）け飛んだ。

そして足元にドロップが落ちる。

◆ルシアン：あ、ゼリーマッシュ

ぽぽわりんドロップのプチレアだった。決して高価じゃないけど、ポーション代になるかな、ぐらいの金額で売れる。ちょっと嬉（うれ）しいアイテムだ。

でもダメージ的にこの人に所有権があるだろうし、俺に優先権があっても目の前で拾ったらさらに怒りそう。

さっきまで二人で狩ってた時は落ちないのに、こういう時に限ってドロップするんだよなあ。

どことなく不機嫌な自分を誤魔化しながら目の前の剣士がドロップを拾うのを見守ろうとする俺に、

◆シュヴァイン：じゃあな

落ちたアイテムを拾うことなく離れていく剣士。

え、要らないの？　結構高いぞ？

◆ルシアン：ちょ、ドロップは？

◆シュヴァイン：潰すところまでが狩りだ。後は興味ねえよ

ふんと息を吐くエモをして、

◆シュヴァイン：……てめえのおかげで楽に狩れた。礼は言っとく

それだけ言って去って行く。

何だこの見た目だけじゃなく行動まで俺様系のイケメンキャラ！

これは間違いない！

ただのロールプレイ特化型ツンデレさんだ！

装備がレベル相応で、おそらくはサブキャラじゃない。売れる素材は何でも欲しいレベル帯だろう。

そこでさらっと譲れるのはなかなか器が大きい。

とりあえずロールプレイに乗っておこうと、まだチャットが届く距離の彼に言う。

◆ルシアン：これは借りにしとくぞ！　いつか返すからな！

◆シュヴァイン：……

わざわざ無言のチャットを打つと、ぴたりと足を止める。

◆シュヴァイン：勝手にしな

やれやれと肩をすくめるエモをして画面から消えて行った。

仕上がってる！　仕上がってるタイプの人だ！

◆ルシアン：ツンデレさんだったな

◆アコ：つんでれ

◆ルシアン：意外といい人だったなってこと

◆アコ：怖いです

◆ルシアン：文字だけ見ると勢い強めだったけど、あれかなりのお人好しだぞ

◆アコ：ですか

なかなか面白い人だったよ。

ロールプレイをしっかりやってるから下手に出られないけど、根が良い人だからドロップを譲ることでごめんねってアピールをしたんだと思う。

何なら高価なアイテムを譲ったことで喜んでるタイプじゃないかな、と予想した。

シュヴァインの性格を考えるとそれが正解だっただろう。

◆ルシアン：次すれ違ったらフレンド登録送っとこうかな

◆アコ：ともだちですか？

◆ルシアン：そそ、プレイヤー同士でフレンドになる機能があるから

◆アコ：ともだちって、簡単になれるんですか

◆ルシアン：ＬＡでなら割と簡単かな

リアルでどうやって友達になるのかは知らないけど、ゲームならボタン一つだ。

◆ルシアン：ほら、これで登録できるから

アコを選択してフレンド登録を送信。

猫姫(ねこひめ)さんの居たギルドを離れてから、初めてフレンドを送るな。

◆アコ：これ、いぇｓを押したら

◆アコ：ｙえｓを押したら

◆ルシアン：わかるから、大丈夫大丈夫

日本語入力中にアルファベットを入れるのはチャット初心者には面倒くさい。

おそらく彼女の画面には、

▼ルシアンからフレンド申請が届きました。承認しますか？▲

▼YES　NO▲

と表示されてるはずだ。

◆アコ：ともだちになれるんですか？

◆ルシアン：登録されるから当然フレンドだよ

◆アコ：とうろく

オウム返しに言うアコ。

短いチャットだけど、でもその言葉のどこかに感動の色があるような気がした。

そしてしばらくの間を置いて、ピロン、と小さなSEが鳴った。

▼アコ　がフレンドに登録されました▲

そう表示が出た。

◆アコ：おともだち

◆ルシアン：ああ、これでフレンドに登録されたから、何かあったら声かけてくれれば
たまに、誰だっけ？　って思うフレンドも一覧に居るけど、アコみたいに印象の強い人はなかなか忘れないだろうし。

◆アコ：はじめてのおともだちです

◆ルシアン：そりゃ光栄だ

——今から思うと、これってリアルも含めてだったのか？

——もちろんです！　私の初めてのお友達はルシアンで、初恋もルシアンで、初婚もルシアンですよ！

——重い重い重い重い

——人生の比重が西村に偏りすぎでしょ、あんた

——初めての先輩は私になるわけだな

——なんで対抗意識を燃やしてんのよ

と、苦労しながらチャットを打ってるんだろうアコを見ていて思うことがあった。

◆ルシアン：あ、毎回チャットを打たなくてもエモで返事しちゃってもいいから
◆アコ：えも
◆ルシアン：エモ。感情って意味のエモーションのことね
！　や　？　などのわかりやすい記号を表示したり、じゃんけんに使えるグーチョキパー、感情として冷や汗をかいたり電球を出したり。それにあわせてキャラクターの表情も変わる。

使い慣れると設定をいじって、エモの表示を消してキャラの表情だけ変化させたりもできるようになる、便利な機能だ。
◆ルシアン：画面の右下にニコニコマークみたいなアイコンがあるから
◆ルシアン：そこからエモーションを選ぶんだ
◆アコ：ありました
素直な子なんだろう、アコはあれやってみて、これやってみて、と言うとそのままに試してくれる。教え甲斐(がい)があってこっちも楽しい。
◆ルシアン：すると一覧が出てきただろ。後はボタンを押すだけで表示されるから
◆ルシアン：チャットしなくてもそれだけで大体いけるよ
ほぼチャットしない人とか普通にいるぐらいだ。使わないのはもったいない。

見ていると、左右にふらふらとアコが動く。きっとエモを確認するためのクリックがちょこちょこズレてるんだろう。

どのエモが気に入るかな、！　とかのスタンダードなものか、意外と電球マークか。

それともさっきから質問が多いし　？を出すかな？

そう予想したんだけど、彼女が表示したのは

◆アコ：♡

俺の隣でハートのマークを出して、幸せそうに微笑んだのだ。

画面を見ていた俺は一瞬だけ動揺したのを覚えてる。

女の子ってそういうの好きだし、何の意味もなくハートマークとか出したりする。心を動かすな。いやいやそもそも女の子なんてネトゲに居ない！

そう冷静に戻ろうとしている間に、

◆アコ：まちがえました

◆ルシアン：間違えたんかい

チャットを見て一気に頭が冷えた。

紛らわしいことしないで欲しい。こちとらネトゲの恋愛にトラウマがあるんだぞ。

やり方がわかったんなら良いけどね。

◆ルシアン：クリックしっぱなしで移動させて、さっきヒールを登録したショートカットに入れればワンボタンで出るから

◆アコ：べんりです

◆ルシアン：せやろ

頭上に電球マークを出すアコに、俺もうんうんと頷くエモで応えた。

——ねえアコ、そのハートのエモって本当に間違いだったの？

——そ、それはですね、間違いであって間違いでないというか

——どういう意味よそれ

——慣れてなかったのでその時の気持ちのままハートマークを選んじゃって

——私がこんな絵文字使ったら、うわキッツ……って思われちゃうので間違えたことに……

——乙女！　アコちゃんが乙女だ！

——この頃は乙女だったんです！

——今は乙女ではないのか……？

まあ、昔の話、昔の話。

それはいいとして。俺とアコはそのままぽぽわりん狩りを続けた。

でも一匹倒すのにやっぱり時間がかかる。レベルはなかなか上がらない。

◆ルシアン：もうちょっと俺に攻撃力があればいいんだけどなー

アコは？マークを出して、

◆アコ：みんなもっと力が強いんですか？

◆ルシアン：力に限らないけど、ＩＮＴとかＤＥＸとかもっと火力の上がるステ上げてるかな

そうチャットを打ったのとほとんど同時だった。

近くのぽぽわりんに雷が直撃した。

魔法使い系の攻撃スキル、ライトニングボルト。

ぽわあ、と悲痛な声を上げて一撃で弾け飛ぶぽぽわりん。

ダメージの数値はオーバーキルもいいところだった。

◆アコ：こういう、強いのがふつうですか？

◆ルシアン：あれは試し打ちに来た強い人だから別枠

◆アプリコット：むっ

俺たちのチャットに反応して、魔法を打ったプレイヤーが近寄って来た。

ＰＴチャットの概念とかささやきについて説明するのが大変そうで、ずっとオープンチャットで話してたんだよね。

◆アプリコット：弱い者いじめのような扱いを受けるのは心外なのだが

◆ルシアン：あ、すいません

反応があるとは思ってなかった。初心者狩場で通りすがりにスキルを打った人だろうから、すぐに移動するんじゃないかと。

◆ルシアン：試し打ちじゃないなら何か目当てのドロップでも？

ゼリーマッシュならあるぞ、と思って聞くと、

◆アプリコット：こちらは適正レベルだ
◆ルシアン：それは嘘だわ

思わぬ答えに素で返してしまった。

あの火力で適正レベルなわけねーわ。

◆アプリコット：何を言う。攻略サイトで15〜20はこのMAPだと確認したのだぞ
◆ルシアン：ええぇ……ならどうしてそんな火力出てるんですか
◆アプリコット：武器と防具に関しては可能な限りの強化をしているが

さらに、と言ってアプリコットが全身にオーラをまとうエフェクトを出す。

◆アプリコット：このスキル威力強化ポーションを使うと魔法の威力が上がるのだ
◆ルシアン：それガチャの外れ枠とかでよく出るやつ！
◆アプリコット：単品で買った。一本10円とお買い得だ
◆ルシアン：なんで低レベルの雑魚狩りで課金アイテム使ってるんですかね!?

倍率から考えて、そんなのなくても一撃だろ！

そもそも短時間で終わる低レベル装備をそんなに鍛えても意味ないし！

ガチ勢のサブキャラでもそこまでやらないぞ。

知識的に高レベルのキャラは持ってないっぽいから、中レベルのキャラを作り直してる、時間のない社会人とかかな？　と当時の俺は予想してた。

まあ思いっきり勘違いだったんだけど。

◆ルシアン：推奨レベルって普通の装備が前提なんで、もっと上にいけると思いますよ

◆アプリコット：む、そうか。妙に手応えがないとは思ったのだが

しかしアプリコットは少し考えた後、

◆アプリコット：だが操作に多少は慣れておきたい。もう少しここを使うとしよう

◆ルシアン：ですか

まあお好きに、というのが正直なところだ。

まさかこんなに長い付き合いになるとは思ってなかったし、あれこれ言うつもりはなかった。

ではでは、と別れようとしたんだけど、

◆アプリコット：しかしルシアンとアコか

そう名前を呼んだアプリコットは、俺達を正面に見る位置に移動して言う。

◆アプリコット：二人語り合いながらゲームを進めるというのは、なかなかに楽しそうだな

◆ルシアン：そうですね、フレンドとやると低レベルでも割と楽しいんで

言った俺に、隣のアコもうんうんと頷く(うなず)エモを出す。

あ、楽しんでたんだな、とちょっと安心した。

偉そうに指示出してる先輩ゲーマーと思われてたら恥ずいなって、少し心配してたんだ。

◆アプリコット：なるほど、フレンドというのはゲームの醍醐味(だいごみ)の一つなのだな

◆アプリコット：心に留めておくとしよう

言って去っていく魔法使い。

俺がパーのエモで見送ると、アコも遅れてパーを出す。あちらも同じエモで応えてくれた。

◆ルシアン：こういう偶然の出会いが楽しかったりするんだよ、こういうゲーム

◆アコ：そうなんですね

言ってアコは少し動きを止めた後、

◆アコ：わたしたちは

◆ルシアン：俺達も偶然だったもんな

何も考えずにチャットをした俺に、アコはちょっと考えてからハートのエモを出した。

また間違えたんだろうなって今度は動揺しなかったけど。

私達は偶然じゃなくて運命ですよね、と。ハートマークで伝えたかったのかなと今なら思う。

――それが四人の出会い？

――面白いところがないだろうけど、こんな感じだったよ

――懐かしいですねー

――言われてみればちょっと記憶にあるわ

――確かに初対面で少し傷ついたのは覚えているな

――ごめんて。初心者の火力じゃなかったから

——でもこれだと本当にすれ違っただけだよね
——それがどうしてギルドを組むようになったの？
——あー、それな
あたしもちょっと思い出してきたわよ
——うむ、あのMAPにはぽぽわりんだけではなく
——きんぐぽわりんが出るんですよね

◆アコ：おっきい

目の前をぽぃんぽぃんと跳ねる巨大なぽわりんに、！マークを出すアコ。

◆ルシアン：きんぐぽわりんだ。小さなぽわりんがたくさん合体して誕生するらしい

◆アコ：すごい、がったいするの見たいです

◆ルシアン：という設定のフィールドボスなので実際に合体はしません

◆アコ：ざんねんです

しょんぼりした顔をする。

結構操作に慣れてきた感じがして嬉しい。

いやチャットとエモに関しては慣れたものの、回復も攻撃もいまいちなんだけどね。

別にヒーラーは攻撃しなくてもいいタイプのゲームだけど、低レベルならそこそこ火力は出るんだ。最初は別にいいんだけど。

と、のんきに近づきすぎた。いくらぽわりんとはいえボスがノンアクティブなわけもない。

ぽわわわわ！

◆アコ：かわいー

◆ルシアン：かわいい……って言ってる場合じゃない！

きんぐぽわりんが近づいてきた冒険者にちょっと怒った顔をして、こちらに体当たりを仕掛けてきた。

うっわ思ったより痛い！　ディフェンスのタイミングがわからん！

◆ルシアン：ごめんヒール頼む！　タイミング見て逃げよう！

◆アコ：はい

ぽわんぽわんとヒールが飛んでくる。

なかなかのオーバーヒールで、アコが焦（あせ）っているのがわかった。

余裕のあるような言い方してるけど、当時の俺はかなり困ってたから、初心者二人がボスに苦戦してる姿そのまんまだ。

ぽわわ！

簡単に死なない俺にしびれを切らした、みたいな動きをしてぽわりんがぐぐっと力をためる。

そしてぽわーんと効果音を鳴らして飛び上がり、

◆アコ：かわいい！

実際モーションはやたらと可愛い。

ただし、飛び上がった後はどうなるのか。

上空に消えたきんぐぽわりん。そして影だけがのろのろと迫ってくる。
◆**アコ：あ**
直感的に何が起きるか察したらしい。

一文字打って移動しようとしたアコだけど、間に合わない。

ぽわん！　と飛び降りてきたきんぐぽわりんに吹き飛ばされてアコのＨＰが七割消し飛ぶ。
◆**アコ：いたいです**
◆**ルシアン：あれ、意外と耐えるな**
このレベルのヒーラーなら即死かと思ったのに。意外とやるじゃん。

今から思えばステータスを均等に振ってるから無駄に耐久があるだけだったんだけど。

と、こういうちょっと気合いの入った敵とたまに戦った方が楽しいし勉強にもなるんだけど、このままじゃ二人共やられる。

こっちは合間に挟まる通常攻撃や、力を溜めた強攻撃だけで半死半生。

俺がちゃんと防御できてればいいんだけどまだまだ下手なもので、どんどん追い詰められていく。
◆**ルシアン：これはきついかな**

◆**アコ：ヒール使えなくなりました**

ＭＰが切れたか。これはもう俺のことは諦めた方がいいな。

◆**ルシアン：一緒に逃げるのは無理だ。俺は捨てて一人で町まで走ってくれ**

◆**アコ：だめです**

◆**ルシアン：ここは俺に任せて先に行け……！**

そうチャットを打った直後。

◆**シュヴァイン：ぜあああああ**

気合いの入ったチャットが画面に表示される。

そしてぽわりんの背中に思いっきり大剣が叩きつけられた。

◆**アコ：えっ**

？マークを出すアコと俺。

そんな俺達ににやりと笑って、さっきのシュヴァインが言う。

◆**シュヴァイン：知らない仲じゃねえ、助太刀してやるぜ**

さっきのツンデレ剣士！

まさかの助けが来ちゃったけど、それ別に要らないんだ！

俺達は勝つつもりで戦ってたわけじゃないから！

◆**ルシアン：待った、これ勝てないから**

攻撃を続けるシュヴァインに言ったんだけど、

◆シュヴァイン：俺様がいなければ勝てなかっただろうな！

ノリノリなところ悪いけどそういう話じゃなくてね！

◆アプリコット：話は聞かせてもらった！

ぽわりんの背中に雷が打ち込まれる。

今度はなんだよ、と画面をまわすと、

◆アプリコット：袖振り合うも他生の縁。義によって助太刀しようではないか

さっき課金アイテムを使ってぽぽわりん狩ってた魔法使いのアプリコットー！

◆シュヴァイン：誰だか知らねえが俺様の邪魔をすんじゃねえぞ

◆アプリコット：私が居ることで君の存在が不要になってしまうだろうが、それは邪魔の内に入るだろうか？

◆シュヴァイン：言うじゃねえか、そういう男は嫌いじゃねえぞ

◆ルシアン：待った待った、俺たちは逃げるつもりで

◆アコ：あの、ぽわりんさん

今ほどネトゲ慣れしていなかった俺は、チャットに集中してちゃんと画面を見ていなかった。

アコのチャットに反応してきんぐぽわりんに視線を戻すと、

◆アコ：すごくおおきくなってます

きんぐぽわりんがぷくーっと膨らんで、今にも破裂しそうに明滅している。

あ、これヤバイやつ！

◆ルシアン：あっ

◆シュヴァイン：は?

◆アプリコット：む

今すぐここから離れろ！　とチャットする時間はなく。

ぽわあああああ！　ときんぐぽわりんが大爆発した。

◆ルシアン：あー、見てなかった……

◆シュヴァイン：馬鹿な、この俺様が

◆アプリコット：一撃死だと……?

◆アコ：きゅう

爆炎が収まった後には全員の死体と、満足気に胸を張るきんぐぽわりんの姿があったのだった。

——あー、そんな感じでしたねー

——嘘(うそ)でしょ!?　あたし、そんなに情けない登場はしてないわよ!?

——うむ、チャットに集中して爆死するなど私らしくなかろう

——えっと、二人はこう言ってるけど？

——じゃあ思い出して欲しいんだけど、合流した直後にそのまま倒した記憶ってある？

——……一度作戦会議はしたかもしれないわね

——出直した覚えはあるやもしれん

——ほら、そうだろ？

◆アプリコット：信じられん、これが噂に聞くゲームバランスの崩壊というものか

◆シュヴァイン：この俺様がスライムのごときにやられるとは

◆アコ：どかーん

セーブポイントに戻るとすでに三人が揃っていた。

復帰地点が全員首都の中央セーブだったらしく、そのまま集合する形になったんだ。

◆シュヴァイン：おい、リベンジに行くぞ。このまま負けてられるか

◆アプリコット：当然だ。今の私に油断はない

◆ルシアン：落ち着け落ち着け、ここで騒ぐと邪魔になるから

首都のど真ん中、リスポーンするセーブポイントの目の前。人の一番多いところだ。

こんなところでオープンチャットを垂れ流すのは気が引ける。

ええと、どっかその辺で人のいなさそうなところに行こう。街中のフィールドじゃなく室内MAPで。

そうして移動した先が、看板に猫のマークが描かれた一軒のカフェ。
◆アプリコット：Ｃａｔｌｏａｆか。香箱座りというやつだな
◆シュヴァイン：猫の店か
◆アコ：ねこですねこ、ねこはいます
今でもたまり場に使っている店はこうしてその場のノリで入っただけの場所だった。
◆シュヴァイン：この店、客が一人も居ねえぞ
◆ルシアン：何も売ってないからなー
喫茶店かカフェ、もしくは酒場って設定の店なんだろう。何かを販売しているＮＰＣすら居ないのだ。

低効率でもバフ食品を売るＮＰＣが居れば多少の利用価値があるけど、それすらない。首都でありながら過疎っている珍しいＭＡＰだった。
◆ルシアン：とりあえず、えーと
騒ぐのは悪い、ということで三人とも連れてきたけど、そもそも目的があるわけでもないし。どうしよう、と少し考えて、なんかもう面倒くさくなった。
◆ルシアン：よし、とりあえず自己紹介！
◆シュヴァイン：なんで俺様がそんなことすんだよ
◆ルシアン：俺様野郎に素で突っ込まれた。

◆シュヴァイン：喧嘩売ってんのかお前
◆アコ：こわい
◆ルシアン：ほら、怒るからアコさん怯えてんじゃん
◆シュヴァイン：誰のせいだと思ってんだ、ああ？
言ったものの、俺の後ろにかくれて泣くエモを出しているアコに胸が傷んだらしい。
◆シュヴァイン：くそが。悪かった。自己紹介だな自己紹介
渋々と同意するシュヴァイン。
◆アプリコット：うむ、人間関係の初歩は自己紹介からだな
こちらは素直に頷いたアプリコットが言う。
◆アプリコット：私はアプリコット。いずれこの世界の頂点に立つ魔法使い、レベル25だ
◆ルシアン：レベルひっく！
あんなに火力があるから結構高いかと思ったら、マジで低い！
確かにぽぽわりんが適正なレベルだよ！
◆シュヴァイン：世界の頂点のくせにレベル低いなおい
◆アプリコット：いずれと言っているだろうが
不満げに椅子に座り直すアプリコット。
◆アプリコット：ならば次は君の番だろう

◆シュヴァイン：ふん。俺様はシュヴァイン様だ。この最強の剣士が力を貸してやるんだ、泣いて喜ぶといいぜ
◆ルシアン：ちなみにレベルは
◆シュヴァイン：23だ
◆アプリコット：最強のくせに私よりも弱いではないか
◆シュヴァイン：だまれ世界の底辺が
◆アコ：なかよくしてください！

言い合いをする二人に、またしても涙のエモをだすアコ。
そんな彼女にこちらは汗を流して、隣り合わせに立つ。

◆シュヴァイン：いや、これはこれでコミュニケーションだと思うんだが
◆アプリコット：割と楽しんでいるぞ。仲良しだ仲良し
◆アコ：そうですか

ならいいです、と納得するアコに、ほっと二人が離れる。
善意しかない初心者の前では力関係が逆転するんだな。

◆シュヴァイン：まあいい。俺様のことは敬意をもってシュヴァイン様と呼べよ
◆アコ：しゅばいん
◆シュヴァイン：ヴァだ

◆アコ：しゅうあいん
◆ルシアン：パソコン初心者にヴァとか打たせんなよ
◆アプリコット：略称で良いのではないか？
シュヴァインって打つのめんどいしなあ。
◆ルシアン：シュー、とかか？
◆アコ：しゅーちゃん
◆シュヴァイン：殺すぞ
◆アコ：ぴぃ
◆ルシアン：アコさんがぴぃってなっちゃっただろ通報するぞ
◆アプリコット：殺害予告は一撃でBANもあるな
アコが泣いちゃうからあんまり強い言葉を使うなよ。
◆シュヴァイン：言葉遣いが荒かったことは謝る、しゅーちゃんでもいいから通報は勘弁しろ
さすがのシュヴァイン様もBANには勝てないらしい。
で、自己紹介の続きだ。
アコは最後でいいか。次は俺かな。
◆ルシアン：俺はルシアン。タンクのレベル29
◆シュヴァイン：他に何かねえのかよ

◆**アプリコット**：まだ詳しくはないが、装備を見るにメインキャラが別に居るのではないか？
◆**ルシアン**：いやこれがメイン。もともとメインだったキャラ消したから
◆**アプリコット**：消したのか

　そりゃ意外だよな。わざわざキャラを消すことってあんまりないし

◆**シュヴァイン**：サブを作れば良かったんじゃねえのか
◆**ルシアン**：この名前をそのまま使いたかったから消した。後悔はない

　過去の記憶をなかったことにしたかった、ってのも大きいしな。

◆**アプリコット**：なかなか尖った男ではないか
◆**シュヴァイン**：いいじゃねえか、その姿に魂をこめるのは悪くねえぞ
◆**ルシアン**：そうかな

　このルシアンのキャラグラを褒めたのは、ＬＡの公式イラストでシュヴァインに似たキャラと並んで描かれていた、盾持ちの戦士に似ていたからなんだろうけど。

◆**ルシアン**：じゃあ最後にアコさん、自己紹介
◆**アコ**：あこです！
◆**アプリコット**：よろしく頼む
◆**シュヴァイン**：おう、よろしくな
◆**ルシアン**：俺との扱いの差よ

紅一点だからしょうがないか。アコ以外男ばっかりだし。

◆ルシアン：で、ヒラタン近接火力魔法火力とバランスはとれてるけど問題はここからだ。

しかし全員が初心者か、初心者に毛が生えた程度だ。

レベルは適正、ジョブも問題なし。

◆ルシアン：この面子（メンツ）できんぐぽわりんにリベンジすんの？

◆アプリコット：当然だろう。あんな負け方をしたまま逃げるというのか？

◆シュヴァイン：あのスライム野郎、俺様をぶっ飛ばした後で満足そうに寝てやがったからな

お二人ともやる気である。

俺もこういうのはオンゲの醍醐味（だいごみ）の一つだし、実は乗り気ではあるんだけど。

◆ルシアン：アコさん、予定と違うけどきんぐぽわりん挑戦でいい？

◆アコ：大丈夫です

短いチャットだけど、拳を突き上げるエモをするアコ。

挑戦決定だ。勝てる自信はないけど、やるだけやってやろうじゃないか。

◆シュヴァイン：じゃあPT組むか

◆ルシアン：アコさんと組んでるからこのまま配るよ

PT欄に、ルシアン、アコ、シュヴァイン、アプリコットと名前が並ぶ。

この四人で初めてPTを組んだのがこの瞬間だった。

俺にとって四人PTはそこまで珍しいものじゃないけど、なんだか三人とも感慨深げにウインドウを見ていたような気がする。
◆ルシアン：アコさん、慣れてないのにややこしい敵と戦うけど、よくわからなければ敵から逃げちゃっていいから
◆アコ：大丈夫です
アコは俺の隣にてくてくと移動して、ハートマークを出す。
◆アコ：ルシアンを一人にしません
ちょっとキュンとしたのは否定できない。

わざわざネカマプレイなんてしそうにない初心者プレイヤーが相手だから、一瞬本気にしそうになっちゃうんだよ。

ダメダメ、ネトゲに女は居ない。居ても俺の隣には居ない。
◆シュヴァイン：仲良しかよ、お前ら
俺達のチャットにあきれ顔のシュヴァイン。

しかしアプリコットは、
◆アプリコット：二人を捨ておけぬと助太刀した身で何を言うか。我々も同じ穴の狢だ
◆シュヴァイン：まーな

そんな二人にアコが？マークを出す。

◆アコ：同じ穴のかく？

◆アプリコット：狢。むじなだ

◆アコ：狢

変換したのだろう、なるほど、と頷き、

◆アコ：むじな？

◆アプリコット：たぬきのことだ

◆アコ：たぬき

再び、なるほど、と頷き、

◆アコ：同じ穴のたぬき？？？

◆アプリコット：ググれ！　今すぐ調べるのだ！　目の前の機械は何のためにあるのだ！

◆アコ：ぐぐる

◆アプリコット：検索するという意味だ！　ブラウザを開け！　ブラウザはわかるか？

面倒を見始めるアプリコット。

これはアコの指導役を任せちゃってもいいかもな。

マスターがアコの世話を焼くのはこの頃からもう始まってたんだろう。

◆ルシアン：大丈夫かな、このPT

しかし変なPTだなあ、と思わず言ってしまった俺だけど、

◆シュヴァイン：つまんねえ奴だな。問題がある方がおもしれえだろうが

◆ルシアン：それは同感だと言わざるをえない

◆シュヴァイン：お、意外と話せるじゃねえか

ニヤリと男臭く笑って見せるシュヴァイン。

俺とシュヴァインの腐れ縁もここから始まったんだ。

——それできんぐぽわりんに挑んだんだよね？

——さくせんかいぎ、やってました？

——会議らしい会議はしてないなあ

——このレベルじゃ避けて殴る以外に対策なんてないしね

——特殊な属性攻撃はなく、攻略するギミックもないのだ、当然だろう

このモーションが来たら攻撃判定がある、だから避ける。

後は頑張って攻撃しよう。

攻略サイトを見て出てきた情報はそれぐらいだった。

◆シュヴァイン：大したことねえな、雑魚じゃねえか

◆アプリコット：これはもらったな

初心者には単純なことが難しいって話だと思うんだけど。

ちなみにタンクの俺だけは防ぐべき攻撃、避けるべき攻撃が何種類かあって、この時点で冷や汗を流していたりした。

◆シュヴァイン：後は火力勝負だ。ルシアンの耐久とアコの回復が尽きる前に倒すぞ
◆ルシアン：それしかないか。アコさんはヒールしたら座るぐらいの気持ちでいいから
◆アコ：はい

コンボは全くつながらないけどそもそもこのレベル帯でコンボスキルなんてないんだ、座って回復、座って回復で耐久したいところだ。

◆ルシアン：問題は偉そうに言ってる俺が耐えられる自信がないってことなんだけど
◆アプリコット：構わん、ミスはあるものだ。何度でも挑めば良い
◆シュヴァイン：いざとなったら俺様が前に出てやるさ
◆アコ：がんばってなおします
◆ルシアン：ありがてえ

意外と良いＰＴかもしれない、なんて。さっき不安に思ってたのと真逆のことを、都合良く考えてしまった。

既に倒されていたら困るところだったけど、幸いきんぐぽわりんは同じ場所でぐうぐうと眠っていた。

戦闘状態の解除されたボスはＨＰが急速に回復する。

当然きんぐぽわりんは全快状態だった。

◆ルシアン：じゃあ始めるぞ

◆シュヴァイン：いつでもいいぜ

◆アプリコット：準備は万端だ

◆アコ：どきどき

運命の戦闘開始だ。

開幕でまだレベルの低い挑発スキルを使って、きんぐぽわりんのヘイトをいくらか稼ぐ。

再びぽわわわわ⁉　と目を覚ますきんぐぽわりん。

◆シュヴァイン：っしゃあ、俺様の力を見せてやるぜ！

◆アプリコット：魔力の強さが勝敗を決定づけると教えてやる！

◆アコ：がんばってー

通常攻撃は受け、強攻撃はガードして、回避可能なら避ける。

俺が必死に操作している間にもみんなが攻撃を重ねて、二人の時の何倍も早く敵のＨＰが削れていく。

しかしまだまだ初心者の俺達だ。通常攻撃、スキル、回避とあれこれやっていると、ついついダメージを受けてしまう。

◆アプリコット：くっ、横への回転攻撃か。わかっていたというのに

◆シュヴァイン：これ斜めの位置に立ってれば殴り放題じゃねえのか？

言ってきんぐぽわりんの斜め背後から攻撃をするシュヴァインが、横に転がった瞬間に吹き飛ばされて大ダメージを受けた。

◆シュヴァイン：げふっ

◆ルシアン：技の瞬間全方位に小さな判定が出てるかも、密着はマズイ

◆アプリコット：攻撃表示以外の場所にもダメージとは卑怯な

◆アコ：ヒールひーるヒール

アコが回復を飛ばしてくれるけど、やっぱり過剰気味。気づけば座ってMPを回復するのも忘れてるし、このままだと消耗が早い。

それでもこのままやれば勝てそうな雰囲気はあった、

それが崩れた原因は——実を言うと俺だったんだ。

◆ルシアン：あっ、マズイ

敵の攻撃をガードした直後、慌ててチャットを打った。

今更言うまでもないけど、このゲームはレベルを上げてスキルポイントを得て、それを振り分けることでスキルを覚えたり、強化したりする。

レベルが低い間はスキルも弱いし、数だって少ない。

この時のルシアンは一定時間防御力を上げるバフスキルと、タイミングよく使うことで盾を

使って防御するというスキルしか使えない。

選択肢が少ないから考えることも少なくて済む。

が、逆に言うと失敗に対するリカバリー手段はないんだ。

◆アプリコット：どうしたと言うのだ

◆ルシアン：ごめん無駄にディフェンスした！

まだ盾として未熟だった俺は、勝てそうだって思った瞬間に冷静さを欠いてたんだと思う。

回避可能な通常の前方体当たりを、必中体当たりと見間違えてガードしちゃったんだ。

◆ルシアン：これ次が強攻撃だったら死にかける

◆シュヴァイン：おい、デカブツが力ためてんぞ

◆ルシアン：これ！　これが防げない！

敵の攻撃はランダムなのに、そういう時に限って悪い目を引くのがネトゲってものだ。

俺に向けてぐっと力をこめるきんぐぽわりん。

この攻撃は必中だから絶対に防御しないといけないのに、無駄撃ちしたせいで防げない。

◆ルシアン：これ死ぬかも！

言った瞬間、きんぐぽわりんが激しい体当たりをぶつけてきた。

死んでいてもおかしくなかったところだけど、ギリギリで生きてる。ヒール一回分ぐらいのＨＰが残った。危ねえ、硬めのステータスにしてて良かった。

今から思えば、これは多分ジャストヒールの割り込み回復でダメージが軽減されてギリギリ生き残ったんだと思う。ありがとう、無駄にヒール連打してたアコ。

——それ、褒めてます?

——褒めてる褒めてる。

でもこれまで盾で防いでいた攻撃が直撃して、ルシアンの頭上にぴよぴよとスタンのエフェクトが出てしまった。

◆アコ：るしあん!

アコから猛烈なヒールが飛んで来た。

あふれるほどに、いやあふれてる、めっちゃ大量にあふれるほどのオーバーヒール。

◆ルシアン：：癒やしすぎぃ! MP温存してぇ!

◆アコ：あ。もうでません

◆ルシアン：MP尽きてるー!

状況が悪くなったのがわかったんだろう、火力担当の二人も焦(あせ)り始める。

◆シュヴァイン：さっさとやられろってんだよ

◆アプリコット：回避を抑えて攻撃を増やすぞ

◆ルシアン：二人とも焦(あせ)らないで、落ち着いてくれ

俺が言えたことじゃないけど、攻撃に偏った二人は露骨に避けるのが適当になっていく。

これが初心者PT。焦(あせ)ると一気に崩れていく。

◆**シュヴァイン：**まだだ、自前のポーションは持ってきてんだよ

◆**アプリコット：**HPは持つ。しかし私のMPもそろそろ限界だ

◆**シュヴァイン：**こっちもだ、剣のスキルになんでMP使うんだよクソが

アプリコットとシュヴァインもリソースが尽き始めてる。

これは無理かもしれない。

まだ誰も死んでないんだ、今の内に一度撤退した方が正解なんじゃないか。

そう弱気な事を言おうとした俺の横に、長い髪をなびかせてヒーラーが駆け寄ってくる。

◆**アコ：ルシアンは**

後方に居たアコが、移動しながらチャットを表示する。

◆**アコ：わたしが**

俺を守るように前に出て、大きく杖(つえ)を振り上げて、

◆**アコ：まもります！**

その杖(つえ)を思いっきり振り下ろした。

◆**ルシアン：**アコさんも殴んの!?

魔法攻撃じゃないのかよ！　物理攻撃か！

◆**アプリコット：**いやしかし

◆シュヴァイン：意外と強いじゃねえか

思ったより火力が出てる。なんでだよ、ヒーラーだぞ。

もちろんのこと、ステータスをＳＴＲにも振ってるからなんだけど。

低レベルならそこまで攻撃力の伸びに差はない。ヒーラーのアコでも殴れるのだ。

◆シュヴァイン：根性見せるじゃねえか、負けてられねえな

◆アプリコット：そうだな、魔力が尽きれば杖で殴る、杖が折れればこの拳を振るおう！

なんと全員がきんぐぽわりんに肉薄して、それぞれの武器で殴りだした。

なんだこの光景！　さっきまでのまともなレジェンダリー・エイジが、急に血生臭くなった！

◆アコ：えいえいえい

◆シュヴァイン：おらおらおらぁ！

◆アプリコット：囲んで棒で殴る！　それが人間最強の戦法だ！

全員で周りを囲んで同じように殴っている上に、呆気にとられた俺がヘイトを上げるスキルを使い忘れたせいで、ターゲットがルシアンとシュヴァインに分散する。

ヘイトが均等なせいか準備に時間のかかる強攻撃がなくなり、ふらふらと攻撃を散らすきんぐぽわりん。

範囲攻撃の表示が出るとみんながさっと避ける。

殴ることとしかしてないから全員の集中力が戻ってるんだ。
◆ルシアン：ええい、やっちまえ！　敵は殴ればいつか死ぬんだ！
◆アプリコット：行け、押し切るぞ！
◆シュヴァイン：っしゃあ、これでトドメだ！
◆アコ：えいっ
全員の武器が同時に命中し、きんぐぽわりんのＨＰゲージに残された最後のドットが消える。

ぽ、ぽわ、ぽわわ〜。

悲しげな声とともに、ぱちんと弾けて消えるきんぐぽわりん。

さっきまで大暴れしていたぽわりん族の王は、あっさりとその姿を消した。

嘘だろ、倒したのか。
◆ルシアン：やった、か
◆アプリコット：うむ、やったぞ
◆シュヴァイン：っしゃあああ
◆アコ：わー
俺たちは勝った。

ジョブもスキルも関係なく、全員でボスをタコ殴りにするという、ゲームのルールを勘違いしたようなわけのわからない戦法で、無事に勝利を得たのだ。

今から思うと、俺達って最初から王道と縁がなかったみたいだ。

◆ルシアン：絶対に正しい勝ち方じゃないよなあ

◆シュヴァイン：人数を集めて物理で殴ればいいんだよ

◆アプリコット：こんな戦法で大丈夫か

◆ルシアン：大丈夫だ、問題ない

◆アコ：？

今から思うと懐かしい会話をした俺達に、アコが？マークを出した。

◆アプリコット：知らぬか。インターネットミームなど知らずとも問題はないだろうが

この頃のアコは純粋だったんだよ。

まあやってるうちに絶対に覚えちゃっただろうけどさ。

◆シュヴァイン：わからなきゃとりあえず　ｗ　って書いときゃいいぜ

◆アプリコット：うむ、全てに対する万能なリアクションとして成立する言葉だ

◆ルシアン：危険なルールを教え込むな

◆アコ：ｗ

ほら、早速余計なことを覚えちゃったし！

――この時にアコちゃんがインターネットの変なところを覚えちゃったんだね

――今だったらリアクション全部草でいいわよって教えてたところ

——それは草です
——もうダメな教育が完成しちゃってるんだよなあ
——ね、でも今までの話にギルドを作る流れはなかったよね？　どうやって作ったの？
——ああ、それは簡単な話だ
◆ルシアン：あ、ドロップ見ようぜ
◆ルシアン：ボスを倒すと普通の敵よりも良いアイテム出るからさ
◆アプリコット：ほう
◆シュヴァイン：俺様の働きに見合う逸品なんだろうな？
それは本人の認識次第なのでわかんないけども。

何せ良いアイテムと言っても超序盤のフィールドボスなんだ。

凄い性能のユニーク装備がドロップ！　なんてことは当然ない。

店よりも露店やオークションの方が高く売れる、そんなアイテムが出た時点でもうラッキーなぐらいだ。
◆ルシアン：落ちたのは、ゼリーがたくさん、青の結晶、後は
はじけたきんぐぽわりんの足下にはぽわりんの通常ドロップのゼリー、プチレアの青の結晶。

どちらも店に売るしかないアイテムだ。

その中に一つ大きな宝石が混じっていた。

◆シュヴァイン：おい、この光ってるのはどうなんだ
◆ルシアン：ギルクリじゃん。こんな所でも落ちるんだ
◆アコ：ぎるくり

思わず略称で言ってしまった。アコがもう何度目かわからない？マークを出してる。

◆ルシアン：ギルドクリスタルだよ。ギルドを作る時に使うアイテムなんだ

あとは砦(とりで)を奪い取る時に設置したりもする。意外と使い道は多い。

使い捨てのアイテムな割にNPCは売ってないから、いつもそれなりに需要はある。売って分配すればそこそこの金額にはなりそうだ。

◆ルシアン：今だとどれぐらいで売れるかな、150kぐらいはすると思うけど

俺以外の三人に50kずつ配ってこっちで売っとけばいいか、なんて考えていた俺だけど、

◆アプリコット：ほう、ギルドか
◆シュヴァイン：そういや名前と一緒にエンブレムつけた連中がそこら中にいるな
◆ルシアン：そうそう、あのギルド
◆アプリコット：やはりどこかに所属するのが普通なのだろうか
◆ルシアン：そんなことはないけど、比較的入ってる人が多いとは思う

ギルドに入るのは楽しさと同時に面倒臭さもある。

仲良くなれる相手も居れば、この人は苦手だなって思うこともあるから。

それでも気の合う仲間とPTを組んでる時の面白さは、ネトゲだからこそ味わえる唯一無二の楽しさだと思う。

俺みたいに誰かに特別な感情を抱いて、夢破れて去っていくプレイヤーも居るけどな！

◆アプリコット：そしてこのアイテムがあれば、多くのプレイヤーが所属しているあのギルドというものを、自分で作ることができるわけだ

◆ルシアン：そういうこと

◆アプリコット：ふむ、ギルド、ギルドか

おや、ギルドに興味があるタイプの人かな。

既にしっかり課金してるみたいだしどこかに所属するのがオススメではあるけど。

◆アプリコット：皆はギルドに入っていないようだが、加入するならばどんなギルドが良いと考えている？

◆シュヴァイン：当然、俺様にふさわしい最強のギルドだ

◆アプリコット：スライム一体に必死な男が、最強のギルドとは大きく出たものだな

◆シュヴァイン：お前もだろうが。そういうアプリコットはどうなんだ

◆アプリコット：この私にふさわしいのは、必然、このサーバーで最高のギルドだ

◆シュヴァイン：ＭＰ切れでボスに殴りかかる魔法使いが最高かあ？

◆アプリコット：何が言いたい

◆シュヴァイン：偉そうな口ぶりの割に察しが悪いじゃねえか
◆アコ：なかよくしてください
◆アプリコット：はい
◆シュヴァイン：はい

相変わらず初心者に弱い二人だった。

◆ルシアン：二人はこれで上手くいってるんだと思うぞ
むしろ楽しそうだからな、言い合ってる時。

こういう会話って一歩間違ったら本当に喧嘩になるから、マジで相性が良いんだと思う。
◆シュヴァイン：そういうルシアンはどうなんだよ
◆ルシアン：俺？　俺はそうだなあ

一度ギルドは抜けた後だし。

◆ルシアン：大人数は疲れたから小さいとこがいいな。アットホームなやつ
◆シュヴァイン：向上心がねえな
◆ルシアン：安定志向なんだよ俺

ガチギルドに応募もしてみたけど、面接の時点でこわっ！　ってなったし。
強くなって人に認められてパートナーもできて――みたいなのは諦めた。
楽しいことを仲の良い相手とやっているだけでオンラインゲームは楽しいんだ。

今日みたいな面白いこともたまにはあるんだし。

◆アプリコット：アコ君はどうだ

黙って話を聞いていたアコはぴこんとハートマークを出して、

◆アコ：ルシアンのいるところが

◆アコ：いいです

◆ルシアン：俺がソロでごめんな！

傷心脱退したばっかりに、勧誘できるギルドがない！

アコみたいな初心者こそ支援の手厚い大手に入れれば可愛がられるのに！

◆ルシアン：ってかみんなにも強いギルドとか紹介できればよかったんだけど

初心者の支援も手厚い、大人数のギルドに入れるように案内できればもっとゲームが楽しめただろうに。そうちょっと後悔した俺だけど、

◆シュヴァイン：下剋上ってのも魅力的だが、有象無象に構うのは好みじゃねえな

◆アプリコット：私は上に立つべき者だ。雑兵から始める気はないぞ

◆シュヴァイン：気が合うじゃねえか

◆アコ：人がたくさんいるのは

◆アコ：こわいです

◆ルシアン：こいつら……

こりゃ普通にギルドに入っても上手くはやれないか。

この面子の相性がたまたま良かっただけで、なかなか尖ってる面子だし。

◆アプリコット：この場の全員が、既に強大なギルドに身を寄せようという気はなく

◆アプリコット：少ない人数で自分を活かせる最高のギルドを求めているわけだ

そしてこんな遠回しな会話をしてる間にお互いに何を考えてるのか少しずつわかってくる。

いや、わかってしまうのが、相性が良いってことなんだと思う。

◆アプリコット：さきほどの戦いは実に楽しめた。このゲームを始めて最高の時間だったと言っていい

◆シュヴァイン：ま、悪くはなかったな

◆ルシアン：確かに久々にネトゲしてるって感じがしたよ

◆アコ：たのしかったです！

そして全員がわかっていても口に出しにくいことを、率先して言い出せるのがアプリコットという人間だった。

◆アプリコット：ならばどうだ。この四人でギルドを創設するというのは

ためらうことなく、流れるようにチャットを表示する。

◆アプリコット：私が作り上げる最高のギルド。その初期メンバーに、諸君を迎え入れたい

楽しかったからって気軽に誘って、それで断られたらどうしよう、なんて怯えてしまう俺と

は全然違う、断固とした決断力。
この人について行ったら楽しそうだって、そう思わせる力があった。
この人の格好良い誘いに、えー、どうしよう？　なんて空気が流れて欲しくない。
俺はすぐにキーボードを叩いた。
◆ルシアン：俺はいいよ、このメンバーなら楽しそうだ
◆アプリコット：うむ、助かる
すぐに同意した俺に、心持ちほっとした雰囲気で返すアプリコット。
そして少し無言だったシュヴァインは、
◆シュヴァイン：偉そうに言ってるけどよ、お前にこの俺様が使いこなせんのか？
◆アプリコット：ふっ。私がギルドマスターに相応しくないと思えば、いつなりと下剋上を起こすが良い
◆シュヴァイン：上等だ。俺様の期待を裏切るんじゃねえぞ
◆アプリコット：はっはっは、もちろんだとも！
この四人なら楽しいギルドになりそうだから期待してる——そう遠回しに言うシュヴァインに、満足げに笑うアプリコット。

そして俺達の会話を聞いていたアコが、
◆アコ：四人って、わたしもですか？

◆アプリコット：もちろんだ
◆シュヴァイン：当たり前だろ、なんでノケモノになんだよ
◆アコ：げーむ、へたなので
えんえんと泣くエモをするアコ。

いやいや何をおっしゃる。ゲームの上手い下手なんて、ギルドにおいて大して重要なことじゃない。
◆ルシアン：さっきまでの会話を思い出してくれ
◆ルシアン：アコさんなしでどうやってこの二人を止めるんだよ
◆シュヴァイン：どういう意味だ？　ああん？
◆アプリコット：人を厄介者のように言わないでもらいたい！
◆ルシアン：ほら、俺だけじゃ制御できないんだよ。アコさんが居てくれないと
◆アコ：わたしがいないと
そう言って、アコはふらりふらりと俺達の方に近寄る。
そして数秒、十数秒と間をおいて、
◆アコ：おねがいします
ギルドを作る、所属するというのがどういうことか、単純に一言で表現してくれた。
◆アコ：みんな、お友達になってください

†††　†††　†††

「アレイキャッツの始まりは、だいたいこんな感じだったはず」

「あんた、よく覚えてるわね……」

「私はもうちょっとだけ普通にチャットしてたとは思うんですけど」

「いや、私の記憶では更に誤字が多く、誤チャットも頻発していたはずだ」

「えええっ⁉」

やっぱ時間が経ってるから、みんなの記憶が美化されてるんだろうなあ。

俺はその辺を冷静に見てる方だからちゃんと覚えてるけど——。

「あとルシアンはまだタンクが上手くなかった、って言ってたけど、むしろふっつーに下手だったわよ」

えええ？　そんなことないだろ⁉

「いやいやいや、ちょっとミスはあったけど、ある程度はできてただろ！」

「動かなければ避けられる範囲攻撃を自ら喰らいに行っていたぞ」

「ヒール大変でしたよ？」

「マジで？」

美化されるよね、記憶って。うん。

まあ良いんだ、結果的にボスは倒せたんだし。今はそれなりに上手くなったから。

「ギルド名の由来は作戦会議に使ったお店から取ったの？」

「そーよ。街に戻った時に、なんとなく同じ店に入ったのよ」

「気まぐれにぶらつく野良だった我々が猫のもとに集まったのだ。ギルド名は野良猫でよかろう、ということでアレイキャッツとなった」

「シュヴァイン様と下僕達、になるよりはマシだったしな……」

「て、提案はしたけど、本当に決まりそうなら止めてたわよ!?」

「無難な名前になって良かったね」

「その名前だったらはいりませんでした」

真顔で言う双葉。

俺だってその名前に決まったら逃げてたかもしれない。

「でも凄いなー、やっぱり運命の出会いがあって、色んな出来事があってギルドを作ろうってことになったんだね」

秋山さんは目元にハンカチを当てて、凄く感動してくれてるんだけども。

何度も言うけど本当に大した話じゃないんだよ。

「めちゃくちゃありきたりな流れだと思うんだけどなあ」

「たまたまフィールドで会ってノリでボス倒したからそのままギルドに、でしょ？」

「あらゆるオンラインゲームにダース単位で存在する結成理由だな」

「えー！　素敵だよ、運命だよ！」

これも偶然と呼ぶか運命と呼ぶかは人に任せようと思います。

運命だとしたらもうちょっと派手な出会いが欲しかったけども。

「でも、もしもの話だけど」

と、瀬川が氷の溶けたウーロン茶を揺らしながら言う。

「あのきんぐぽわりんが最初から事故なくふっつーに倒せちゃってたら、どうなってたのかしらね」

「二人が助太刀に入って、そのまま倒してたら、ってことか？」

「そ。あんまり盛り上がらなかったんじゃない？」

「それは……確かに」

「勝てるんですねー、ってそのまま解散したかもです」

一度負けて集合して、もう一回行こう！　ってなったからPTを組んだんだし、MPも切れて物資も枯渇し、全員で必死に殴ってなんとか倒したからこそ、あの一体感があったんだ。

さらっと簡単に倒せていたら、このメンバーでギルドを作ろうって話にはならなかったかもしれない。

「普通に出会って普通にチャットしただけだと、あんま仲良くはならなかった気がするな」

「はい、ぽわりんに潰されるのを見てなかったら、しゅーちゃんもマスターも怖かったです」

「あの頃はシュヴァイン様の完成度も低かったのよね。俺様キャラって難しいから」

「私も染み付いた教育を自分なりに消化できていなかった。中々に印象の悪いプレイヤーだっただろう」

やらかしてソロになって、リスクを冒すことから逃げている俺。

チャットもおぼつかないのに初めて親しくなった俺についてまわるアコ。

キャラ作成からずっと濃いめのロールプレイを続けていたシュヴァイン。

向上心と課金力は強いけど、なんだか偉そうなアプリコット。

初対面から親しくなれるコミュ強プレイヤーは一人も居なかった。

「最初は滅茶苦茶だったから上手くやれたのかもなー」

「うむ、失敗から始まったからこそ、気負わない関係になれたわけだな」

「ぐだぐだで始まった感じよね、このギルド」

「だから仲良くなれたんじゃないですか」

のほほんと微笑むアコ。

「昔はみんな変だったので、変な人が集まって楽しいギルドができたんです」

いっそ自慢げな彼女に、

「今も変なんじゃ」

さらっと失礼なことを言う双葉。

「あんた言ってはいけないことを口に出したわね」

「それを言ったら！　戦争ではないか！」

「おもわずほんねが」

「それは謝ってはいないいんじゃないかな……？」

でも間違いはないかもしれない。

サービス終了です！　って言われて、次のゲームに移るでもなく、引退して解散するでもなく、改めて最初のオフ会をやり直そう！　なんて普通は考えない。

「いいんじゃないかな。変なギルドが変な流れでできて、最後まで変だったってことで」

「マスターが望んでいたオフ会っぽい話ではあるしね」

「うん！　私はすっきり満足！」

聞きたがっていた秋山さんも納得してるみたいだし。

「後はもう西村だけ？」

「そうだな。キャラクターを完成させればやり残しは終わりか」

レベルを上げる時間はまだまだあるし、今の経験値倍率ならレベルはすぐに１００になる。

転生さえできれば終わったも同然だ。

「じゃあ残りはあのクエストだけね」

「最後ぐらいはちゃんと勝ちたいよな」

「うむ、自らと同じNPCに負けるなど屈辱だ」

「私達は最高のギルドですからね！」

さっきまでの話を思い出すように、アコが頷く。

そうだ。最高のギルドで最高の仲間——と偉そうに言えたもんじゃないけど、それでも運営から転生を許されないレベルに連携が下手だとは思いたくない。

と言ったものの。

「……ちゃんと勝つ……ちゃんと勝つのが俺達なんだっけ……？」

「なんか違和感あるわよね」

瀬川も首をひねってる。

「私達は最初からちゃんとやってなかったんですよね」

「一つのチームとして運営の想定を超えたい、という気持ちは間違いない。しかし、だからと言って正面から挑むのが我々だっただろうか」

「スタートから間違ってたな？」

これまで散々、テンプレや王道を外れて好き勝手やって来たのがアレイキャッツだ。

最後の最後だけお行儀よく戦って、運営に理想的なPTだと認めてもらおうなんておかしな話だったのかもしれない。

「俺達らしく好き放題やってみようか」

それで勝った方が気持ちが良いもんな。

†　†　†

座り慣れた椅子に座り、見慣れた画面を見つめる。

向かいに座ったマスターはマウスの調子を確かめつつ、

「部室で良かったのだろうか？　ネカフェの貸し切りという手もあったぞ」

「要らん要らん」

最後というならここの方がいいに決まってる。

斉藤先生がいるのをいいことに、休日の午後から部室を開けて使ってる。

「先生としては、あのままみんなで夕食、とか言う方が不安があったのにゃ」

夜の街で過ごされるより管理できる範囲で居て欲しい。そんな気持ちを露骨に感じる。

で。やることはもちろん転生クエスト、伝説の時へ。

これまではあれやこれや作戦を立ててそれっぽい勝ち方をしようとしてたんだけど。

「どうやって勝つか、などという戦術論は考慮しないものとする」

指揮をとるマスターは初手で指揮権をぶん投げた。

「ならばどうするのか。問われるのは、我々はどうしたいか、だ」

どうするべきか、じゃなくどうしたいか。

これまでの戦いだと、俺はルシアンを抑えるか、突っ込んで囮になるか、そんな感じだったけど。

「タンクとしては微妙だけど、初手から前に出ず遊撃でフォローに入りたいかな」

義務としてタンクを抑えたり敵を引きつけようとしてたけど、本当なら自由に動いて前に出ようとしてる仲間を支えるのが俺のやりたいことだ。

実際にこれまでやった対人戦でも前に出て囮ってよりはタイミングを狙ってスタンを取りに行ってたし。

「あたしのシュヴァイン様は前衛として普通に戦うより一撃必殺狙い！　必要な時に大きく黒字を稼ぐから、ちょっと後ろに居るけど許して」

「私は逆になるな。遠方でちまちまと魔法を打つのは趣味ではない。タイミングは私が作る。先頭で行かせてもらうぞ」

「PTの真ん中でいつでも回復できるのがヒーラーだってわかってるんですけど、できればルシアンの後ろぐらいに居たいです」

「私は一人ぐらいは倒すから好きに動いてていい？」

「ふりーだむ、かんげーです」

おお、みんなが好きにやらせろって言ってる。なんだこの協調性の欠片もないチーム。

「これで最高のチームを名乗ってたのか俺達」

「PTとして成立してないわね」

だから無理にでも連携をして、って考えてたんだけど——別にいいよな。

いいじゃないかいつも通りで。それで負けた方が納得できる。

「OKこのままでいこう。各自やりたいように！」

「これ勝てるんですか？」

「勝てなくても楽しければいいでしょ」

瀬川が笑って首を振る。

でもその顔は諦めの笑みじゃなく、食い破ってやるという獰猛な笑顔だった。


何度となく見た、ドッペルゲンガーの俺達と向かい合う。

すぐに戦闘は始まらない。デフォルトの位置から前に出た瞬間に相手が動き出すって流れだ。

いつもならタイミングは俺に任せられてた。タンクだしな。

でも先陣を切るのは別に俺じゃなくていい。

「では！　まずは私が行かせてもらおうか！」

マスターが肩にふわふわのマントを被り、その場で時計が高速回転するエフェクトを出した。

肩装備のファルコンマント。一定時間移動速度を上げる装備だ。なお防御力はゴミ。

速度増加中に、シュタタタタ、とためらいなく突っ込むマスター。敵が動き始めると同時に装備が切り替わる。

「そして掟破りの初手リリース！　パーフェクトブリザード！　相手は死ね！」

殺意が溢れ出してる！

トドメにも味方のカバーにも使える無詠唱スキル、リリーススペルを初手にパナした！

「めっちゃくちゃですねっ⁉」

「あってはならない動きなのにゃ……」

さすがにそんな無茶が通りはしない。

まとまって動いていた偽ルシアンと偽シューが凍結するが、大したダメージは出ていない。

「よこ、もらいます」

エフェクトが出ている間に、遠距離ジョブなのにサイドから走りこんでいたみかんが偽アコに矢を打ち始めていた。

なんで後衛の魔法と弓が最前線に立ってんだよ！

詠唱を妨害されて回復に手間取る偽アコをカバーするためか、偽セッテがみかんに向かう。

「なら俺がサポートに入る！」

タンクが後ろから後衛をフォローする謎の展開。

偽セッテにスタンをかけに行くけど、

「あ、アラクネ来た。ごめん捕獲なう」

「ざーこざーこ」

「俺はみかんの代わりに食らったんだよなあ！」

避けたらそっちが当たってたんだぞ感謝しろ！

アラクネの糸に引っ張られて捕まり、偽アプリコットからの魔法、偽みかんの矢を受けるルシアン。おお、痛え痛え。

「ルシアン、今助けます！」

「大丈夫だ、もう少しは持つから……」

「もう来ました！」

「ここ最前線ー！」

俺の隣でがんがんヒールをかけるアコ。そんな前に来なくていいって！

こんなところに耐久の低いアコが来たらそりゃ狙われる。

凍結のとけた偽シュヴァインが突撃、偽ルシアンも向かってきてる。

心なしか悪い顔に見えるルシアン。今まではひたすら不毛な消耗戦をしてた相手だ。

「あー、絶望的だけど……なんか未来が見えるな」

ここには俺をとらえる偽セッテにアラクネ、アコに切りかかる偽シュヴァインと偽ルシアンで三体のドッペルゲンガー、そして召喚獣が集合してる。

挑発スキルが効かない敵には俺じゃヘイトが稼げない。でも耐久が低いヒーラーのアコが一緒に来たことで、俺達にタゲが集まってるんだ。

結果として敵がまとまったなら、この後のことは全部任せられる。

「アコ！　あたしに！」

「エクストラダメーぐふっ！」

アコの死に際のエクダメがシュヴァインに乗る。

移動スキルを連続で使って一気に距離を詰めたシュヴァインが大剣を構え、

◆シュヴァイン：らんらん(´･ω･`)

1HIT、2HIT、3HIT。

大剣が綺麗に三人と一匹を捉える。

二発目でアラクネが消滅。初手の大魔法に加えて、エクダメ込みのらんらんを受けた偽シュヴァインが倒れる。

でもそれで終わらせない。アラクネの糸が解けた瞬間、ヒットストップで動きの止まった偽セッテの顔面に盾をたたきつける。

◆ルシアン：スタン入った！　←　ここ！

「もらったわよ！　一撃焼却ドラゴンブレス！　奈々子撃破ー！」

「私は生きてるよっ！」

「ごめんなさい死にましたー！」

ドラブレを単体に撃つなー！　火力がもったいなーい！

偽シュヴァイン、偽セッテを倒したものの、攻撃を食らっていたこちらのアコが沈む。

偽ルシアンがシュヴァインへと迫り、偽アプリコットの魔法もこちらに飛んでくる。

「アコと交換で二人、あたしの出番はここまでかしらね」

「諦めるの早えよ！」

まだまだできることあるだろ！

「やらせはせん！　やらせはせんぞ！」

派手な魔法エフェクトを撒き散らしてマスターがこちらに援護を飛ばす。

が、あちらにはまだヒーラーがいる。

「ぬおっ」

「調子に乗ってるからー！」

偽アコにスキルを封じられて一瞬でマスターが沈黙する。

相手の不利状況を判定したのか、偽アプリコットが近づいてこようとして、

「もーいっぱーつ！」

クールタイムの終わったシュヴァインが前に飛び出す。

が、もちろんそんな簡単に当たるわけもなく、

「あ、ごめん本当にダメなやつだわ」

「命を大事にしろっ！」

敵はみんなさらっと引いていき、誰も居ない場所でぶんぶんと剣を振ったシュヴァインに魔法が、盾が、突き刺さってあっさりと沈んだ。

「よくもシュヴァインを！」

やっとスキル封印の解けたマスターが大魔法を詠唱。

でも詠唱が長い！　敵は魔法の範囲を避けてさらに下がっていく。

「どうぞ」

「ナーイス！」

その背後に、事前に置いてあったトラバサミが輝いていた。

引っかかったのは最初に下がっていく最後衛の偽アプリコット。

動けない魔法使いなんて敵ではない。ぼこぼこと攻撃が当たるが、

「ヒーラーが邪魔だ！　みかん！」

「しごとおおい」

偽アコに矢を放って回復を妨害するみかん。

それを邪魔と見たか、偽ルシアンがみかんを止めに突っ込んでくる。

一瞬考える。盾としてはみかんを守って偽ルシアンを抑えるべきだ。

なんだけど……まあ、いいか。双葉だし。

「がんばれ双葉！」

「ほうち⁉」

盾にはあるまじき行為、みかんを見捨てて偽ルシアンとすれ違う。偽アコにスタンを入れて回復を止め、偽アプリコットを削り切る。

「よし、偽マスター撃破！」

「こっちも、しにましたが？」

「すまんという気持ちだけはある」

見捨てられたみかんも死んだらしく、残った味方は俺とマスター、それにセッテさんだけだ。

「ごめん、そろそろ無理ー」

「こっちも死んでる⁉」

戦況からフリーにするとマズイと踏んだんだろう、延々と引き撃ちをされながらも偽みかんを追いかけ続けたセッテさんが倒れた。

「なるほど、残ったのは私とルシアン。相手は偽ルシアンに偽アコ、さらに偽みかんか」

「いやー人数不利だな」

はっはっは、と笑う俺とマスター。

だが舐めないで欲しい。こちらはアレイキャッツのギルマスとサブマス。実力的にはツートップを自負してるのだ。

「マスター、二人頼む！」

「任せろ！」

定石なら俺が二人を抑えて、その間にマスターが一人倒すところだろう。

でも俺達にそんなルールはない！

HPの削れた偽みかんが合流する前にそちらを潰しに行く！

「はっはっは、単独行動のウィザードは餌に見えるか、AIめ！」

偽ルシアンと偽アコがマスターを追うけど、引き撃ちに徹したマスターに上手く近づけない。

それに対してこちらは、

「ていていていていてい」

「なんで盾投げで弓と戦ってるのにゃ……」

「これが最強なんで」

最大強化とは言わないけど、そこそこ強化してる自慢の盾だ。投げたって強いんだよ！

セッテさんに削られてた偽みかんは俺の盾投げの前に無残に倒れた。

「マスター、大丈夫か？」

「いま大丈夫ではなくなるところだ」

「どゆこと⁉」

戻ろうとした俺の目に入ったのは、大きな魔法陣の中央に立つマスターと、それを殴る偽ルシアン、魔法を飛ばす偽アコの姿だった。

「このHPで接敵すれば勝てると踏んだのだろう！　だが、私の装備を甘く見たな！」

マスターは詠唱妨害されなくなる頭装備をつけて沈黙無効のアクセサリーまでつけて、敵の攻撃を浴びながら魔法の詠唱を続ける。

対人用の装備なのにきっちり限界まで鍛えてるんだろう。HPをギリギリ残したまま発動まで耐え抜いた。

「これが我が奥義！　捨て身の足元大魔法だ！」

「マスター！　そんな無茶しなくても普通にやれば勝てたのにー！」

宇宙から振る雷が、スターライトニングが偽アコと偽ルシアンを薙ぎ払う。

同時にマスターのHPも消滅し、その場に倒れこんだ。

エフェクトが消えて残ったのは、タンクのくせにあんまり削れてないルシアンだけ。

そして全員の画面に quest clear の文字が表示された。

「か、勝ったぞー！」

「うっわ、これで行けるのね」

「私みかんちゃんを追いかけてただけだよ⁉」

「ふはははは、我々の連携の勝利だな！」

「むしろ連携をしようとしてたのはドッペルの方なのにゃ……」

ずっと呆れ顔で見ていた先生が唖然として言う。

「助け合おうと固まる相手に、自由行動のみんなが深く考えずにやりたいスキルを使ってただけなのにゃ……どう考えてもＡＩと人間の立場が逆なのにゃ……」

「これがチームプレイというものです！」

「スタンドプレーから生じるチームワークでしかないのにゃあああ！」

どうしてこんなので勝つのにゃ？　と何度も首をひねる先生。

「みんな滅茶苦茶だから正しい行動をするＡＩの動きが通らなくて、こちらのやりたいことだけが刺さったんじゃないかと」

「絶対に正しい勝ち方ではないのにゃ」

でもそうなんだ、俺達ってこういうチームだよ。

好き勝手動く火力職に、あっさり死ぬヒーラー、不遇な目に遭う召喚士と、慌てて右往左往するタンク。

全員やりたい放題しながらも、欲しい時にはちゃんと通じ合って協力する。それでいい、それがいいんだ。

「私達の勝利ですー！」

そして最初にあっさりと倒れたアコが、なぜか堂々と勝利宣言をしたのだった。

†　†　†

▼本当に転生しますか？▲

▼転生後のキャンセルはできません▲

▼レベルは1に戻り、必要経験値が大幅に増加します▲

クエストクリア後、女神像をクリックすると出てきた表示がこれだ。

「さすがにしつこいぐらいに確認されるなあ」

今みたいに取得経験値がとんでもなく増えてマナフィードイヤリングなんてバランスブレイカーな装備があるならともかく、普通ならレベルの上げなおしに数ヶ月、何なら年単位で必要になる。そりゃ確認もしつこいぐらいにするだろう。

でもためらうことはない。

これを目標にしてきたんだ。サービス終了前に達成できて嬉しくはあっても、悲しいことはなにもない。

「んじゃ行かせてもらうぞ」

YESをクリック。

じゃじゃーん、と明るい効果音と共に、

俺のルシアンが初期のノービスキャラに姿を変えた。

ジョブが初期に戻ってレベルも1に。ステータスも当然の初期値だ。

でもステータスポイントにはなかなかの数値が残ってる。こりゃ凄い、レベル1でもそこそこ戦える強さにできそうだ。

「っしゃあああ！　ついに転生したぞー！」

「長く苦しい戦いだったわね……」

「NKTであった。我々らしく勝てて何よりだ」

「みんなおめ～」

周りのアレイキャッツメンバーもどんどん初期衣装に戻っていく。

ノービスだらけの感覚久しぶりだなあ。

「みんなレベル1の装備はちゃんと用意してるか？」

「倉庫に置いてあるよ～」

「今の経験値倍率なら一瞬でレベルが上がるだろうがな」

「それよりこのままSS撮りましょ！　転職したらまた集まってSS！　当時撮り逃した場面を再現シーンで撮り直すのよ！」

「茜ー、それやらせだよー？」

「演出って言ってよね」

わいわいと騒ぐ俺達に、まだカーディナルのアコが言う。

「良かったですねルシアン、最後に転生まで進めて」

「ま、そうは言ってもレベルは上げ直しだけどさ」

それも経験値倍率が上がってる今ならなんとかなる。

「別にレベルを上げ直してやることもないんだけど、最後の瞬間はレベル100ぐらいになって迎えたいな」

「そうですね、最後までノービスだったら可哀想です」

少し平坦な口調。いつも感情豊かなアコには珍しい冷たい声色。

「……アコ？」

「最後、なんですか？」

と、小さくつぶやくのが聞こえた。

「みんなクエストをクリアしようって凄く頑張って……でもそれ以上に、自分らしくクリアできた今が凄く嬉しそうで……」

ステータスポイントの振り分けに悩むみんなを見た後、アコは目を伏せる。

「全部やり遂げた、っていう顔で……これで終われるんだって……」

「アコ……」

たまたまだけど、俺と瀬川の目標が最後に達成される。

色々な姿でスクリーンショットを撮りたい、キャラクターを完成させたい。どちらも転生してレベルを上げていけば必ず叶う目標だ。

これで達成されることはほぼ間違いなくなった。

あとは穏やかにLAで時を過ごせば、悔いなく卒業できる、はず。

そんな気持ちが俺達の態度に出てたのは間違いない。

「みんなLAを引退するんですか？　終わっちゃっていいんですか？」

「良くないよ。俺達だって終わらなきゃ辞める気なんてない」

「……でも」

アコはのろのろと顔を上げた。

潤んだ瞳を俺に向けて、どこか疲れと諦めの混じった声で言う。

「終わっちゃうんですよね、レジェンダリー・エイジは」

「……うん、終わるよ」

みんなの目標達成を手伝って、悔いをなくすための努力をして。

そうして時間を過ごせばアコの中で整理がつくかも、とは思ってた。

こうして最後の目標に手が伸びた時、勝利と同時に決定した終わりを受け入れた俺達を見て、彼女もついに理解してしまった。

「そうですよね……そう、なんですよね……」

「いいんだアコ、無理にわかろうとしなくて」

「大丈夫です。私は私に勝ったんですよ？　不利対面での大勝利なんです。転生して、ＬＡが終わる前にもっと頑張れる私にしてあげないと……」

マウスに手を添えてカーソルを操作するアコ。

しかしそのままじっと画面を見つめて動かない。

「アコ、本当に無理しなくても……今日はとりあえずこの辺にして、また時間を置いて」

俺の言葉を遮って、

「これを押したら転生するんですよね」

「あ、ああ。転生できるけど……」

「私が死んで、生まれ変わって、またレベル１から始められる……」

「本当の意味で死ぬってわけじゃないぞ？」

転生って理屈で言えばそうだけど。

「ステータスボーナスもあるしスキルレベルの上限も少し上がるからもっと強くはなれて……アコ？」

言っている途中で気づいた。

アコの様子が本格的におかしい。

動かないとか声が震えてるとかそんなレベルじゃない。

唇が白い。

呼吸が速い。

瞳の動きが止まらない。

「大丈夫か？　体調が悪いならちょっと横になって」

「平気です。私も、最後までみんなと一緒に」

マウスを握る手が震えてカチカチと異様な音を立てる。

「本当にレジェンダリー・エイジが終わるなら」

手だけじゃない。腕が、足が、体が震えてる。

「死ぬのも生まれ変わるのも、私も一緒に……」

はっ、と強く息を吸った瞬間、アコの表情が変わる。

「わ、たしも、わたしもっ」

今まで震えていた肩が大きく上下する。

ずっと座っていたのに長距離走を終えた後みたいに荒い呼吸。

「アコ、ちょっ、大丈夫じゃないだろこれ！」

「はっ、はっ、はっ」

苦し気に激しい呼吸をして、アコが俺とパソコンの画面へ交互に顔を向ける。

頰は上気して赤く染まり、しかし口元は青白く震えてる。

「息が、苦しくて、変でっ、ルシアンっ」

激しい呼吸をしながら胸を押さえ、必死に空気を吸い込もうとするアコ。

やばいやばい何がどうなってるんだ⁉　俺はどうすればいい⁉

「アコ⁉　どうしたの⁉」

「玉置さん⁉」

他のメンバーも気づいたのか、駆け寄ってきた。

「アコの様子がおかしくて！　どうしよう、救急車⁉」

「待って、見せて。玉置さん？　息ができないの？」

「は、いっ！　はっ、はっ‼」

「これは……過呼吸ね」

「はい」

いっそ冷たいほどの視線でアコを見て、先生と秋山さんが頷いた。

「西村君、玉置さんの手を握ってあげて！」

「アコちゃんの肩抱いて！　大丈夫って顔して、明るい表情で！」

直後、先生と秋山さんがわけのわからない指示を出してくる。

顔⁉　表情⁉　それで何になるっていうんだ⁉

「は⁉　俺がそんな顔したってアコは何も」

「いいからする！」

「せんぱいはやく！」

「はいっ！」

瀬川と双葉に言われて、もう余計なことを考えるのはやめた。

それでアコが楽になるのならどうだっていい。

震える彼女の手を強く握って、何もかも平気だって顔をして——。

「大丈夫だアコ。平気だから。落ち着いて」

マウスを固く握っていたアコの手を取って、逆の腕で肩を支えるように抱く。

「ルシアンっ、いっ、がっ」

「アコちゃん苦しくてもゆっくり、ゆっくり息をして！」

「アコ、ルシアンの顔を見ろ。呼吸をあわせて同じタイミングで息をするんだ。ルシアンと同時にだ、わかるな」

秋山さんとマスターの声に何度か頷いて、アコが俺の口元に視線を向ける。

つられてこちらまで荒くなりそうな息を無理やり抑えて、アコより少しゆっくりと呼吸をしてみせる。

「はーっ……はーっ……」

「大丈夫、ゆっくり、ゆっくりね」

荒かったアコの呼吸が少しずつ少しずつゆるやかに落ち着いていく。

「いいよアコちゃん、上手上手」

「良かった、良かった、アコ……！」

まだ速い呼吸を必死に抑えながら、アコが首を振る。

「ごめんなさいっ、ごめんなさい……」

「何を謝ってるんだよ、みんな怒ってないし困ってもいない」

「はい……はい……」

ふらつく体を支えようとしたんだろう、アコは胸を押さえていた手を机に置いた。

その指先がキーボードの端に引っかかってカチっと軽い音が鳴る。

じゃじゃーん、という効果音と共に目の前のモニターが明るく輝いた。

「あ……」

「え？」

画面の中でキャラクターのアコが初期装備、初期レベルに戻っていた。

ＹＥＳ／ＮＯのボタンで待機状態だった転生の選択が、エンターキーを引っ掛けて決定されたんだ。

「わ、たし、死んじゃ――」

ぐらっとアコの体が傾く。

支えていた俺の腕に倒れこんでそのまま身じろぎもしない。

「アコ⁉　アコッ⁉」

目を閉じた彼女からは何の返事もない。

ぐったりと力の抜けた体はまるで死んでしまったように重かった。

六章

「一生後悔しなさい」

And you thought there is Never a girl online?

幸いだったのは養護の先生が保健室を開けていてくれたことだった。

俺と猫姫さん、マスターの三人でアコを運びこんで、外に瀬川とセッテさん、双葉が待ってくれてる。

「呼吸は安定してるし、脈拍、血中酸素濃度も問題なし。しばらくしたら目を覚ますでしょう」

アコの体調を確認して、先生はそう言った。

「本当ですか？　マジで救急車とか呼ばなくて大丈夫なんですか？」

「もちろん起きたら病院に行くことを勧めます。でも頭を打ったりしてないなら救急車を呼ぶほどじゃないですよ」

「そんなこと言ってアコに何かあったら責任とれるんですか⁉」

「いえ、それは……」

言葉に詰まる先生。やっぱり自信はないんじゃん！

突然倒れたんだ、アコに何が起きたのかもわからないのに！

「落ち着け。山本教諭が悪いわけではない」

「そうだけどっ！」

「山本先生、後は私が……」

「あ、はい。じゃあ斉藤先生、よろしくお願いします」

そそくさと、って表現するのが正しそうな動きで、先生はアコが眠るベッドから離れて行った。そのまま保健室から出ていってしまう。

「そんな無責任な……！」

「冷静になれと言っているだろう。養護教諭は医師ではないのだ、結果に責任など取れるはずがない」

え、保健室の先生って医者じゃないの？　じゃあ余計にわからないじゃん！

「それなら救急車を呼んでちゃんとした人に……って考えるのは間違ってる……のか？」

落ち着け落ち着けと言われてちょっと冷静にはなった。

確かにアコは見た感じ寝てるだけで、体調が悪いようには見えない。

でも倒れる前の様子は明らかに普通じゃなかったじゃないか。

「先生は部活の練習が激しかったから、気絶する子を何度も見て来たわ。まず間違いなく玉置さんは心配ないタイプの気絶よ」

心配ない気絶とかあんの!?　日常で見ることじゃないよ!?

「先生の部活って、えっと……」

「大学はレスリング部でしたか」

「ええ、部のマットが硬くてね？　寝技で失神、タックルで気絶。見慣れたとは言わないけど、たまにあったわ」

先生は自信ありげに頷く。

「教職課程でも教わることだけど、思春期の過呼吸は珍しいことじゃないの。救急車を呼んでも来た頃には収まってるっていうのが普通よ」

「そう……なんですか」

二人が落ち着いているのを見て、少しだけど力が抜けた。

「過呼吸からさらにショックな映像を見ちゃって、精神的にパンクしたみたいね。少なくとも体は平気だから西村君も安心して」

「は、はい……」

「もちろん目が覚めたら責任もってお家に送ります」

「ありがとうございます」

先生には最後まで迷惑をかけ通しだよ。

いや、先生だけじゃない。今さっき保健の先生に失礼なことをしたばかりだ。

「保険の先生に謝らないとなあ……八つ当たりしちゃったよ……」

「突然の状況に混乱していたのだ、山本教諭も気にはしていまい」

でも先生は何も悪くないんだ。

もちろん倒れたアコが悪いわけでもない。付き添ってくれたマスターも猫姫さんも。

「全部俺が悪いんだ。気づいてたのに。アコの様子がおかしいのはすぐにわかったのに」

転生だの何だのはさっさと中止してればこんなことにはならなかった。

「苦労したクエストに成功して、みんなで大喜びして、アコは受け入れちゃったんだ。ＬＡは終わるんだって。それでショックを受けて、なのに俺はのんきに転生だ転生だって……」

ＬＡの世界が本当の世界だって思うアコに、転生システムは軽いものじゃない。

これまで生きてきた自分のレベルが1に戻って全てやり直しになるって言われたら、簡単に決断できるものじゃない。

「嫁だなんだって騒いどいてこれだよ……アコになんて謝ろう……」

転生しようって言いだしたのも俺。やり残しを一緒にやって、段々と終を受け入れてくれたらいいな、なんて考えでアコを追い詰めたのも俺だ。

アコと過ごして後悔したことはいくつもあるけど、こんな大失敗をしたのは初めてだ。

いや、違う。これまでの運が良すぎたんだ。

アコを傷つけたことは何度もあった。それが大事にならなかったのは偶然でしかない。

「やっぱリアルの俺はマジで使えないゴミ野郎だ……アコに偉そうに言える立場かよ……」

「やめろルシアン。過剰に責任を負うな。むしろ今回は私の罪が重い」

マスターが俺の肩に手を置き、

「そもそも終活をしよう、ＬＡに後悔をなくそうと言ったのは私だ。そうして心の整理が進んだことがむしろアコ君を追い詰めたのだ」

「転生しようなんて言ったのは俺だよ、あれがなきゃここまで悪くはならなかった」

「最終目的を定めたのは私だ。その時点でこうなることは決まっていたのだ」

「んなわけないだろ、俺がキャラの完成だって言って、アコにも一緒にやろうって誘って……」

「……ねえ、二人とも」

眠るアコの隣で椅子に腰掛けた先生が、柔らかい声で言った。

「オンラインゲームが終了する時にね。ずっと遊んでいたプレイヤー達は、どのタイミングでああこのゲームは終わるんだな、って納得すると思う？」

「いつ、って……え……？」

急に何の話を、とは思ったけど。関係のない話だとも思えない。

あえていつなのか答えるとしたら。

「……サービス終了が発表された時、ですかね？」

「御聖院さんは？」

「実際にサーバーが閉じた時……でしょうか。納得せざるを得ません」

「うん、二人とも正解。そういう人もたくさんいるわね」

でも、と苦笑して、先生は俺達に優しい視線を向ける。

「意外と多いのがね、サービスが終了されても現実感がなくて、サーバーが閉じてるのにまだ納得できてないって人よ」

「終わってもまだ納得できてないんですか？」

「ええ」

先生は微笑んで、何かを思い出すようにして言う。

「サーバーが閉じて、ログインできなくなって、それでも納得できなくて。翌日、ああこのゲームはもうできないんだって思って……次の日もまた思って……一週間経っても、一月経っても……そうして長い時間が過ぎて、やっと少しだけ納得できる。そんな人もたくさん居るの」

「長い時間をかけて、やっと……」

俺もそういう人と変わらないかもしれない。

LAが終わるんだから最後の時間を有意義に、なんて目標を立ててやってきた。

だけど実際に終わったら納得できるのかと言われたらそんな自信は全くない。

そして、それは俺だけじゃない。

「アコはきっとそういうタイプだよな……」

「であろうな」

「先生もそう思います」

穏やかな表情で眠っている彼女の頬をそっと撫でて、先生は言う。

「だけど玉置さんは変なところが真面目だから、ちゃんと納得しようとしたのね」

「受け入れなきゃいけないって思っちゃったんですか」

「転生する、一度ゼロに戻るっていうのが、彼女にとっては自分が生まれ変わる瞬間に感じたのかもしれないわ。生き返らなきゃいけない、ゼロからもう一度始めないといけない、って」

LAでの転生は、LAでもう一度ゼロから始めるだけの話だ。

でも今この時アコの目にはそう見えなかったのかもしれない。

LAで死んで、リアルで生まれ変わらなきゃいけないような、そんな感覚に。

「本当は長い時間をかけて無理なく受け入れれば良かったのに、今すぐ、って思っちゃったのね。そんな無理しなくて良いのに」

「やっぱり俺が無理させたんですよね……LAは終わるって何度も言ったから、アコも最後には一緒に受け入れようとしてくれて……」

アコはこのゲームは終わらないって言ってたのに。

「みんなと一緒の気持ちで最後の時を過ごそうなんて、そんな自己満足でアコを追い詰めて」

「……それは反省し過ぎね」

ぽんぽん、と俺の腰を叩いて、先生は眠るアコを見るように促してきた。

「玉置さん本人が誰よりも仲間外れを怖がる子でしょう？　一人で好きにしなさい、なんて言ったらどうなったと思う？」

「それは……もっと追い詰めたかもしれないけど」

一人でサ終抗議運動にのめり込んで過激な行動に出て、どこかで問題が起きてたかもしれない。裏切られて余計に傷ついてたかもしれない。

「でも……それなら俺はどうすればよかったんだ……」

何もわからない。正解が見えない。正しい攻略法は何だったんだよ。

答えを求める俺に先生は、

「西村くん、人生ってどうしようもないことがたくさんあるの」

どこまでも優しい声で、冷酷な事実を告げた。

「どれだけ頑張っても自分の力と関係ないところで失敗に終わることなんていくらでもある。努力しても成果がでないことなんて珍しくない。学校でも試験や部活、恋愛で学べることだけど……レジェンダリー・エイジは最後にいい勉強をさせてくれたわね」

避けられない絶望。それがＬＡが与えてくれた経験だっていうのか。

そんな余計な心遣いは要らない。ずっと楽しい世界をくれればそれで良かったのに。

「どうすればいいかわからないことなんてたくさんあるの。そんな時は無理に解決をしようとするんじゃなくて。そばで一緒に乗り越えればいいのよ」

「……はい」

わかりました、とは言えない。

自分に責任がないなんて思えない。アコのそばにいる自信がどんどん削られていく。

それでも先生の言葉はちゃんと受け止めなきゃならない。そう思った。

†　†　†

◆**アコ：**気絶って、人生で初めて経験しました
朗らかに笑顔のエモーションを出して、アコはそうチャットした。
◆**シュヴァイン：**なんで笑顔で言ってんのよあんた
◆**ルシアン：**なんだこいつ（戦慄）
◆**アコ：**一度ぐらい気絶してみたいって気持ちもなくもなかったので
こやつ、気絶を良い思い出にしてる……！
俺は本当に心配して俺のせいだって追い詰められてたのに！
いや俺達に責任を感じさせないよう、努めて元気に振る舞ってる可能性も——。
◆**アプリコット：**息ができずに気絶というのはかなり苦しいと思うのだが……
◆**アコ：**思ったよりぽわーって逝きましたよ
◆**ルシアン：**逝くな逝くな
あ、これ少なくとも気絶したことは全然気にしてないやつだわ。
◆**セッテ：**人間ってキュッとやったら意外とすぐ気絶するもんね

◆**シュヴァイン**：実体験みたいに言わないで怖いから
当たり前のように言うセッテさんもまあ怖い。
◆**ルシアン**：それで、何事もなかったんだよな？
◆**アコ**：はい。食欲もありますし体温も平熱、ルシアンのおかげで頭も打たなかったので、精密検査も要らないそうです
◆**シュヴァイン**：あんた役に立ってたじゃない
◆**セッテ**：えらい！
◆**ルシアン**：息ができて偉いのレベルで褒めないで欲しい
◆**アコ**：思春期にはよくあることなので心配しなくていいって言われました
◆**アプリコット**：斉藤(さいとう)教諭の言うとおりか
◆**ルシアン**：うーん、先生は先生だなあ
ともかく健康だったたっていうのは本当に何よりだ。
良かった、本当に良かった。
だからって自分の責任がなくなるとか、気にしなくて良いってわけじゃない。
そんなことと関係なくアコが無事であったことが嬉(うれ)しい。
◆**アコ**：ということなので、ごめんなさい、迷惑かけちゃって
◆**ルシアン**：謝らなきゃいけないのはこっちだよ。ほんとうにごめん

◆アプリコット：アコには無理をさせてしまったな
◆アコ：いえいえいえ
　ふるふると首を振って、
◆アコ：私が本当に良くなかったんです。ああ、LAは終わるんだなーって思ったら、どうしてもみんなと離れたくないって思っちゃって、でもみんなは転生していって、ドキドキが止まらなくて……
　もじもじとするモーションをするアコにセッテさんが抱きついて、
◆セッテ：大丈夫だよ！　転生してもしなくても、サービス終わっても終わらなくても、ずっと一緒だから！
◆アコ：セッテさん……！
◆セッテ：アコちゃん……！
　しばし抱き合った後、アコはそろりそろりと離れて言う。
◆アコ：でもセッテさんとは程よい距離感ぐらいで……
◆セッテ：もー今更そんなの信じないからねー
◆アコ：ああ、通じなくなってますー！
　ああ、なんて平和な会話。アコが倒れた後だとは思えないぐらいに。
◆ルシアン：学校も残りそんなにないし、とりあえずゆっくり休んでくれ

◆シュヴァイン：LAのやり残しも大体は終わったしね
◆アコ：はい。おやすみでよかったです
あ、でも明日は一応予定があるんだよな。
◆ルシアン：明日は体験授業があるけど、そっちは休むよな
日曜日、本当はアコも行く予定だった予備校の日なんだ。
◆アコ：あ……
俺のチャットにアコは少し間を開けて、
◆アコ：そうですね、ごめんなさいですけど行けないと思います
◆ルシアン：しゃーないしゃーない
◆シュヴァイン：どんな感じだったか、帰ったら教えたげるから
無理して来るって言われても止めてたところだ。
ちゃんと自分のことをわかって休むって言ってくれる方がほっとする。
◆ルシアン：何なら俺も休んでアコの家に行くよ。何ができるわけでもないけどさ
◆アコ：いえいえ！　私は全然平気なので予備校チャレンジして来てください！
◆ルシアン：全力で拒否されるのも悲しいんだけど
◆アコ：お金もかかってますし、私のせいで休んだら余計に罪悪感ですから！
そう言われると困る。倒れたばかりのアコにさらに負担をかけるわけにもいかないしなあ。

◆ルシアン：うーん、了解。ならちゃんと受けてプリントとかもらってくるよ
◆アコ：はい、楽しみに……はしてないですけど、お待ちして……もいないですけど
◆ルシアン：行きたくないし興味もないんだな？　そうなんだな？
◆シュヴァイン：安心しなさいアコ、休んでもオンライン講義で何度でも見返せるようになってるから
◆アコ：逃げられないじゃないですかあああああ！

体験とはいえ申し込んであるんだから逃げようとしないで頂きたい。

◆アプリコット：ともあれ良くも悪くもだが、全員が転生したのだ。レベルを上げるとするか
◆セッテ：そだねー。今ならどんどんレベル上がるよね！

なにせ全員がノービス状態。レベル1。

どんな敵を倒したってすぐにレベルが上がるボーナスタイムだ。

◆アコ：最後ですしステータスとスキルをまともなヒーラーにしてみます？
◆ルシアン：まともなアコって違和感あるなー
◆アコ：わたしもです！

空元気、という風にも見えない、本当に楽しそうなアコ。

ただその態度にどこか違和感があるような気がしなくもない。

いつものアコなら、心配はないですけどお家に来てくれるなら大歓迎です！　とか言いそう

な気がするんだよな。

　でも罪悪感があるから来なくていいって言うのも変なわけではないし――。

　ちょっとした疑問を抱えながらも、それなりにプレイして解散したその夜。

　俺がログアウトした瞬間も、アコは最後までログインしたままだった。

†††　　†††　　†††

「んー、充実した授業だったわねー。アコも来られたら良かったのに」

「倒れてすぐに予備校なんて心配だし、しょうがないって」

「本人はサボれて喜んでたしね。でもオンライン講義からは逃げられないわよ……」

　予備校のテキストにプリント、ルーズリーフとペンケースを入れた小さな鞄を揺らし、瀬川が言った。

　瀬川と二人、春休みに行われる新三年生向けの体験授業を受けた帰り道だ。

　足を運んだ予備校は大きなビルを丸々一棟使った規模の大きな学校だったけど、ほとんど満席に近い状態だった。

　これだけの人数が受験に向けて勉強してるって考えるとさすがに焦る気持ちも結構ある。こりゃ行く人と行かない人で精神的にも違いがあるんだろうなあ。

「しかし初日だからだろうけど、マジで疲れた。長いなあ、90分授業って……」

「普段は50分の授業でつらいのに一気に倍だものね」

予備校の時間はいつもの倍近い時間をかけて行われる。正直集中力が持たない。

授業の途中にもちょっと休憩時間はあるけど、本当にぐったりと目を閉じて過ごしてた。

「それで西村。初めての予備校、感想は？」

俺を誘った側の瀬川が、片手の鞄でトントンと俺の腕をつついて言った。

「言葉にするのは難しいんだけど、なんつーかその」

適切な単語が浮かばない。無理やりに当てはめてみると多分、

「本当に、攻略情報、って感じだったと思う」

「そうだったわよね！　わかるー！」

わかりみわかりみ！　とテンションを上げる瀬川。

やっぱそうだよなあ。

「マジでテストをクリアするための情報だけを叩き込まれるって感じだったよな」

「学問を楽しむ！　とか、思考を深める！　みたいなお題目は無視で、テストってボスを攻略する手順だけを教えてたものね」

「なんかネットのゲーム攻略動画に近いものがあったかもなあ」

「日本史の攻略は各時代の文化がぶっこわれ、現代史を履修してるかで総合ＤＰＳに差がつく

けど無視してもクリアするだけならいける、みたいなね」

「それそれ。学校の授業は公式放送みたいにどんなスキルも大事って教えるけど、予備校だとゴミスキルはゴミスキルってはっきり言うよな」

「西村はこういう授業ってどう？」

「……言っちゃうと猫姫さんに悪いんだけど」

楽しくてわかりやすく、将来ためになる授業を——と学校の先生は考えてくれてるのに本当に申し訳ないんだけど、それでも思ってしまう。

「俺は学校の授業より予備校の方が好きだなあ……」

「でしょ？　だと思ってたのよ！」

だから誘ったの、と瀬川が自慢げに頷く。

「問題を解くために必要なことだけ教えてくれるからゲーマー向きなのよね」

「理屈はいいから攻略法を覚えろ、パターンを見つけて最低限の操作でハメろ、って授業だもんなあ」

俺だって本当は良くないと思うんだよ？

ちゃんと学問として理解するべきなんだろうし、テストのためだけの勉強って後々役に立ちにくいんだろう。わかってるんだ。

それはわかっちゃいるんだけど、

「攻略法を覚えてその通りにやって、結果として簡単に倒せればいいんだ、っていうのがネットゲーマーの性に合ってしまう……」

「そりゃねえ。ダメージ計算式を教えるから自分で考えろって言われる方がめんどいでしょ」

「うわー、それしんどいな。俺は自分で理想武器を考えるだけでも吐くよ」

例えばLAで攻略サイトの情報をそのまま利用せずに自分で考えた場合。

仮に光属性天使族中型のモンスターと戦う時に理想的な武器は、というのが課題になったとしよう。

天使族特攻エンチャントだとダメージ50%増、光属性特攻のエンチャだと40%増、中型特攻だと30%増の効果が乗る。

じゃあ天使特攻のエンチャを複数乗せれば強いのかと言えばそういうわけじゃなく、同系統のエンチャと別系統のエンチャで計算式が変わる。天使天使天使のトリプルアンチエンジェリックよりも天使光中型のアンチエンジェリックヴォイドミドルキラーの方が――とかもう知るかわかるか！　やってられん！

ほんと全部自分で計算して考えるってつらいんだ。

だからロイヤルガードの対天使武器はダブルエンジェ、ミドルをエンチャントした闇属性片手剣！　これが理想！　って書いといてくれる方がありがたいんだよ。

予備校の先生は、試験の問題はこうやって攻略するんだ！　って教えてくれるもんだから、その概念に馴染みがあって理解しやすい。

だから長い授業も割と耐えられたんだよね。

「そもそも受験って、勉強、模試、勉強、模試、勉強、本番！　っていう周回プレイだから、毎回ギミックを考えるのは無駄が多いんだよなあって思った」

「これ前のボスでやったことある！　初見から体が勝手に動く！　が理想よねー」

「もしかして俺達はテストの問題を思考放棄で解きたいんだろうか」

「無意識クリアが最強なのよ、それでいーの」

こういうダメ人間な発想に、素早く正答できるならそれで良し！　ってお墨付きをくれる空間だった。正直やりがいがある。

「クエストを攻略する気でやれば受験もいけるかもな……ちょっとやる気出てきた」

「授業の後だからそう思ってるだけで、家に帰ったらテキスト放り投げるんでしょ。あたしは詳しいのよ」

「そんな気はしてるから言わないでくれ」

こんだけ偉そうに言っておいて、帰ったら即LA起動してる気しかしない。

だって仕方ないじゃないかサ終前なんだもの。

「ま、今日は頑張ったからいいとして。どうする？　真っ直ぐ帰る？」

「んー、どうしよっか」

どっか寄るなら付き合うわよ、と言ってくれてるのは言葉に出さなくてもわかる。

講義が終わったのはまだ昼過ぎぐらいの時間で、遊んで帰るには丁度良い時間だ。

「ちょっと遠くまで来たんだから寄り道したい気もするけど……」

瀬川とならふらっとその辺を歩くだけでも楽しいだろう。

地元の方にはないオタショップをのぞいてみたり、ゲーセンでそれほど欲しくもないプライズゲームに熱くなってみたり、中古ゲーム屋で古のゲームを漁ってみても、何をしても盛り上がれると思う。

ただそれがわかっていても、

「今日はやめとく。アコと予備校帰りにデートしようって約束してるからさ」

「それ先に言いなさいよ。危うく地雷踏むところだったでしょ」

「ちょっと寄り道して帰ったぐらいで怒らないだろさすがに」

と言っても、アコが男と二人で寄り道して帰ってたら、どれだけ仲の良い男友達でも微妙な気持ちにはなると思う。その辺を考えてもまっすぐ帰るのが吉だ。

「そろそろ落ち着いただろうし、帰りはアコの家に見舞いに行こうかな。やっぱ急に行くと迷惑かね？」

「体調悪いと酷い顔になってるから誰とも会いたくないって子も結構居るけど、アコなら別に良いんじゃない？」

「酷（ひど）い顔はお互いに見てるしな」

ならちょっとお土産でも買って、今から行ってもいいかなってアコに連絡を――そうスマホの画面に触れて気が付いた。

見慣れないアカウントから数件のメッセージが来てる。

「あれ、これ……アコのお母さんからだ」

「普通に連絡先交換してんのね」

「まあ一応。でも連絡が来ることなんて全然なかったんだけど」

たとえ母親であっても自分の夫とこっそり連絡してたら許すまじ、っていうアコの感情をちゃんとわかってるお母さんは、用がある時はアコを通じて話すことがほとんどだ。

どことなく嫌な予感を覚えながら、恐る恐るメッセージを開く。

「…………」

「どしたの？　アコに何かあった？」

「……あったみたいだ。悪い瀬川（せがわ）、すぐ行かないと」

「……おっけ。あたしもすぐ動けるようにしとくから、何かあったらこっちかLAで連絡して」

「助かる。詳しくは後で」

事情を聞くこともなく言ってくれた瀬川（せがわ）に礼を言って、俺は駅への道を走り出した。

アコのお母さんから来たメッセージはそれほど長いものじゃなかった。けれどだからこそ驚くほどの重みを感じる。

——亜子のことでちょっと相談があるの。なるべく早く、できたら今日来てもらえない？

「あいつ、やっぱり何かあったんだな……！」

俺に来て欲しくない理由が、のんびりしたアコのお母さんがなるべく早く、なんて言うほどの事情が。

まだ寒々しい三月の風よりもずっと冷たい汗が背中を流れていくのを感じた。

†　†　†

「ごめんね英騎、急に呼び出しちゃって」

「丁度予備校が終わったところだったので。それで……アコに何かあったんですか？」

予備校のテキストが入った鞄を抱えて、駅から玉置家への道を急いだ。

あのアコ以上にふわっふわしたお母さんがすぐに来て欲しいなんて言うんだ、ただごとじゃない。

アコについて訪ねた俺に、お母さんは見た覚えのない悲しげな顔で頷く。

「英騎ならすぐにわかると思うから……亜子と少しお話ししてきてくれない？」

「え……普通に話して大丈夫なんですか？　体調が悪いとか」

「とりあえずは心配ないわ。だから、お願い」

言った後、お母さんは大きな声で二階へと叫ぶ。

「亜子（あこ）ー、英騎（ひでき）がお見舞いに来てくれたわよー」

「ルシアン!?　別に体調不良で休んでるんじゃないんですよっ!?」

上の階でばたばたとアコが走り回る音が聞こえてくる。

声と行動を聞く限りは元気そうに思えるけど――。

「行ってあげて」

「は、はい」

アコのお母さんの様子はとても楽観できるものじゃなかった。


「元気なのにわざわざ来てもらってごめんなさい」

俺を部屋に招いたアコは、しょんぼりと頭を垂れた。

「まあ学校ってわけじゃなくて予備校で、出席日数とかないからな。倒れた後なんだから休んでいいんだよ」

出かけた先で倒れた方が大事だし。

先生の話では何度も繰り返しはしないだろうってことだけど、そんなリスクを負う必要もない。

しかし、うん、普通だ。

アコはフィジカル的に強い方じゃないから体調が悪ければすぐにわかる。

そういう意味では問題なさそうだから……やっぱりメンタル面か？

「予備校はどうでした？　やっぱり難しいんですか？」

「え？　あー……ええと、そうでもなかったかな」

「はえ、学校より簡単なんですか？」

「簡単というか効率的というか。俺には学校の授業より相性がいいかも」

「そんなに違うんですか」

「別物だったよ。そうだな、ちょっと待ってな……パソコン一旦置いていいか？」

「あ……はい、どうぞ」

机の上に置いてあったノートパソコン、ＬＡプレイ中のそれを閉じて脇に置き、予備校のテキストを開く。

「例えば今日の授業だと英語の長文読解があったんだけどさ。このわけわからん英語の長文を読んで解説されるのかーって嫌々出たわけだよ」

「違うんですか？　読んで訳して問題を解いて、ですよね？」

「それがさ、もう第一声で、最初に本文から読むやつは落ちます！　から入るんだよ。先に問題の方を読んで何を問われてるのかを確認して、何に着目して読むかを考えるんだって」

「ふむふむ」

「しかもさ、当たり前なんだけど問題は日本語だから、出題の時点でありえない選択肢とかも結構あって、そのハズレ選択肢の内容から本文をさらに——」

とテキストを示して話してる最中、聞いているアコの右手が微かに震えているのが目に入った。

「…………。アコ、寒いか？　暖房強くする？」

「あっ……いえ全然！　っていうかここ私の部屋ですから！」

自分の部屋で寒いって何なんですかー、とアコが笑ってみせる。

でも右手を抑えながら浮かべたその笑顔が妙に引きつって見えて、酷く嫌な予感がする。

お母さんが言ってたのはこのことなのか？　アコに何が起きてる？

「なんか変だぞアコ。本当に大丈夫か？　やっぱり体調が……」

「いえいえ元気ですから。授業の話しましょう！」

「アコが勉強の話を聞きたがるのは何よりおかしいだろ！　自覚ないのか！」

「はうっ！」

やっぱこいつ何か隠してるな！

そう問い詰めようとした時、急にアコの肩が大きく上下し始めた。

明らかに呼吸が荒くなって全身が変な振動を起こしてるのが見てわかる。

「はー……はー……っ」

「え、ちょ、アコ？　本当にどうした!?　息できてるか？　一旦横になった方がいいんじゃ」

「だい、大丈夫です、でもごめんなさい……！」

アコはよたよたと机の脇に手を伸ばす。

さっき閉じたノートパソコンを机の上に戻して蓋を開いた。スリープモードから復帰して自動で画面が表示され、ログアウト状態のＬＡが映し出される。

「いやＬＡなんか見てる場合じゃ……」

止めようと肩に手を触れるとガタガタと不安定に震えていて、荒い呼吸でふらついているのがわかった。

こんなの絶対に普通じゃない。すぐにでも病院に——。

「ふー、落ち着きました。もう大丈夫です」

でれれれーん、とＬＡのＢＧＭが鳴り出した瞬間、すうっと消えていくみたいに震えが収まり、あっという間に呼吸が戻った。

あ、あれ？　もう平気そう？

「い、今のどういうこと？　大丈夫なのか？」

アコの体は絶対におかしかったはずだ。

こんなすぐに収まるようには思えなかったのに。

「まさか昨日倒れた後、定期的に同じような症状が出るように……！」

「いえいえいえ、そんな大問題は起きてません！」

アコはごまかすように指で自分の頬をなでて、

「あー、そのですね、大したことじゃないんですが」

「絶対に大したことあるから話してくれ。頼むから」

真剣に言った俺に、アコはちらちらとこちらの表情をうかがいつつ、ぽつぽつと言った。

「部室で倒れた後からなんですけど……なんだか私、ＬＡの画面を見てないと体が変な感じになるみたいで……」

「はあっ⁉」

ＬＡの画面を見てないと体がおかしくなる？

それどういう現象⁉　何が起きてんの⁉

「変って今みたいにか？　つらいんじゃないのかそれ！」

「いえいえ、体が震えてちょっと息が苦しくなるだけなので」

「それはだけって言わない！」

明らかな異常が起きてるじゃないか。そりゃ予備校に行けないって言うはずだよ！

「詳しく話しますとですね」

アコはLAの画面を出したまま、その前にぽんとメモ帳のウインドウを出した。

「どういう条件で起きるのか調べてみたんですけど、LAの画面を見ないまま5分から10分過ぎると手が震えだして、そこから3分ごとぐらいにダメージが強化、30分で限界がきて即死って感じでした！」

「なに調べてんだー！」

即死寸前まで調査してんじゃねーよ！

「変なバグが起きたら発生条件を調べちゃうのは私達の癖じゃないですかー」

「自分の体でやんな！　もっと大事にしろ！」

「あ、眠くなったら割と緩和されるので！　時々起きて画面を見たら寝ることはできます！」

「うわあああああ！」

冗談みたいに言ってるけど洒落になってない。

5分LAの画面を見てないと手が震える？　30分で限界？　寝てる間も何度も起きて画面を見てるって？

このままじゃ学校に行けないし、そもそもまともに眠れないし、問題は深刻だ。

でもそれ以上にあと二週間と少しでLAはサービス終了するんだぞ。

その後も症状が残ってたらどうするんだ？

「困りますよねー、合法的にずっとLAしてるしかないなんて」

あははー、と笑うアコ。

これから先はアコを守れるように。これ以上傷つけないように、なんて思っていた俺は余りにも甘かった。

現実に耐えられずに倒れたあの日、もうアコは壊れかけていたんだ。

†　†　†

「今朝、リモートで知り合いの精神科の先生に診てもらったの」

アコには休んでもらうように言って、リビングでお母さんの話を聞いている。

いつも楽しそうな顔ばかりしているアコのお母さんが、沈痛な表情で話してくれた。

「そしたらね、少し休んでゆっくりしてれば治るだろうから、薬を飲んだり入院したり、って難しく考えない方が良い、って診断だったわ」

「病名とかは……？」

聞いた俺にお母さんは小さく首を振って、

「思春期のちょっとした心の動きに大仰な病名をつけても悪化するだけ、ですって。半年後には笑い話になってるから大丈夫だって……」

「そう……ですか……」

確かに強迫性なんたらとか心的外傷なんたらとか言われたらそういうものだと思ってしまいそうではある。

お医者さんからしたら思春期の学生が強い思い込みで不調になってるだけの、すぐ治るもの……なのかもしれない。

いずれ治るなら、それはいい。笑い話になるのはありがたい。

「でも俺達に半年も時間はないんですよ……二週間後には、もう……」

なんてことだ。

「俺のせいで……本当にすみません……」

「そんなことないのよ。私達の理解が足りないのが悪いんだから」

お母さんは頰に手を当てて、

「私にはよくわかってないいんだけど、サービスが終わるっていうのは、漫画の連載が終わるとか好きな歌手が引退しちゃうとか、そういう話なのよね？」

「あ、そうですね。わかんない人にはそういう理解でいいです」

人によっては本当にシャレにならない傷になる場合もある、そういう事例だ。

「じゃあどうすることもできないのね……簡単に忘れることも、辞めないでってお願いすることも……」

避けられない別れはかならずある。ＬＡは最後にそれを教えてくれた。

猫姫(ねこひめ)さんはそう言ってたけど、別れに耐えられない人だって居るんだ。

「どうすれば……」

「困ったわね……」

「むー」

と、低く唸(うな)る声が聞こえた。

視線を向けるとドアの隙間からじーっとアコがこちらを睨(にら)んでる。

何でリビングに来てんの⁉　LAの画面見てなくて平気か⁉

「ルシアン、お母さんと何を話してるんですかぁ……」

「アコのことだよっ！　他に話題があるかっ！」

「変なこと話してないでしょうね……？」

アコの心と体が変になってる話をしてたんだよ！

「そんなわけないでしょう？　もう英騎(ひでき)も帰るから亜子(あこ)は部屋に戻ってなさい」

「帰るなら一緒にお見送りだけでもぉ」

「英騎(ひでき)に心配をかけるんじゃないの」

「はぁい……」

後でLAで会いましょうねー、と言ってアコが戻って行った。

ああもう、ヒヤヒヤするよ。

「本人に自覚がないのが一番怖いよ……どうすりゃいいんだ本当に……」

「うーん、やっぱり英騎が来てくれて良かったわ」

「へ？　俺には何もできなかったんですよ？」

お母さんは悲しげに首を振って、

「あの子、昨日から何をするにもパソコンを持ち歩いてて……ご飯もお風呂もトイレでも手放さないの。なのに今は普通に下に降りてきてお話しして……やっぱり英騎が居ると違うわ。ありがとう」

「……そんな、俺は何も」

俺が居るとほんのりと元気になる？

そんなのが何の救いになるって言うんだ。

どうしよう、俺に何ができるんだろう。

LAがなくなったら夫婦ですらなくなる俺とアコに、何が残ってるのかもわからないのに。

それでも何かしたい、何とかしたい、そんな焦燥感ばかりが体を駆け巡っていた。

アコのプライバシーではあるけど、隠しておけるようなことじゃない。

帰宅してすぐに、俺はみんなに連絡を入れた。
◆シュヴァイン：LA依存症、ってこと？　洒落になってないわよ、ちょっと

◆セッテ：そんな、アコちゃん……どうしよう……

◆アプリコット：由々しき事態だな

◆みかん：しんぱい

さすがの双葉も心配するレベル、深刻な問題だ。

◆猫姫：お医者さんの診断は、普通に過ごすように、だったのね？

◆ルシアン：はい。春休み前だしこのまま休んで、心配しなくても新学期までには良くなるだろうって

◆シュヴァイン：入院とかが要らないのは良かったけど……

◆アプリコット：新学期前にサービス終了がなければゆっくりと待つところだったな

◆ルシアン：問題はそれなんだ

治らないまま本当のサ終を迎えたらどうなってしまうんだろう。

目を閉じると、腕の中でアコの力が抜けていく感覚が蘇る。

あんな恐怖はもう二度と味わいたくない。

◆セッテ：みんなで遊びに行って元気づけるとかどう？

◆シュヴァイン：アコは逆に気にするんじゃない？　なんとかして治さなきゃ、って

◆猫姫：玉置さんが心穏やかに過ごせる環境にしてあげましょう？

◆ルシアン：アコが一番楽な環境……そうですよね……

なんだろう、俺と一緒のアコはいつも楽しそうだから、ぱっと思いつかない。
そんな俺に対して、みんなはぽんぽんと、

◆アプリコット：誰も居ない中で一人、が一番くつろいでいそうだな
◆シュヴァイン：自分の部屋でしょ。巣ごもりするリスみたいに食料溜め込んで出てこないのが一番じゃない？
◆猫姫：もうちょっと健全に治療したいにゃあ

そして、セッテさんが俺の方に移動して、

◆セッテ：きっとアコちゃんが一番ゆっくり過ごせるのは西村くんと二人の時だよね、と言って頭上に花のマークを広げる。

◆シュヴァイン：あー……そーね、いつもふにゃふにゃになってるし
◆アプリコット：ルシアンだけでもアコ君の家に泊まり込んでみるか？
◆ルシアン：考えは、したけど……

なにはともあれそばに居るのはどうかなって。
猫姫さんも言っていたし、俺にできることはそれぐらいじゃないかとは思った。

◆ルシアン：でも俺がアコの家に泊まり込んで、居心地悪い中で頑張って一緒に居たとして
◆ルシアン：それでアコが元気になるかっていうとさあ……
◆シュヴァイン：ちょっと気にするでしょーねー

◆**アコ**：嬉しいですけど罪悪感ですねえ
◆**セッテ**：アコちゃんだもんねえ

どうしたら良いんだろう。やっぱりみんなで相談しても良い回答は出てこない。

これも正解のない問題なのか。できることなんてない、悲しい現実なのか。

っていうか話題に本人が入ってきてるしな！　まあギルチャで普通に話してるんだから当然だけどさ！

◆**アコ**：みんなそろそろレベル上げに行きましょー、ぽわりん島は今日で卒業ですよ！
◆**シュヴァイン**：うっさいわよ！　あんたの相談してるんだから黙ってなさい！
◆**アプリコット**：騒いでいないで心穏やかに過ごせ！
◆**セッテ**：そうだよアコちゃん！　プレッシャー感じないで気楽に！　気楽にしてね！
◆**アコ**：チャットの圧が怖いんですが!?
◆**みかん**：くさ
◆**ルシアン**：ああもうシリアスになれないなあ……

笑っている場合じゃないのに笑ってしまう。

こんな仲間が一緒なんだ、諦めずに考えないと。

俺に何ができる？　俺はどうすればいい？　何を、どうやって――。

アコはレベル上げに、なんて言ってたけどそんな空気じゃなかった。

なんとなくみんな集まってたまり場で話している中、俺は一人その場を離れた。

† † †

思考がぐちゃぐちゃになってまとまらない。

俺が悪い。

でも何も出来ない。

下手な行動をしてアコをさらに傷つけたら取り返しがつかない。

LAが終わった後の俺達がどんな関係になるのかもわからないのに、何かをする権利があるのかすら自信がない。

そんなバラバラにちぎれた思考がぐちゃぐちゃと回転して、正直に言えばかなりおかしなことを考えてたんじゃないかと思う。

最終的に、俺はとても簡単な思考に流れ着いていた。

もしもどうしていいかわからないことがあったら、目の前の箱で聞けば良いのだって、そう考えてしまったのだ。

◆ルシアン：ということで力を貸してほしいんだけど
◆ユユン：急にどうしたのよ
◆イーガス：何か困りごとでも？
◆ディー：聞くだけ全一のディーさんをお求めか？ｗ

俺より人生経験のありそうな人を呼び出して相談するっていう、多分まともな時の自分が見たら吹き出すような手に出てしまった。

◆ルシアン：これは俺の友人の話なんだけど
◆ユユン：ルシアンの話ね
◆ルシアン：俺の！　友人の！　話なんだけど！

頭がぐるぐるしてる俺も一言目でやめときゃよかったと思った。
マジでブレねえこいつら。シリアスな空気をちょっとでいいから感じ取って欲しい。

◆ルシアン：リアルゲーム両方で仲良くしてる相手が、ＬＡが終わるのが超ショックだったらしくて
◆ディー：ふんふん
◆ルシアン：精神的にショックを受けてちょっと家から出られないような状態らしくて
◆イーガス：あー、それはつらいですねえ
◆ユユン：ヘラってますなー

◆ルシアン：なんとか力になれないかと思うんだけど……でも俺にどうしていいのか……
明らかに頼りにはならないメンバーだけど、それでも経験値は俺よりよほどあるはず。
何か少しでも助けになる話が聞ければ――。
◆イーガス：あー、お話はわかりました
つまり、と前置いて、
◆イーガス：アコさんがショックで病んじゃったからなんとかしたいと
◆ルシアン：なんでわかんの？
◆ユユン：わかるに決まってるでしょうw
◆ディー：それ以外にあんのw
ええい、まあ良いんだ。
友達の話なんて前置きの時点でバレバレではあったんだし。
◆イーガス：そういうのはやっぱり焦って動くより、落ち着くまで見守るのが良いんじゃないですか？
◆ルシアン：やっぱりそうかな……
◆イーガス：ルシアンは穏やかに見守らないと。のめり込むと自分も引きずられるから
◆ルシアン：なるほど、俺が引っ張られたら意味ないか……
どうしても焦っちゃって、確かに冷静さがなかった。

何なら俺の方がアコより追い詰められてたかもしれない。本人は見た目だけなら普通に過ごしてるっていうのに。

◆**ルシアン：大人のアドバイスって感じだ……ありがとうございます**

聞いてみるもんだなあ、と納得しそうになったんだけど、

◆**ディー：甘いわー、それじゃもったいないでしょ**

ディーさんが偉そうに肩をすくめて言った。

もったいないっていうと、どういう意味だろ。

◆**ルシアン：時間がもったいないとかそういう**

◆**ディー：違う違う、ちゃんと考えてほら**

ちっちっち、と指を揺らして、

◆**ディー：想像して。その子は今つらい気持ちをかかえて一人苦しんでんでしょ？**

◆**ルシアン：そうなんだよ、だから力になりたいんだ**

アコが苦しんでる。その原因の一つが俺にある。

なのに自分にできることがない。あったとして、やっていいのかすら自信がない。

そんな俺に対して、ディーさんは頭上にハートマークを出して、

◆**ディー：めっちゃチャンスじゃん、そこで落とさないともったいないでしょ**

◆**ルシアン：は？**

な、は、へ？

なにをいってんだこいつ。

◆ディー：弱ってる女なんて思ってもない優しい言葉をかけまくってれば一発だから

◆ルシアン：ディーさんに期待した俺が馬鹿だった……

◆ディー：だってそうっしょ？　ルシアンはそのメンヘラとワンチャン決めたいんだろ

◆ルシアン：ちょっと下半身取り外してからチャット打ってくれ

頭で考えて喋（しゃべ）ってもらえます？

◆ディー：できるんなら芸能人と顔だけ交換したいわ

◆イーガス：上半身ごと入れ替えとけ短足なんだから

◆ユユン：下半身も入れ替えないと意味ないでしょ

◆ディー：上も下も入れ替えたら俺の要素ないじゃん

◆ユユン：（いら）ないじゃん

はい、貴重なお話ありがとうございました。

◆ルシアン：んじゃ時間取らせてごめん。また今度お礼はするから

◆ディー：これ遠回しに帰れって言ってね？

◆ユユン：ド直球では？

◆ルシアン：あのな、俺は真剣なの

そういう下品な話をしたいんじゃないの。

◆**イーガス**：でもルシアン、全部が酷いってこともないいんじゃ

◆**ユユン**：そうそう。付き合うかはともかくそれを求めてるのは間違いないでしょ

◆**ディー**：そう！　そういうこと！　あくまでも女の子の苦しみを癒やすのがメイン！　結果としてワンチャンがついてくるわけよ

◆**ルシアン**：良いように言うけどさぁ

◆**ユユン**：まあ相手は過程を求めてて、俺らは結果を求めてるんだけどね

◆**ルシアン**：だからクソ野郎じゃん

なんで自信満々にこんな意見が言えるんだこの人は。

◆**ディー**：えー？　一番のアドバイスだと思うけどなー

◆**ユユン**：結局アレ、繋がりってやつ。大事にされて、愛されてればだいたいのことは平気っしょ

◆**ルシアン**：そんな簡単な話じゃ……

◆**ディー**：簡単だって。人間がデモデモダッテしてる時は優しくされたいの。言って欲しいセリフがあんの。じゃあ優しく言ってやればもう優勝よ

◆**ユユン**：それある。親がクソで家出した子を優しく囲ってたら完全に依存されて逃げるのめっちゃ大変だったことあって

◆ルシアン：こいつらは……

もっと人選を考えるべきだった。

と言っても俺とアコのことを実際には知らないんだから仕方ないんだけどさ。

わかってるのは俺なんだから、俺ができることをしないと。

いや、でも――アコの方はどう思ってるんだろう？

そばにいて支えて欲しい。繋がりが欲しい。家族には理解できない苦しみを俺と共有して欲しいって、そう思ってるのか？

だったら……え、あれ？　ディーさんが正しいの？

◆ルシアン：いやそんなわけ、嘘だろ？

アコのために、なんて思いやりの気持ちじゃなく。

俺がしたいっていう勝手な気持ちだけでアコに寄り添って、それが彼女の力になることもあるのか？

◆ユユン：おん？　ルシアン、デモデモダッテ終わった？

◆ルシアン：やめてその単語が一番心に来る

でも、でも、だってさあ、って思ってるのはわかってんの！　わかってて動けない時があるだろ人間なんだから！

◆ルシアン：だけど、うん……ちょっとだけわかったかもしれない

◆ディー：ほらやっぱりワンチャンあるんだろ
◆ユユン：素直が一番よ
◆イーガス：絶対そういう話じゃないからこれ

全くお礼は言いたくないけど、貴重な言葉だったのは間違いない。

普段リアルで縁のある人からは絶対に出てこない独善的な言葉がほんの少しだけ背中を押してくれた。

要するに。

何ができるかとか、何をするべきかとか、責任がとか、そういう話じゃなく。

俺が、アコのそばに居たいんだ。

◆ルシアン：ごめん、呼び出しといて何だけど、今から行ってくる！
◆ユユン：おーアオハルぅ
◆イーガス：若いっていいなあ
◆ディー：ワンチャン決めたら報告よろ

ああうぜえもうこいつら※※※※ばいいのに！


ルシアンをその場に放置して、俺は取るものも取りあえず部屋を飛び出した。

アコの家は自転車でも行ける距離だ。電車に乗るよりその方が早い。

自転車に飛び乗って、走り出した瞬間に転びかけた。

「あ……嘘(うそ)だろこんな時にっ」

空気が抜けてべこべこになった前輪タイヤが情けない音を立ててきしむ。

ここしばらくアコと一緒に下校してたから自転車を使う機会がなかった。全然確認してなかった。

いやいいんだ。走ったって行ける距離だ。

道は覚えてる。アコの家に向かって足を踏み出した。

三月の冷たい空気を吸いこんで、何も考えずに足を進める。

アコと何度も歩いた道を横切った。

買い食いをしたコンビニを通り過ぎた。

このまま赤信号が続いて欲しいと願った交差点を渡った。

アコに告白した公園を突っ切ろうと――――した辺りで、ろくに運動もしてない体に限界が来た。

「はーっ、はーっ、はー………」

あの日のアコがどれだけ苦しかったか考えればこの程度で疲れたなんて言ってちゃダメだ。

休んでる場合じゃない。アコのところに行かないと。

行って、それで――何をする?

なんて言うんだ？

解決策はなにもないけど、一緒に悩ませてくれって？　そうしたら俺の気が楽だからって言うのか？

何なら俺が原因だっていうのに、自分の欲望だけで？

「あー……もう……くっそ、足りないんだよ、みんな……」

よたよたと公園のベンチに座り込む。

せっかく背中を押してもらったのに、最低な言い方だけど元気付けられて、動いてみようって思ったのに。

でもその後押しで動き続けられるほど自分自身の強さが足りない。

いくらバフをもらったって本体が弱いんじゃ何も変わらない。

自分がアコを心の底から傷つけたって現実が余りにも重い。

仲良くしていたアコの両親に、こいつが娘を傷つけたんだと思われてるんじゃないかって想像してしまう。

アコが俺のせいでこんな目に遭ったんだと思っているんじゃないかって考えてしまう。

責任は間違いなく俺にもある。そんな奴が偉そうに反省もせず、そばに居たいだなんて押し掛けるのは、いくらなんでも厚顔無恥なやつだと幻滅されるんじゃないかって。

もうすぐネトゲの繋がりもなくなって他人になる、そう言われるんじゃないかって。

そんな不安を押しのけて何も考えずアコの所に行きたいんだ。

じゃないと後悔する。それがわかっていても、何もかも投げ出して楽になりたい気持ちがなくならない。

そもそも俺だってLAが終わることに苦しんでるのに、こっちで全部背負い込んでアコの面倒見なきゃいけないのかよ。

こんな時ぐらいアコが俺を救ってくれたって良いじゃないか――。

「やめろ、考えんな……くそっ……」

腐り果てたような気持ちが心の底から溢れ出しかけた、本当に情けない俺に、

「あんた、こんなとこで何やってんの」

後ろから声が聞こえた。

俺に向けられた呼びかけ。

優しさと気づかいと、少しの不安がこもった声色。

一言でそれがわかるぐらいに長い時間を一緒に過ごしてきた。

「……瀬川、なんで」

「とりあえず死んではいないみたいね」

ゆっくりと歩み寄ってくる彼女は、不思議そうな、不安そうな、でもちょっとほっとしたような顔で俺を見ていた。

「……瀬川って、たまにヒーローみたいなタイミングで出てくるな」

「失礼ね。シュヴァイン様はいつだって英雄よ」

俺にはない自信のこもった声で言って、瀬川は俺の前に立った。

「シュヴァイン様は英雄で、主人公で、いつだってあんたを助けに来てくれんのよ」

「………冗談に聞こえないんだよな」

暮れ始めた夕日を浴びて、彼女はそれこそヒーローのように見えた。

「……ま、ここに寄ったのは偶然だったんだけどね」

瀬川は冗談っぽく言って、くるりと体を回して隣に腰を下ろす。

「あんたがLAの方で動いてないのを見かけてね。準備してアコの家に行ったと思ってあたしも様子見に行ったら、来てないって言うんだもの」

これはおかしい、と俺の家の方へ向かって、結果この公園で見つけたのだという。

アコの家には瀬川のマンションの方がずっと近い。タイミングがズレてここでぶつかったんだろう。

「だからたまたま。助けに来たわけじゃないのよねー」

「それは偶然って言わないんだよ」

俺が家で腐ってたって瀬川は来てくれたに違いないんだ。

そんなの完全にヒーローじゃん。俺とは違うよこいつは。

「で、なんでこんなとこで黄昏れてんのよ」

「……あっちのベンチで、前にアコに振られたんだよ」

「いきなりどうしたの」

これじゃなくてあっち？　と呆れた後、

「去年？　一昨年の方？」

「一昨年の方かな。高校一年の夏だから」

「随分前ね。あんたとアコの付き合いも長くなったじゃない」

肘で俺の脇をつついて、瀬川が笑って言う。

「あたし達の付き合いも、かしらね」

「ＬＡだけの頃を入れたら四年になるのかな……」

「なかなかのもんねー」

瀬川は指を１、２、３と折って。

「あたし四歳ぐらいから記憶が残ってるんだけど、そう考えたら物心ついた後は三分の一以上あんた達と一緒に過ごしてるのよね」

もう縁を切ろうとしたって切れるもんじゃない。

それだけの時間を一緒に過ごして、変わったものもあれば、変わらないものもあった。

「時間は経ったけど、ここでアコに告白した気持ちは変わってないんだ」

好きだと、恋人になって欲しいと言って、あっさりと断られた。

その時の衝撃は今でもはっきり覚えてる。

「もう今になって、ゲームで出会ったからとか、俺とルシアンは違うとか、そんなことで悩む気はないんだ」

「……うん」

「出会いがネトゲだからって関係ない。俺はアコのところに行きたいんだ」

どろどろとした、自分でも名前の付けられていない感情を瀬川に吐き出す。

彼女はそんな俺を静かに見守ってくれている。

「ただ……思っちゃうんだ。俺じゃない方がいいんじゃないかって」

「……どういう意味？」

「今までは俺がアコをなんとかしなきゃって思ってた。やっぱりどっかでアコに面倒くさいところがあるからって」

「そりゃそうでしょ。アコは可愛いし良い子だけど、あんな癖の強い子なかなか居ないわよ」

瀬川は言った後、しらっとした目で俺を見て、

「ま、あんたも割と変なやつだけど」

「否定する気はないです」

こんな真面目に考える必要はないはずだ。

可愛（かわい）い子と知り合えて良かった、いい雰囲気になってラッキーって思えばいい。

なのに単純にそう考えられない。

「俺はアコが完璧じゃない、欠点になる部分があるってことに甘えて、だから俺でもそばにいてもいいんだって思ってるところがあったと思う」

「破れ鍋に綴（と）じ蓋（ぶた）ってやつでしょ。お似合いでいいじゃないの」

「お似合いじゃなかったのかも」

それが一番心に引っかかってる。

「アコは俺のせいで心に傷を負ったんだ、そうだろ？」

「あんただけのせいじゃないでしょ。あたし達全員に原因があるの」

「かもしれない。なんでもかんでも俺のせいって言う方が調子に乗ってるって思う、けど」

でも、考えてしまう。

俺だけはアコに寄り添っても良かったんじゃないかって。

「アコと一緒に、LAは終わりません！　って言ってたら、アコはあの場面で苦しんだりしなかったんじゃないか」

「んなの時間稼ぎでしょ。本当にサ終（しゅう）する日に、もっとショック受けるんだから」

「だとしてもしばらくは心の準備ができたはずなんだ」

そもそも大事なのはそこじゃない。

「別に今回だけの話じゃないんだ。これまでずっと、俺は本当にアコの味方だったのかな」

「あんたがそれを言うの？」

どこか苛立った声で、瀬川が強く言葉を並べる。

「あんただけはいつだってずっとアコの味方だったでしょ。失敗しても途中で諦めても決して見捨てないで。アコが好きになったのは、あんたのそういうとこなんだから。まさか否定する気じゃないでしょうね？」

味方だったって、そう思いたい。自分ではそう思ってた。

でも本当にそう言い切れるのかな。

「アコはちょっとずつ変わってったよな。リアルと折り合いもつけて、クラスに話す相手だって増えた」

「良いことじゃない。あたし達のおかげよ？」

「だけど、もっと余裕があってもっと包容力がある奴なら、アコをアコのままで幸せにできたんじゃないか？」

俺みたいに、都合の良いアコになってくれって押し付けるんじゃなくて。アコが望むアコで居させてあげられたんじゃないか。

少なくともアコの両親は、アコが自分で決めて育っていくのを待っていたのに。

「俺にとってアコが一番なんだ。アコも俺のこと好きで居てくれた。だから変わってくれるのが嬉しかった。でも、それって良いことだったのかな」

だけど今、俺が変わらせたせいでアコが苦しんでる。

今までのことが全部そうだったとは思わない。

でもいくつかは、俺が余計なことをしない方がアコのためだったんじゃないのか。

「LAが終わって、アコと俺の一番深い繋がりがなくなる。なのにこれからも俺がアコを縛り付けていいのか？　もっとアコにふさわしい、本当の意味で幸せにできる奴がどこかに居るんじゃないかって考えが消えないんだ」

いつだって自分に自信なんてない。リアルでアコに好きになってもらえる自信がなかった。

アコにずっと好きでいてもらう自信がなかった。

それでも乗り越えてきた。アコが俺のことを好きなんだって、好きになってくれたんだってことは疑ってない。

でも俺はアコを傷つけていた。実はずっと自己満足で傷つけてきたのかもしれない。

「アコを傷つけてた俺が、誰よりも彼女を幸せにできるんだって言う自信がない。アコのそばに居るのは俺でいいのか？　アコにはもっといろんな選択肢があるべきじゃないか」

そしてその中から、俺を選んで欲しい。

そんな情けない気持ちがあった。

あー、クソ、瀬川にこんな腐ったような話聞かせて俺はどうしたいんだよ。

言いたい放題に愚痴を言って少し冷静になったのか、急に恥ずかしくなってきた。

愚痴を聞かされて不機嫌になるようなタイプじゃないけど、瀬川にとっても、アコは親友だ。

アコと親しくしておいて、今更こんなこと言って。

何を情けないって怒ってんだろうなあ。

「いや、ごめん。ＬＡが終わるとか、アコが倒れたとか、色々あってメンタルが弱ってるだけだとは思うんだけど……」

言い訳を並べながら顔を上げる。

隣でじっと俺を見つめる小さな瞳と目が合った。

彼女は怒ってはいなかったし、悲しんでもいなかった。

「……あのね、西村」

ただ何か思いつめた、切羽詰まった感情が瞳に溢れ出していた。

「あんたに一つだけ聞きたいことがあるの」

さっきまでと違い少し自信なさげな口調。聞きたいと言いながら止めて欲しそうにすら聞こえる声色だった。

「そりゃ、なんでも聞いてくれていいけど」

「……あんたとアコ、もちろんアレイキャッツのみんなも。一生の腐れ縁になる……するつもりだけど。でもこの話は絶対に一度しかしないから」

「お、おお」

そんな大げさな、とは言えない。

彼女の言葉にはそれだけの真剣味があった。

「アコがずっと西村につきまとってた理由、LAで夫婦だからっていうのは、サービスが終わったらなくなるのよね」

「そうなる、けど」

「あんたはこの機会にアコと離れた方があの子の幸せに繋がるかもって、そういうことを考えちゃったと」

「情けないけど、そう」

たとえ愛し合っていても、傷つけ合うなら意味がない。

だからここで足が止まってしまった。簡単なことができなくなった。

そんな俺に発破をかけるのかと思いきや。瀬川は全く違うことを言った。

「逆にチャンスだとは思わなかったの?」

「……チャンス? アコを自由にする?」

「逆って言ったでしょーが」

瀬川(せがわ)はそっと顔をそらして、でも横目でこちらを伺いながら、

「この機会に面倒くさいあの子と別れて、あんたが自由になるって……そういう選択肢もあるんだって、ちょっとでも考えなかった？」

「……俺が、自由に？」

ＬＡが終わってアコとの関係の根本がなくなる。

だからそのチャンスにアコと別れる。

ゲームで夫婦だからリアルでも夫婦だって言い張って俺のそばにいたアコを、サービス終了を理由に引き離す。

それは、可能か不可能かで言えば不可能ではない気がした。

アコがＬＡで夫婦なことを絶対視していたからこそ、彼女にとっては弱点になる。

瀬川(せがわ)の話は理解できた。理解した上で思うんだけど。

「俺が自由になろうなんて全く考えてなかった。それって何か得がある？」

ＬＡが終わって、アコも失って、何もなくなるだけなんじゃ。

純粋に聞いた俺に瀬川(せがわ)はくるくると右手の指を動かして、どこか遠回しに言う。

「得はあるでしょ。例えばその……もっと面倒くさくない、普通の子と付き合うとか？」

「アコ以外にどこの誰が俺と付き合ってくれると」

「アコのことしか見てないのかもしれないけど、一年の時と違って、あんたの周りにも女の子

が増えたでしょ」

「友達は増えたけどさあ」

それが彼女候補ってことはないでしょーよ。

そう思った俺と重なるように、

「考えてみなさいよ、例えば奈々子とか——」

瀬川は言いかけてすぐに首を振った。

「——は無理かもしんないけど」

「ダメじゃん」

何をどう考えても秋山さんにフラグは立ってないだろ、と言うまでもなかった。

「俺にアコ以外の女の子なんて選択肢出てきてないから。ゼロかアコしかないから」

「待って、例が良くなかったわ。もうちょっとありそうな、ほら猫姫せんせーとか」

「一度プロポーズして振られてるんだけど」

そもそも教師だし生徒はないんじゃね？

瀬川は、えっとえっと、と口元をもごもごさせて、

「みかんとかどう？　後輩だけど仲良くしてるじゃない、フラグ立ってるかも」

「ないない。あれは友達の兄とか、学校の先輩とかの懐き方だよ」

「んなの、わかんないでしょ」

「いいやわかる」

元からフラグなんて考えてなかったけど、最近他人の視点で見てよくよく理解したんだ。

「みかんが俺に接する感じと、バッツに接する感じが同じなんだよ」

「……それは確実に恋ではないわね……」

「ほら見ろ」

俺にフラグなどないのだ。

あ、なんか悲しくなってきた。

「じゃあちょっと真面目に言うけど」

と、今までの少し自信なさそうな言い方から、ぐっと語気を強めて、

「マスターとかどうなの？　交際相手としては理想的でしょ」

「マスターは俺に恋愛感情を持ってないだろ」

普段は裏表のある生き方をしているせいか、俺達には本音を見せようとしてくれる人だ。

お互いに強く好意はあってもそれは恋ではない、と思う。

「でも間違いなく愛はあるわよ？　あんたが本気で望むなら一生何も困らないように守ってくれるんじゃないの？」

「ヤンデレルートやめて」

資金力のあるヤンデレとか止め方がわからないので。

それに、マスターって選択肢はそもそも破綻してる。

「仮にそうなったとして、マスターはアコのことがずっと傷になるぞ」

「それは……そうね、そうかも」

瀬川も渋々と頷いた。

マスターはもしかしたら俺以上にアコの味方をしてくれている人だ。

たとえどんな理由があったとしても、アコから俺を奪い取るようなことになったら一生自分を許せないだろう。しかも、別に俺に恋をしてるわけでもないのに。

「だからさ、俺には選択肢とかそういう……」

って言い合いになってるけど、瀬川を言い負かす必要はないんだよな。

「――なら、あたしは？」

瀬川の一言に。俺の御託が押しつぶされた。

さっきまでのどこか無責任に他人を推す言葉とは何もかもが違った。

「アコと別れてあたしと付き合うのは？」

言葉は短く、端的に。

でも燃えるほどの熱量が声に載って襲ってくる。

「あ、いや、え？」

まさか自分を例に言うとは思ってなくて思考が追いつかない。

困惑する俺に、瀬川は言葉を重ねる。

「あたしは西村を奪い取った後でも、あの子と付き合ってく自信はあるわよ」

「それは……俺にはわからないけど」

でも理屈抜きに、たしかに瀬川ならなんとかするかも、とは思った。思ってしまった。

「あんたが手を離したら、マスターだって奈々子だって、今までよりもっとアコに親身になれるんじゃない？」

「……かもしれない」

二人とも俺よりよっぽどまともな人間だ。

アコを落ち着かせて、一人にならないようそばに寄り添って、きっと俺なんかよりもずっと上手く立ち直らせてくれると思う。

「この先だってアコと二人だと色々苦労するわよ？　受験も就職も、簡単には——普通の人と同じようには進まないでしょ、どうせ」

「覚悟はしてるつもりだよ」

でも大変なのは予想できる。

自分一人でも苦労する人生の一大事で、アコの背中まで押していくのは決して簡単じゃない。

「あたしとだったら一緒に受験勉強して、一緒の大学行って、一緒にゲームして……変なことで悩まなくていい、普通の恋愛ができると思わない？」

「そうかもしれない、けど……」

それは酷く魅力的な想像だった。

お互いにちょっと疲れたらゲームに逃げようとする俺と瀬川が、監視しあって無理やり机に並んで参考書を睨む光景が。

一緒の大学で、どの講義を取ろうか、どのサークルに入ろうかを、ネトゲのビルドを考えるみたいに二人で悩むところが。

時々喧嘩して、でもすぐ仲直りして、もっと絆を深めていく俺達の姿が、自分でも驚くぐらいに、リアルに想像できた。

でもこんなのはただの仮定でしかない。

瀬川に俺と付き合う気がなければ、考えるだけ虚しい妄想だ。

だから意味がない、無駄な考えだろ――と言おうとして、口には出せなかった。

こんな風に言われて簡単に否定するほど能天気じゃない。

軽い気持ちでこんなことを言ったりはしないって、彼女のことを理解してしまってる。

「…………瀬川って、割と俺のこと好きだよな」

それでも確信なんて全くない。

まさか瀬川が。俺のことをキモいキモいって言ってたのに。アコと俺のこともよく知ってるはずなのに。そんな気持ちがブレーキをかけて、曖昧にしか言えなかった。

「……そーね」

投げ返された言葉に、今まで俺と目を合わせていた瀬川が少しだけ視線をそらす。

瀬川の瞳が何度も揺れて視線が合うたびにズレる。

「あんたがアコと別れようって思えるぐらい、あたしが好きなら」

それでも俺にしっかりと目を向けて、

「あれだけ愛したアコよりも、あたしが好きだって言ってくれるなら」

強気な言葉とは裏腹に震えた声で、だけど火傷しそうなぐらいの熱をこめて、

「一生付き合ってあげてもいいかなって思う程度には——あんたが好きよ」

いつだって味方で、隣で戦ってきた相棒が、俺に一生を誓えると言った。

傾いた陽光に茜色に照らされて、真剣な愛をささやく少女。

彼女の代わりにスクリーンショットに残したいぐらいに輝いて見えた。

「……瀬川、それは……」

信じられない言葉に呼吸が浅くなる。

瀬川は仲間に隠し事はしても、傷つけるような嘘は吐かない。

今この瞬間に、好きだ、付き合ってくれ！　って叫んだら、本当に生涯のパートナーになってくれるんだと思う。

それでアレイキャッツのみんなとも気まずくならないように一緒に頑張ってくれるんだろう。

何も変わることなく、俺はアコとの人生を失って瀬川との人生を得る。それ以外は変わらずに今が続く。

全く考えていなかった選択肢が彼女の手で作り出された。

「……好き、だから」

「────っ！」

前置きをなくした直接的な言葉が俺に突き刺さる。

何度も俺を助けてくれた頼れる相棒が、小さな体で不安げに俺を見つめてる。

いまさら改めて言う必要もないけど、彼女はびっくりするぐらいに可愛い女の子なんだ。

趣味も合う部分と全然違う部分の両方があって、話していて飽きることがない。俺に欠けてる社会性をちゃんと持ってて、リアルでもゲームでもいつも助けてくれた。

今だってこうして俺のために駆けつけてくれた。

俺にはもったいないぐらいの相手なんだ。

俺には誰かを幸せにする自信がない。確信が持てない。それなら一緒に頑張ろうって言ってくれる瀬川を選んだって何もおかしくはない。

でもおかしいんだ。

それなのに、選べない。ボタンが押せない。

あるはずの選択肢がそこに存在すると思えない。

攻略サイトに書いてあるのになぜか出てこないルートみたいに。

表示はされてるのに、暗く色が変わっていて選べないコマンドみたいに。

今の俺にはアコと離れて目の前の彼女を愛そうって考えが浮かんでこない。

だってそうだろ?

俺がアコから離れたら、たしかにアコは幸せになるかもしれない。

マスターが支えて、瀬川が背中を押して、秋山さんが導いて、双葉が煽るかもしれないし、先生だって道標になってくれるだろう。

俺一人が走り回るよりずっと良い結果になるはずだ。

でも、そうなったらさ。

アコがこの先、辛いことがあった時、誰かに頼りたいと思うぐらい苦しい時に、駆け寄る先は俺じゃないんだぞ。

いつか出会う架空の誰かが幸せにしてくれるんじゃないか——なんて曖昧な空想じゃなくてリアルな仲間だからこそはっきりと想像できた。

一番信頼して、頼りにして、心を預ける相手が俺じゃなくなるんだ。

その相手はマスターなのに、秋山さんなのに、信頼する仲間なのに、想像した光景は自分でも驚くほどに腹立たしい。

悔しい。納得できない。許せない。

アコの一番は俺じゃなきゃダメだ。そうじゃなきゃ嫌だ。

理屈なんて何もなく、ただただ感情が叫ぶ。

アコを幸せにするのは俺じゃなきゃ嫌だ。

それが例えギルメンにだって渡すもんかよ！　ふざけんな！

「……そっか」

その苛立ちが、不快感が、すとんと心に落ちてきた。

最初に猫姫さんに無謀なプロポーズをした時。

まだまだガキだった俺は、自分に優しくしてくれたこの人と結婚すれば楽しいって、そんな勝手なことしか考えてなかった。相手の気持ちを考えずに自分の都合を押し付けて酷い失敗をした。

それからずっと、結婚は相手の気持ちが大事で、責任がともなって、将来も考えなきゃいけなくて、そういう二人が幸せになるものだと思ってた。

どこか結婚って、神聖で綺麗なものだと思ってたんだ。

でもそれだけじゃない。もっと独善的で身勝手な部分がきっとある。

あの日の俺が抱いた、この人を独占したいって気持ちを否定したまま、納得できるようなものじゃなかった。

いつまでもアコを嫁だと、夫婦だと、そんな風に思いきれなかったのは自分の汚い気持ちに納得ができてなかったからなんだろう。

でも、それでいいんだ。

見苦しくて汚い、自分の一番根源的な欲求はちゃんとあって良いんだ。

そうじゃなきゃこんな苦労を背負いこんで、相手に迷惑をかけて、それでも一緒に居たいなんて思えるわけがない。

「……ありがとう」

きっと謝るよりも感謝を伝えたほうがいい。

そう思って言った俺に、瀬川は小さく首を振った後、

「なにかわかった？」

その声は意外なぐらいに穏やかだった。

導かれるように俺も落ち着いて口を開く。

「うまくいえないけど、もっと、こう……」

ちゃんととか、責任だとか、正しいことだとか、そういうことじゃない。

「俺は身勝手にやってもいいのかもって、そう思えた」

「ちょっとは自信が出たってこと？」

「いや、自信なんてまったくない」

世界には無限に思えるぐらいの人間が居るんだ。俺よりもアコを幸せにできる人はきっと居

るだろう。そんなのは当たり前なんだ。

それでも譲らない。

俺だ、俺なんだ。他でもない俺がアコを幸せにしないと納得できない。

そんな自己満足を押し付けあって、それすら幸福だと思える二人が結ぶ約束が結婚なんだ。

綺麗なだけじゃなくて、だからって汚いだけでもない。

自分の全部と相手の全部を混ぜ合わせて、良いところも悪いところも受け入れる。

結婚ってそういうものなんだ。

「自信がなくても、他にどんな選択肢があっても、俺はずっとアコと一緒に居る。アコが嫌だって言わない限り誰にも譲ったりしない」

瀬川が俺を幸せにしてくれるとしても俺はアコと一緒に苦労する道を選ぶ。

アコがもっともっと幸せになる道が他にあっても、俺と二人で小さな幸せを追って欲しい。追ってくれると信じてる。

「アコは——俺の嫁だ」

ネトゲのだとか、リアルのだとか。そんな言葉を付け加えずに、やっと心からそう言えたように思う。

「……………良かった」

瀬川はふっと息を吐いて俺から顔をそらす。

俺に見えない位置で少しだけ動いた右手が、そっと目元を拭ったように思えた。

「あんた、アコが好きよね」

「好きだ」

「あたしもね、好きよ」

ゆっくりとこちらに顔を向けて、瀬川は俺だけじゃなく、その隣に居る誰かを見るように微笑んだ。

「あんたとアコが気持ち悪いぐらい仲良くして、それを見て笑ってるのが大好き。だから良かったわ、本当に」

「……そっか」

だから謝るなよ、と。強い視線が最後まで背中を押す。

彼女が本気だったのか、それとも俺を立ち上がらせるために多少の嘘も言ったのか。

どちらにしても間違いないのは、

「この話……一度しかしないんだよな？」

「当たり前でしょーが」

ロードして選択肢を選び直すのは不可能だってことだ。

瀬川はやわらかく、でも不敵な口調で言う。

「あたしはね、西村やアコと違って何度も何度もフラれるほどプライド捨ててないの」

「酷(ひど)い言い方だ」

「惜しい事したなって一生後悔しなさい。取り返しがつくなんて絶対に思わないで」

「そりゃ本当に……もったいないな」

嘘(うそ)偽りなく思う。惜しいし、もったいないし、本当に良かったのかって今でも思う。

それでも後悔はない。未練もない。

この先に悔やんだりもしない。この最高に格好良い相棒に報いなきゃならない。

「ああ、決めた。やるよ。できることは何だって全部、今すぐに！」

「その意気よ。もともとあんた、目的のために手段を選ぶタイプじゃないでしょ」

「そんなアコみたいな」

「自覚ないところはアコより性質が悪いのよ……」

と、ぴろんと瀬川(せがわ)の携帯が音を立てた。

「ん。丁度いいわね」

ほらあっち、と瀬川(せがわ)が公園の入り口に指を向ける。

視線を動かすと、息を切らせて走ってくる二人の姿が。

「問題かルシアン！　何でも話せ！　私がなんとかしてみせよう！」

「西村(にしむら)くん！　アコちゃんと何かあった⁉　大丈夫だった⁉」

「マスター、秋山(あきやま)さん」

なんで、と口から漏れた。

「あんたを見つけてすぐ連絡したのよ。あたし一人で手に負えなかった時に困るでしょ」

「でもその顔、茜がなんとかしちゃったかなっ？」

「西村ごときに手こずるあたしじゃないわよ」

ふふん、と小さく胸を張ってみせる。

「瀬川……凄いなマジで」

アフターケアまでバッチリかよ。

決意してから一分で後悔させようとしないでくれ。

「背中を押す役目はシュヴァインが果たしたとしても、我々にもできることはあるだろう」

片足で公園の土をじゃりっと鳴らし、マスターが力強く拳を握る。

「何に困っている？　何を望んでいる？　私に可能ならば力を貸すぞ」

「マスター……」

力を貸す。いつもマスターはそう言ってくれる。

もちろん頼ることはあったけど、だからって甘えちゃダメだ。節度は守らなきゃって思っていた。いや、今だって思ってる。そうでなきゃずっと友人ではいられないって。

それはわかった上で、今だけは。

「なら……ちょっと、頼みたいことがあるんだ」

頼みがある、なんてすがるような言葉に、マスターは喜色満面に答える。

「――！　うむ、任せろ！　なんでも言うがいい！」

「……いま、なんでもって言ったな？」

普通ならなんでも（なんでもとは言ってない）って返すところだけど、彼女は一片のためらいもなく言い切った。

「うむ！　なんでもしようではないか！」

七章

「結婚してください」

And you thought there is Never a girl online?

逃げないと決めて、やるんだと決意して、俺のできることは何だってやった。

自分にできないことも誰かに頼めるなら頼みに頼んだ。一生のお願いって概念が実際にあったとしたら、この数日で全員に使い切ったと思う。

予定通りになったこともあった。流石に止められたこともあった。

でも最後に、俺はここまでやって来た。


もう日も沈んだ深夜。

冷えた廊下に立って、寒さと緊張で震える右手を強く握りしめて、俺は目の前の扉を叩いた。

コンコン、と思ったよりも大きな音が家の中に響く。

「はいー？　まだ寝てないですよー？」

気を抜いてのんびりした口調。

耳に届くだけで落ち着く、大好きなアコの声。

「こんな時間にごめん。俺——ルシアンなんだけど」

「ひゃぃっ⁉」

多分キーボードに手をぶつけたんだろう、ガシャンとプラスチックがぶつかる音が聞こえた。

驚くのも仕方ないし、申し訳ない。こんな遅くに連絡もなく押しかけてくるとは思ってもいなかっただろう。

「るるるしあん？　どうして家に、こんな時間に、お母さんはお父さんは⁉」

ばたばたと部屋の中を動き回る音がした後、ゆっくりとドアが動く。

隙間からそっと顔をのぞかせたアコは、

「ほ、本物のルシアンです！　私の妄想で声が聞こえちゃったのかと思いました！」

「悪いんだけど本人なんだ」

そりゃ深夜に突然声がしたら偽物(にせもの)だと思うよな。

「いつ来てもらっても大丈夫なんですけど、ちょっとびっくりしました」

ふうと息を吐いて、アコが慌ててドアを大きく開く。

「あ、寒いですよね。どうぞどうぞ」

「ありがとう」

招かれたアコの部屋は、本人が自堕落に生きてると言う割にはいつも小綺麗(こぎれい)だ。

雑多に物は多いけれどその全てに見覚えがあって、アコの心の中がそのまま部屋になったような雰囲気。

「それでこんな時間にどうしたんです？」

「あー、その前にちょっといいかな」

「ふぁい？」

ぽやんと首をかしげつつ、モニターに目をやるアコ。

その動作をなるべく気にしないようにして尋ねる。

「アコに起きてるＬＡ依存症……って暫定的に呼ぶけど、症状は良くなってる、か？」

「正直に言うとあんまり。昨日は15分我慢できたんですけど、今日は10分ぐらいで……」

「また自分の体で実験してるのか」

「だって調べないと良くなってるかわからないじゃないですかっ」

アコは机の上に置いたノートパソコンに目をやって、

「ルシアンにも家族にも迷惑かけてばっかりで……早く治さなきゃいけないのに……」

うん、だよな。

そんな風に考えてるんじゃないかと思ったんだ。

「原因は心に負担がかかったことで、焦らず気楽な状態で過ごしていれば良くなるんじゃないか……そういう話だったよな」

「はい、お医者さんはそんな感じでした。そのうち治るよー、って」

思春期の突発的な異変にあれこれ病名をつけない方が良い、っていうお医者さんだったらしい。とにかくのんびり過ごしなさい、ってのは俺達もよくわかる話だ。

「でもアコ、今本当にのんびりできてるか？」

「それは、だって、学校も休んでますし、行く予定だった予備校も……」

「家族に見守られてずっと家に居るの、実はかなりプレッシャーだったりしない？」

「…………ルシアンはずるいですよう」

なんでわかるんですか、とアコは目を伏せて、

「ご飯を食べる時もパソコン持ち込まないといけないですし……私がちょっと画面見るたびに二人が悲しそうな顔をして……」

「……そっか」

アコのご両親は間違いなく娘を愛してる。でもそれが重荷にもなる。

親の責任だとか子供への愛情だとかそういうので、アコにプレッシャーをかけずに気楽に過ごしてもらう、ってのがどうしても難しい。

アコはそれを感じて、早く元気にならないと、早く脱ＬＡしないとって精神に負担をかける。悪循環だった。

アコの部屋で話を聞いた時からマズイと思ってたんだよ。

いくらゲーマーだからって自分の体で状態異常の実験を始めるようなメンタルが健全なはずないんだ。

そこまで聞ければもう躊躇う理由はない。

いや、もともと何があろうとやると決めてここに来たんだ。

「ありがとう。じゃあ本題だ。実は大事な話があって来たんだよ」

「大事な⁉」

アコが姿勢をびしっと伸ばした後、

「さ、先に聞きますけど離婚とかそういう話では……」

「ではないです」

「うかがいましょう！」

アコはふにゃっと姿勢を崩して、離婚でなければ何でも聞く、と俺の方に体を傾けた。

「ええと、突然で、俺のわがままで、本当に無茶な頼みなんだけど」

「はい」

すーっと息を吸って、その空気がアコの気配で満たされていることに安堵(あんど)して、俺はゆっくりと口に出した。

「今から俺と、駆け落ちをしてくれないか」

「………」

ぽかん、とアコが固まる。

「かけおち」

「そう、駆け落ちだ」

「二人で逃げ出すみたいな、そういう意味の駆け落ち」

「その駆け落ちだ」

深夜に押しかけて、今から駆け落ちしよう！　と言い放つ高校生。

何かもう相当ヤバイというか自分で言っててこいつどうしようもねえなと思うよ。

「家族がプレッシャーだ、って言ってただろ。きっとアコがこのまま家に居てもなかなか良くはならないと思うんだ。だから家や家族から離れて、全部捨てて俺と駆け落ちしないか」

治さなきゃ、元気にならなきゃ、心配をかけないようにしなきゃ。

そんなプレッシャーから逃げるための逃避行、かなり変な形だけど駆け落ちは駆け落ちだと思う。

「それは……でも、お母さんの代わりにルシアンに迷惑がかかるだけなんじゃ……」

「かかると思う？」

俺がアコと二人で過ごすのに何の迷惑がかかるっていうんだよ。

そう簡単な言葉を返そうとして、ディーさんからの思い出したくもないクソみたいなアドバイスが脳裏をよぎった。

学んじゃいけない意見だけど、参考になる部分は少しだけあったんだ。

「好きな子と二人でのんびり過ごすなんてただのご褒美だよ。俺のために一緒に居てくれ」

「はうっ！」

俺がそうだったようにアコにだって言って欲しい言葉があるはずなんだ。

照れるだとか恥ずかしいだとか、そんな気持ちを抑え込んで相手に寄り添う言葉を選ぶべき場面がある。

ろくでもない大人の教えてくれた数少ない金言だ。

「わ、私も大好きなルシアンと一緒に居られたら、それだけで幸せです」

でもでも、と頰に手を当てて、アコが上目遣いに言う。

「駆け落ちなんて大変なことですよね？　本当にいいんですか？　一緒に連れて行ってくれるんですか？」

「どうしてもアコに来て欲しいんだ」

アコのため、なんて言ったって無茶な話なのはわかってる。

そんなの簡単に納得できるわけない。

「突然で驚くのはわかる。でもどうか――」

それでも何とか、うんと言ってもらわないと、

「わかりました！　すぐ出ましょう！」

「俺を信じてついてきてくれないか……」

頼れない俺だろうけど、なんとか頼り甲斐があると思われるように――。

あれ？　いまわかったって言った？

「こんな日が来るんじゃないかと思って準備はしてます。貴重品だけ確認しますね！」

「……あ、はい……」

爆速で決断された。頼りがいがどうとか出す時間もない。

というかむしろ、こんな日が来ると思っててほしくなかった！

「あ、部屋着だとマズイですよね。すぐ着替えます！」

「あ、ああ。外に出てるな」

「お父さんとお母さんに見つかったら大変じゃないですか！　そのままで平気ですよっ」

「俺が平気じゃないんだけど！」

とりあえず後ろを向いて見ないようにして待つ。

背後で服を脱ぐ微かな衣擦れの音が聞こえて、自然と心臓の鼓動が早くなる。

「今から駆け落ち！　ルシアンと駆け落ちっ！　ドキドキしますね！」

「俺は違う意味でドキドキしてるんだけど」

後ろでパチンとなにかを止める音が聞こえた。

何か、とか言ってるけど、それが下着か、でなくてもそれぐらいに見てはいけないものだろうって想像はつく。

これから駆け落ちをする相手にそんなことで照れてる場合じゃないっていうのに。

「アコ、ＬＡの方は一旦ノートパソコンの接続をテザリングに切り替えて、移動中も確認できるようにしとくな」

「ありがとうございます。回線がホッハですねー」

もぞもぞ、ばさっと服を着替える気配が続いた後、アコはばたばたとクローゼットを漁り、

「これと、あとこれも……はい、大丈夫です！」

「準備早いなっ！」

体を元に戻すと、暖かそうなフードのコートを羽織って、片手にバッグを持った逃亡態勢のアコが待っていた。完璧かよ。

「本当にいつでも駆け落ちできるじゃん……マジかあ……」

「何なら夢がかなったままであります」

そんな夢は持たないで、マジで。

「それで移動は電車ですか？　あ、でもこの時間じゃもう動いてないかも」

「いやもちろん車だよ」

「タクシーですか？」

アコの準備がすぐ終わったのはありがたい。

がちゃりと扉を開けて部屋の外に声をかける。

「準備できましたー！」

「あら、早いわね。ありがとう英騎」

「お母さん⁉」

待っていたアコのお母さんがぱたぱたと階段を上がって来る。

アコは慌てて俺の背を押して、

「見つかっちゃダメじゃないですか！　隠れましょう！」

「駆け落ちなんだからそんな時間ないぞ。すぐ移動だ」

「そうよ亜子、急がないと」

「お母さんも共犯ですか⁉」

目を白黒させて俺とアコのお母さんを交互に見るアコ。

「当たり前じゃないか。お母さんに許可を取らずに娘さんを連れて行くわけないだろ」

「準備万端じゃないですかー！」

「さ、行こう」

手を引く俺にこくこくと頷いて、アコが素直についてくる。

階段を下りて靴を履き替え、玄関を出るともう外に車が待っていた。

「あ、あれ？　うちの車ですよね？」

「いいから、ほら乗って乗って」

きょとんとするアコを後部座席に押し込んで、俺はその隣に。

お母さんが助手席に乗り込んだところで運転席へ声をかける。

「予定通りです。よろしくお願いします」

「ああ、すぐに出るから二人ともシートベルトを」

渋い良い声で返事があった。うーん、俺と違って頼り甲斐が凄い。

「お父さんっ⁉ 何で普通に乗ってるんですか⁉」

「まさか娘の駆け落ちに立ち会うことになるとは……人生何があるかわからないな」

「ほんと、私達の子供ねー」

「しんみりしないでください！ 両親に送ってもらう駆け落ちってなんですか⁉」

「あるじゃんほら、祖父母とか親戚の反対で、みたいな」

「お婆ちゃんは早くひ孫の顔が見たいって言ってましたよ⁉」

「アコん家ってまじアコん家だよね」

間違いなく母方のお婆ちゃん、アコのお母さんのお母さんだろその人。

そして間もなくするすると車が走り出し、深夜の住宅街を抜けていく。

状況に戸惑っていたアコも悪いことをしているわけじゃないと気づいたのか、

「よくわかりませんけど、怒られる駆け落ちではないんですよね？」

「もちろんもちろん」

「それは……良かったです」

膝の上に載せたノートパソコンの画面をちらりと見て、アコはほっと息を吐く。

プレッシャーをかけずに、心穏やかに居て欲しいなんて言いながら、親の同意もなく無理やり連れて行くわけないじゃないか。

そんなことに意識も向かないぐらい、アコの方も追い詰められてるんだろう。

反射した窓ガラスに映っていた彼女の横顔がその吐息で白く覆われた。


しばらく走って、車はどこともしれない駐車場に到着。

「さあ、着いた」

「ありがとうございます。行こうアコ」

「えっ、は、はい」

ほら降りて降りて。

暗い駐車場で車を降りると、アコもおろおろとしながら外に出た。

助手席を降りたお母さんがアコをぎゅっと抱いて、

「元気にしてるのよ。英騎と幸せに」

「はい、もちろんですっ！」

そんな麗しい母娘を背景に、アコのお父さんが運転席に座ったまま窓を開けた。

「娘をよろしく頼んだよ」

「はい」

その言葉に頷いて返す。

「色々ご心配はおかけすると思うんですが……亜子さんは俺が必ず幸せにするので」

「……いいんだ」

お父さんは微かに苦笑して、ハンドルに置いた手をゆっくり離し、俺の方へ差し伸べた。

「君と亜子で、幸せになりなさい」

「……はい」

伸ばされた右手をぎゅっと握る。

俺よりも一回り、二回り大きな手に、託された重みを感じた。

「よし、行こうアコ」

戻っていく車を見送って、俺は改めてアコの手をとる。

「はい……でもあの、こんなところに何があるんですか？」

街中で明かりはあるものの、薄暗い駐車場を不安そうに見回すアコ。

「まさかここで私を捨てていくとかそんなことは……」

「んなわけないって。ここからまた移動だ」

「移動って、でもお父さんも行っちゃって――」

「よく来たな二人とも！」

と、よく通る声が聞こえた。

「マスター!?」

「ごめん、おまたせ！」

「早いぐらいだとも。丁度準備が終わったところだ！」

言うと共にキィィインと高い機動音が鳴り出す。

「え、あの、何がどうなってるんですか？ どこに行くんです？」

ははは、ごんな開けた場所から乗る、うるさい乗り物なんて大体想像つくだろ？

「移動は空からだ。ヘリで行くぞー」

「ヘリコプターですか!? じ、人生ではじめて乗るんですがっ！」

「何を隠そう俺もだ」

「ルシアンも!?」

人生でヘリに乗る機会なんて早々ないって。

何なら飛行機だってほとんど乗ったことないぞ。

「いやーめっちゃ怖い。これカプコム製じゃないよな？」

「恐ろしいこと言わないでください！ 飛行機に乗る前のメーデーと、ヘリに乗る前のカプコムは禁止カードです！」

「心配するな、落ちたという苦情は今のところ受けていないそうだぞ」

「苦情を出す前に死ぬからじゃないですかー！」

笑顔でブラックなことを言うマスターに半泣きのアコである。

俺が一人でこんな準備ができるわけがなく——いや、死ぬ気で頑張ればできるかもしれないけど、そんな風に独断で進めたらどこで綻びが出るかわからない。

ちゃんとみんなに相談して、しっかりと協力を得てる。

「今回は出資、プランニング、交渉とマスター全面協力でお届けしてるので安心して欲しい」

「何も心配は要らんぞ！　任せておけ！」

「えぇえ!?　マスターに頼っちゃって良いんですか!?」

「全然良くない！　良くないけど良いんだ！」

とりあえず移動のお金はちゃんと保護者に払ってもらったので大丈夫。

ヘリに乗るために許可が要るのでついでにお願いしました。意外と安いんだね、ヘリコプターって。

ただ値段が安かろうが何だろうが、家族に滅茶苦茶迷惑をかけてるし、この後もマスターにものすごい借りを作ってる。

一生かけて返さないといけない、返せるかわからないぐらいの借りだ。

でもやる。やらせてもらう。

今回は一切遠慮せずみんなに頼る。

他人の力も含めて俺に可能な全てで挑む。

そうまでしても欲しいモノがあるんだと、相棒に教えられたんだ。

「さあ向かうぞ！　速やかに席につけ！」

「もうですか⁉　すぐですか⁉」

おろおろするアコの背中を押すマスター。

それほど遠くない場所に小型のヘリコプターが待っていた。

アコは困惑しながらも素直に席につき、ベルトを固定されている。

「……よし」

この隙にやることをやらないと。

こっそりノートパソコンの設定を切り替えて機内モードに。代わりにＵＳＢメモリをつないで動画を再生。

急いで急いで、でも慌てるな、時間はある。落ち着いて確実に。

動画を確認して全画面表示に。たまり場に座るアコっぽいキャラのプレイ画面を録画した、およそ三十分ほどの動画だ。遠目には十分ごまかせるはず。

「アコ、パソコンはケースに入れて見えるところに置いとくからな」

「ありがとうございます！」

画面が見えるようにクリアケースに入れて、貨物スペースに置いてもらった。

スタッフの人にも事情は説明してある。通信機能がオフならご自由に、と心強い言葉がもらえて本当にありがたい。

「……」

「………」

マスターと無言で頷き合い、俺達も座席に座ってベルトを固定してもらった。

フライトについて簡単な説明が入り、それほど間を置かずに扉が閉められる。

『では目的地まで二十分ほどのフライトになります。東京の夜景をゆっくりとお楽しみください』

ひゅんひゅんと回るプロペラの音が加速していく。

そして一瞬の浮遊感、そして圧迫感が連続して入り、窓外の景色が下へと動き出した。

思ったよりも揺れは少なく、ゲームで操作するヘリコプターみたいに強く斜めになって移動することもない。意外と乗り心地は良かった。

余りの音に声が聞こえないから会話もできなかったけど、俺もアコも緊張して静かなもの。

マスターだけが機嫌よく夜景を眺めていた。

予告通り飛ぶこと二十分程で、ヘリは微かな光源のある草原に降り立った。

「ふわ、なんだかまだ足元がふらふらします」

「しばらく空に居たもんなー」

こうして地上に居るとさっきまで飛んでたのが信じられないぐらい。

「ルシアン、今のところタイムラインは順調だ」

「ありがと。こっからの移動は？」

「心配ない、もう来ている」

ぷっぷー、と軽いクラクション音。

一台の乗用車が脇の道路に止まっていた。

「さ、また移動だぞー」

「今度はタクシーとかですか？」

「もうちょっと気楽な乗り物だよ」

俺が言うと同時に、運転席から顔をのぞかせた女性がよく通る声で言った。

「三人とも、時間がないわよ？　早く乗りなさーい」

「猫姫(ねこひめ)せんせーっ⁉」

運転よろしくお願いします猫姫(ねこひめ)さん！

移動することしばし。

到着したのは深夜でも淡く光る海沿いのリゾートホテル。

そして、その隣にある洒落(しゃれ)たデザインの教会だ。

今までに二回来たことがあるけど、前に来たのは一年以上前になる。

見覚えと一緒に少しの懐かしさがあった。

「ここ……LAの教会の……」

「モデルになったところだよ、前に来たよな」

「こんなすぐに来られるんですねー」

ほえー、と目を丸くするアコ。

車移動なら数時間はかかる距離だからなあ。

でも普通に移動すると、その間LAへの接続が途切れる不安があった。

動画でごまかそうにも車移動なら自分で操作もできちゃうし。

そこでもう一秒でも早く移動するぞ、とヘリで無理やりに連れて来たんだ。

「ここに駆け落ちに来たんですか？」

「ごめん、ここじゃないんだ」

悪い！　と両手をぽんとあわせた。

「駆け落ちをする前にどうしてもやらなきゃいけないことがあって……本当に悪いと思ったんだけど、ここまで付き合ってもらったんだ」

「やらなきゃいけないことって……まさか……」

状況にいくらかの想像はできたんだろう、薄闇のなかでわかるぐらいアコの頬が紅色に染まっていく。

そんなちょっと雰囲気のある情景は一瞬で打ち砕かれる。

「よく来たわねアコ！　待ちわびたわよ！」

ばーん！　と教会の扉を開けて、ドレス姿の女性が二人飛び出してきた。

フリルのついたワンピースを着た瀬川に、シックなドレスにボレロを羽織った大人っぽい装いの秋山さん。

「具体的に言うと六時間前ぐらいから待ってたよっ！」

「しゅーちゃん？　セッテさんも！」

「ごめん、長いこと待たせちゃって！」

「色々準備もあったから丁度いいわ。ほらアコ、急いで支度するわよ！」

「結衣せんせーも準備お願いーー！」

「はいはい、急がないとね」

「ルシアン!?　何がどうなって、助けてーっ」

「アコを頼んだぞー！」

三人に引っ張られてアコが建物裏へと消えていく。

迷惑をかけるけど後のことは任せるしかない。よろしくお願いします。

「アコ君より時間はかからないだろうが、ルシアンも準備を頼む」

「おっけ、場所は？」

「こっちだ。用意はできている」

教会裏手の控え室へと案内された。

深夜だけど明かりが灯(とも)っていて、中には簡単だけど着替えられる用意がしてあった。

「サイズは合っているはずだが、多少の違和感は我慢してくれ」

「もちろん。用意してもらえただけでありがたいよ」

タキシードを渡され、角にあるついたての裏で着替え始めた。

俺も予定を立てた側なんだけど流れるような進行に驚くぐらいだ。

「ここまで想定外が何も起きてないな。流石(さすが)マスターだよ」

「全て順調だ。突発の計画だというのにスピーディーかつセーフティ。我ながら感心せざるを得んな」

「本当にありがとう」

どれが、っていうんじゃなく、何から何まで。

「この借りは必ず、一生かけても返すから。お金はちょっと待ってもらうしかないけど」

「心配は要らん。ルシアンが思うほど金も労力もかけていない」

ついたての向こうでひらひらと手を振っている気配。

「例のハッキング被害の件で支配人とは繋(つな)がりがある、空いている時間に使わせてもらっただけだ。衣装も既製品のレンタルでさして手間はかかっていない」

「……あっさり言うけどさ」

　マスターは簡単そうに言ったけど、俺が個人的にホテルと交渉したって話なんて聞いてもらえないだろうし、俺達に合う衣装を探す伝手もあるわけない。

　無理を聞いてもらえたのは、何かあれば御聖院が責任を取る、という信頼があるからだ。

　俺には何の実績も後ろ盾もない。一人では絶対に不可能な計画だった。

「本音を言うと断られてもおかしくないとは思ってたんだ」

　ついたてに遮られて見えないのをいいことに、少しだけ本音が漏れ出していく。

「LA依存症になってるアコをなんとかここに連れてきたい。しばらくでいいから教会を使わせて欲しい。それらしい衣装も用意したい……頼みが無茶苦茶だもんな」

「なるはやで、という要素が抜けているぞ」

「重ね重ねありがとうございます」

　出来るだけ早く、と伝えたらたった二日で全ての準備が終わっていたんだ。

　俺が詰めていない部分の計画まで先に作られていて本当に頭が上がらない。

「しかし、そうだな。私も正直に言うならば少しぐらいはお説教をしてみても良いかとは思ったのだ」

　姿の見えないマスターが、話しながらこちらに歩み寄ってくる。

「資金の大切さ、人脈の貴重さ、そこにフリーライドすることがどういった意味を持つのか。滔々と語った上で恩着せがましく請け負うかとも思った」

「いくら説教されても真面目に聞いたよ、なんで言わなかったんだマスター」

むしろ説教された上でダメって言われても何の文句もなかった。

それぐらいの無茶な相談をしたって自覚はある。

「ルシアンが覚悟を決めていた、ということが一つの理由だ。何を犠牲にしてもアコの心を動かすのだと決めた男に、あえて野暮を言うものではない」

「本当に申し訳ない」

言い訳はしないけど悪いとは思ってるんです、本当に。

「そしてもう一つ……意味がないと思ってな」

「俺はお説教しても聞いてない、かな」

マスターの言うことはちゃんと聞いてるつもりなんだけど。

「そういう意味ではない」

ふっと笑った気配がついたてのすぐ向こうにあった。

「どうだルシアン、着替えは終わったか？」

「ネクタイがちょっとわかんない。どうなってんだろ、これ」

「ああ、クロスタイだったな」

ついたてを回り込んで、マスターが中に入ってくる。

ドレスではなく高級感のあるスーツ、この場を預かっている責任を負える衣装だった。

「貸してみろ、これは結ぶのではなく前で止めるだけのタイでな」

マスターは正面から俺の首に手をかけ、反対側へとタイを伸ばす。

すぐ目の前に彼女の胸元が迫り、いつも甘いアコの香りとは違う、さわやかに思える瀬川の香りとも違う、落ち着いた大人の香りがした。

「……結局のところ」

ネクタイの長さを整え、真ん中にピンを差し込みながら、

「私がルシアンの頼みを断ることはこの先もないのだ。それがどんな無茶で身勝手であってもな。ならば偉そうに説教などしたところで意味がない。そういう話だ」

「んなことはないって。俺が悪いことをして助けてくれって言ったって、助けたりしないだろ」

「君はそんなことはしない」

きっぱりと言って、マスターはピンの裏の金具をぐっと押し込んだ。

「君が私に頼み事をする時は、それはどうしても必要で、本当なら自分の力で成し遂げたい時だ。私の力を借りてでも不可能を可能にしたい時なのだ」

きゅっとネクタイの位置を整えて、すぐそばにあるマスターの顔がさらに近づく。

彼女は俺の耳元でささやくように、頰同士がふれあいそうな距離で言う。

「ならば決して断ることはない。今後も必要であればいつでも頼ってこい。私の力は君の力だと思え」

俺を自信づけるように、ぐっと肩を抱いて、彼女は言った。

「私はいつだってルシアンの味方だ。覚えておくのだぞわが右腕、サブマスターよ」

「——なんだよ、本番前に泣かせるようなこと言うなよ」

「式の前にちょっとした良いことを言うのがデキる先輩というものだろう?」

ゆっくりと離れた頼れるギルドマスターは、俺の背をそっと押した。

「次は化粧だ。そこの鏡の前の椅子に座ってくれ」

「……へ?　いや、俺はそういうのはいいから」

「これも予定に入っている。黙って座れ。時間がないぞ」

「…………はい」

それ、俺の組んだ予定には入ってないんですが——。

新郎の常として俺は先に教会に入った。

深夜だけど中は明るく、寒くない程度の温度に維持されてる。

本来なら家族友人の並ぶはずの席には、ノートパソコンが一台ぽつんと置かれて、アコが一人で座るゲーム画面を音もなく映し出してる。

講壇の前には慣れないタキシードを着た俺、そしてスーツを着て神父役を務めるマスターだけが立っていた。

静けさだけが教会を包み込む。俺もマスターも一言も話すことなく時を待った。

穏やかに曲が流れ始める。

何度か聞いたことがあるＢＧＭ。ＬＡで結婚式をした時に流れる曲だ。

そしてゆっくりとドアが開いていく。

最初に目に入ったのは純白と漆黒だった。

白一色のウエディングドレスを着た黒髪の女性がドアの向こうの暗闇を背に輝いている。

既製品とは思えないぐらいに彼女の雰囲気に合ったドレス。両サイドの髪だけを後ろでまとめられ、その中央を流れる長い黒髪が一歩進むたびに緩やかに揺れる。

ずっと嫁だ妻だ奥さんだと言っていたアコが本当に新婦になった姿は、俺の想像を超えるぐらいに美しかった。

バージンロードを歩くアコの腕は、両側からドレスの瀬川(せがわ)と秋山(あきやま)さんが支えている。

着慣れないドレスにゆっくりと進むアコ。

そして二人から俺に彼女が送り出された。

薄い絹の下、微笑(ほほえ)んで俺を見つめる彼女。

そっとヴェールを外した内側には見慣れたはずの、でも初めて見たんじゃないかって思うぐらい、大人びて美しいアコが居た。

と、俺は勝手に感動しているけど。

突然こんな状況に引っ張り込まれたんだ、きっと文句の一つも言いたいよな。

そうアコの言葉を待った俺にかけられたのは、

「ルシアン……素敵です、凄く似合ってます」

「――っ」

第一声が想像と全く違っていて思わず息が詰まった。

「俺なんかと比べられないぐらい、アコは綺麗だよ」

「リアルで着るのは初めてなので全然自信がないんですが……」

ふふふ、と横から笑う声が聞こえた。

「仲の良いところすまないが、進めても構わないか？」

「はい」

「お願いします」

説明もなく話が進むことに疑問も出さず、アコが頷いてくれた。

そして神父役のマスターが片手に持った聖書へ視線を落とす。

「これより我らが父の前に、二人の男女が絆を結ばんと――」

途中で言葉を止めて、パタンと本を閉じる。

「……と私が言っても良いのだが。言いたいことがあるのは私ではないだろう」

そうだろう？　と微笑んで、マスターが俺を見る。

ありがとう。大丈夫、ちゃんと言えるよ。

俺は目の前に立つアコが綺麗過ぎるのをなるべく意識しないように、浅く何度も呼吸を繰り返した。

「突然にこんな場に連れてきてごめん。その上で身勝手なんだけど……どうしてもアコに聞いて欲しいことがあるんだ」

「……はい」

本当はずっと前に言わなきゃいけないことだった。

LAが終わるってわかって、すぐにでも言うべきだった。

でも俺に勇気が、決意が、もしかしたら欲望が足りなかった。

だから遅くなってしまった言葉を、今伝えたい。

「俺達の関係って、全部レジェンダリー・エイジから始まったよな。出会ったのも、時間を過ごしたのも、好きになったのも、全てがあの世界の中だった」

「はい、とても素敵な時間でした」

そして実際に会ったアコは凄く可愛くて、一緒に居て幸せで、もっともっと好きになった。

でもゲームで出会ったんじゃなければ俺のことを好きになんてなってくれそうにない、手の届かないような相手でもあった。

「出会いがゲームの中だったから、夫婦だの夫婦じゃないだのと、ずっと言い合って来たよな」

「ルシアンが意固地だからですよ」

それはお互い様です。

「夫婦になった場所。結婚して、ずっと一緒に居ようって誓った場所。始まりの場所のレジェンダリー・エイジは……もうすぐ終わる」

「……はい」

白い手袋をしたアコが右手をぎゅっと握る。

その手が微かに震えて、彼女は俺に見えないよう左手で覆い隠した。ずっとそんな風に自分の傷が俺に見えないようにしてくれていたんだろう。

「レジェンダリー・エイジがなくなって、俺達のルシアンとアコも消える。そうしたら流石に夫婦だとは言えなくなると思う」

「そ、そうかもですけど……なら元夫婦とか……でも別れたみたいでいっそ嫌かも……」

アコはおろおろと視線をさまよわせて、俺の言葉の意味を探している。

大丈夫、すぐにわかるから、わかるまで何度だって言うから。

「アコさん——玉置亜子さん」

「は、はい」

出会って四年、本当に色んなことがあった。

苦労したことはたくさんあったけど二人なら乗り越えられた。

意見が合わないことだってあった。でも考え方が違うからって仲違いするんじゃなくて、いつだってちゃんと話をしてわかり合おうとしてきた。

夫婦だ夫婦じゃないって何度も言い合ったけど、それも段々とお互いの折り合いのつく関係に変わっていったんだ。

「俺は……俺と……」

言葉を出そうとして息が詰まる。

言いたい、言えない、言うのが怖い。

一瞬だけ仲間のことを思い出した。

瀬川やマスター、セッテさんに猫姫さん。みんなのことを思って勇気を出そうかと。

でもそれは違う。

この時だけは、今この場で何を言って、どんな気持ちを伝えるかだけは、俺が俺だけの意思でやらなきゃいけない。

その結果が実らなくたって、俺が勇気を絞り出すのは彼女のためであるべきだ。

「ルシアン……？」

俺を見つめる愛しい女性の、ほんの微かな囁きだけで、俺はいつだって前に踏み出せる。

「俺は……アコが好きだ」

「は、はい」

「愛してる」

「わわわ、私もです」

声を上ずらせて何度もつっかえながら、アコは頷いてくれた。

でも一番言うべきなのはこれじゃない。

「この気持ちはレジェンダリー・エイジが終わって、夫婦ではなくなって、俺達の始まりがなくなってしまっても変わらない」

聖堂の光を反射する瞳を見つめ、死にそうなぐらい熱くなる自分の頬に気づかない振りをして、震えそうになる声を無理やりに抑え込む。

「これから先もずっとずっと、俺はアコのことが好きだ」

「――――」

これまでちょっと慌てながらも俺の言葉に返事をしてくれていたアコ。

けれど目を大きく見開いて、何も言えずに止まった。

俺の言葉をいつもみたいに簡単に受け入れないことに違和感はなかった。不思議と安心感すらある。

「わ、たし、は……」

小さな口が一言一言、絞り出すように動く。

「リアルだと、回復なんてできないです」

「一緒に居てくれるだけで俺はいつも癒されてる」

「LAみたいに可愛い服を選ぶセンスもないです」

「アコは何着てたって可愛いよ」

「何も上手くできることがなくて、時間をかけてもレベルなんて一つも上がらないんです」

「アコにだって特技はたくさんある。昔できなかったことだって少しずつできるようになってるよ」

「でも……私は……」

アコが唇を震わせて言葉を詰まらせる。

彼女の不安を何度否定しても安心はさせてあげられない。

アコが俺に求めてる言葉を言ってあげたい。でも何て言えば良いのか、全てを理解することなんてできない。

なら逆は？

俺はどう思ってる？

俺はアコにどんな言葉をかけて欲しい？

「——わかった」

「……え？」

さっきまで否定していた俺が急に頷いたことに驚いたのか、アコが顔を上げる。

「じゃあアコが何もできなくて全然可愛らしくもなくて努力も成長もできない、そんな人になってしまったとして」

「それでも俺は、アコのことを愛してる」

リアルに疲れてしまって、本当にそうなってしまうことがあったとして。

「それ、でも……？」

「アコがアコでいてくれるならずっとアコを愛し続ける。だから——」

ポケットに入れた箱を取り出して、そっと開く。

アコが冗談のように言っていた指輪のサイズは、もちろんちゃんと覚えていた。

「玉置亜子さん。俺と——結婚してください」

「ルシアン……」

現実の名前を呼んだ俺にキャラ名で返すアコ。

俺達はいつだってそうやってズレていた。でもだからこそ、他にないぐらいにピッタリと合うようになったんだ。

俺は指輪に手を伸ばそうとして躊躇うアコに、

「断っていいよ」

「えっ……？」

「俺は何度もアコのプロポーズを断ったんだ。俺も何度だってプロポーズする」

覚悟は決めて来た。

それはプロポーズをする覚悟じゃない。振られる覚悟でもない。

たとえ報われなくたって、何度でも愛を伝える覚悟だ。

「俺がネトゲの結婚にトラウマがあるように、アコはリアルの自分に傷があるんだ。なら自信が持てるまで、納得できるまでいつまでも待つ。こうして何度だってプロポーズするよ」

毎回毎回、これだけの規模を用意できるかはわからないけどさ。

照れて言った俺に
「………ルシアン」

アコがそっとリングケースに手を添える。

「私は……自分に自信の持てることなんて何もないです。ルシアンを幸せにしたくても、できる自信がないんです」

俺が何かを言う前に、でも、と言葉を続ける。

「一つだけ誰にも負けないことがあるんです」

シンプルなリングを手に、アコが微笑む。

「あなたが——西村英騎さんが好きです。愛してます。全ての世界の誰よりも、私が一番に」

指輪を取り、それを右手の平にのせて差し出し、彼女は言った。

「私もあなたと夫婦になりたいです」

彼女の左手、薬指にはめた指輪は少しだけ緩かった。

指輪が外れて落ちないようぎゅっとその手を握りしめて。

ずっと支えてくれた仲間達の見守る前で、俺とアコは永遠の愛を誓った。

エピローグ 「このまま治らない方が幸せなんじゃ」

二回乗っても全然慣れないヘリ移動。

ドキドキしながら時間を過ごして、降りたのは最初に乗った場所。駅から少し離れたヘリポートだ。

「ここから駆け落ち先までタクシー移動な。もう来てもらってるから」

「もう驚くことばっかりで落ち着いてきました。どこにでも連れてってくださいー」

「ごめんて、ごめんて」

「結婚式のことを当日まで知らなかった新婦なんて私だけですよ、きっと！」

アコはさして不満そうでもなく、むしろほわほわと笑顔で抗議してる。

「ごめん。アコのためだから、なんて言い訳をして筋を通さずに駆け落ちするのが嫌だったんだ。俺のわがままで迷惑かけたよな」

「もう、今までで一番、ルシアンに振り回されましたよう」

言いながらも、アコは薬指の指輪をそっと撫(な)でて、

「でも今日の私は世界一幸せなので、なんでも許しますっ」

「可愛(かわい)いなあちくしょう」

なんだか幸せ全開のアコには全くバレる気配がないので、パソコンの方はケースに入れて動画を流したまま移動。

向かった先は行き慣れた前ヶ崎駅の近くにある一棟のマンションだ。

五階建てでちょっと小さめだけど、見た目はとても高級感がある。

「ここが駆け落ち先となっております」

「き、綺麗ですね！　もっとボロボロのアパートとか想像してました」

「そうだろうそうだろう」

俺だって最初はそういう予定だったからな！

「しかもあの、私の家から近くないですか？」

「ヘリ移動は結婚式のためだからな！」

駆け落ちだけなら車ですぐだった、というのは秘密なので気づかないで欲しい。

「で、入り方だけど。鍵をオートロックのとこに挿してもろて」

「はい」

オートロックの扉が開く。

エントランスに入ると、もうエレベーターが到着して待って居た。

「エレベーターに乗ったらここにも鍵を挿してもろて」

「厳重ですねえ」

エレベーターにも鍵穴がついていて、そこに鍵を挿す。

そして扉を閉めると、何のボタンも押してないのに五階に向けて動き出した。

「あ、あの、このちゃんとした感じ、家賃が凄く高そうなんですが」

「その点はとりあえず心配いらない……と思う」

さほど間もなくエレベーターが開くと、そこはもう室内。

エレベーター直通物件なのだ。

「もうお部屋⁉　一階を全部使って一部屋なんですか⁉　わんふろあ⁉」

「凄いよなー、便利便利」

「なんでルシアンはそんなに軽いんですかっ！　豪華過ぎません⁉」

はっはっは、なんかもう色々麻痺してきたからな！

玄関は綺麗だけど、物が少なくて少し殺風景。ちょっと駆け落ちっぽさのある雰囲気だ。

「お、お邪魔しますー」

「ただいま、で良いんじゃないかな、多分」

「そ、そうですよね！」

荷物を玄関に置いて、アコはすーっと息を吸ってから言う。

「た、ただいまルシアン！」

「おかえりアコ。さ、とりあえず中に」

廊下を抜けてリビングに案内する。

中はかなり広い。ダイニングテーブルと八脚の椅子が並んでいて、ローテーブルもあるのにまだスペースが残ってる。

荷物を運びつつ、アコのノートパソコンをいじる。

リビングの大型モニターに接続して画面を同期させておいた。

深夜に家を出て、移動して結婚式までやったけど、そこまで時間が経ってるわけでもない。

移動は車とヘリで爆速だったし、結婚式は俺とアコが話しただけで、大して時間が必要なものでもなかった。

とはいえ精神的には相当疲れてるだろう。

「とりあえず部屋の確認だけしたら休もうか」

「あ、はーい」

コートを脱いだアコを連れて廊下へ出る。

ここは一階につき一部屋しかないので、かなり広めの構造になってる。

なんせ4LDKだ。どう考えても単身用じゃない。

「まずここがアコの寝室な」

一番リビングに近い一室に案内する。

ベッドが二つ並んでるだけの殺風景な部屋だ。

まだ家具がないのは仕方ない、準備が間に合ってないんだ。

「ルシアンもこの部屋で一緒に寝るんですね」

「そんなわけがなかろーに」

「え、でもベッドは二つありますよ？」

「それは後で説明するので次に行こう」

隣の部屋の扉を開くと、ひんやりした空気と共に微かなモーター音が聞こえてきた。

水冷、デュアル水冷特有の静かな水音も。

明かりをつけると、広い部屋に何台ものパソコンデスクが並ぶ光景が目に入った。

「こっちがパソコンルームだ」

「えっ、ひろっ！　凄くないですか⁉」

何せこの階で一番大きいのがこの部屋らしい。

もちろん部室よりはずっと狭いけど、パソコンと机が八台入ってるんだから十分過ぎる。

「このパソコンでLAを起動して、映像だけ分岐させてリビングのテレビに出すことで普通に生活できるようになってる」

「な、なんか凄いですね……お金かかってそうなんですが……」

「かかってるんだろうなあ」

他人事のように言って、廊下の反対側へ。

「ここが俺の寝室兼物置だ」

「ごっちゃごちゃですー！」

ここまで部屋が綺麗だったしわ寄せが来たみたいに、この部屋はもうぐちゃぐちゃだ。

開けていないダンボールや、掃除用具などが雑多に詰め込まれて、空いたスペースに布団が一組置いてある。

「俺はここで寝てるから、なんかあったら呼ぶよーに」

「まだ片付けが全然終わってないですよ⁉」

「それは追々やっていきます。契約の内なので」

「けいやく……？」

気にしない気にしない。

「後は簡単に。こっちがトイレ、隣が風呂洗面。洗濯機は乾燥機能つきで便利だぞ」

「助かります！」

「家事の分担は相談ということで。なるべく公平にしよう」

「私がやりますよ？」

「逆にきまずいからちゃんと割り当てような」

というわけで案内は以上。

いやー広いマンションだよ、管理するのが大変なぐらい。

ということで戻ってきたリビングで、

「本当に何の不満も思いつかないです……こんな部屋、どうやって準備したんですか？」

「言った通りだよ、俺にできることは何でもしたって」

　他人の力を借りることも含めて、本当に何でもしたんだ。

「今まで言えなかった俺の気持ちも全部話してプロポーズした。アコに受けてもらえた。家族もギルメンも納得して応援してくれてる。場所の準備もできてる。アコには何の心配もなく、ここで存分に幸せになって、LA依存症のことなんてすっかり忘れてもらうからな！」

　決意をこめて言った俺に、アコは大型テレビに映ったゲーム画面をちらりと見て言った。

「もしかして、このまま治らない方が幸せなんじゃ……」

「そんなわけあるか！」

　少しの移動をするためにノートパソコンを大事に抱えて、トイレや風呂にも苦労するような生活、幸せなわけがないだろうに。

「まあアコは心配しなくていいよ」

「そう言われてしまうと、すでに心配事はいくつもあるんですがっ！」

　アコはそーっとリビングの一角に指を向ける。

「ルシアンは全く触れないですが、あそこにもう一部屋ありますよね？」

「あるな」

　リビングに直接つながった、ここまで開けていないドアだ。

「そこは入室禁止なので気をつけるよーに」

「私達の家なのに入っちゃ駄目な部屋があるんですか⁉」

あるんです。

「というかですねっ！　ちょっと落ち着いてきたら疑問がたくさん出て来たんですよう」

頭の上に？マークをいくつも出したような顔で、アコが言う。

「私が倒れてからまだ三日ぐらいなのに、教会も衣装も全部準備されてましたし、お父さんもお母さんも納得してましたし、お部屋なんてすぐ借りられるわけないのに、こんな広い部屋にパソコンがたくさんありますし、もう何がどうなってるんですか⁉　１００倍速で新婚夫婦みたいになっちゃいましたよ⁉」

「普通ならばありえない速度で用意された結婚生活……その疑問にたどり着いてしまったあなたは、ここでSANチェックです」

「成功しちゃダメな時のアイデアロールですかっ⁉」

まあ冗談はいいとして。

「気づいちゃったなら仕方ない。全てを話そうじゃないか」

「よろしくお願いします」

こうして話しながらも、きっとアコは目をそらしている現実がある。

アコが今も目を向けているレジェンダリー・エイジは、あの世界は遠からず消えてなくなるんだ。

ＬＡのサービスが終了するその日、アコのＬＡ依存症が今と何も変わっていなければ、どうなってしまうのか。

アコが倒れてしまったあの日の光景が、今も俺の頭を離れない。

真っ白な顔で、苦しげな息を吐いて、世界と共に終わってしまいそうだったアコ。

あんな思いは二度とさせちゃいけない。

「ちょっと長くなるけど最初から話そうか。事の始まりはマスターの卒業式、レジェンダリー・エイジがサービス終了を発表した日のことだ――」

俺たちの世界が終わるまでの二週間。

世界なんて救えない俺が、何よりも大切なアコを救うために。

この日、命を賭けた新婚生活が始まった。

つづく

あとがき

チームチャットで挨拶させて頂きます。

お久しぶりの、本当にお久しぶりの方しか居ないので、いっそこう言ってしまってもいいのではないでしょうか、はじめまして。

聴猫芝居でございます。

前巻よりとてもとても長い期間が空いてしまった今巻。

次が最終巻と言っておきながら続きが出ず、完結しないままになってしまうのではないか、そんな心配をたくさんおかけしたことと思います。

長くお待たせし、不安な気持ちにさせて、申し訳ありません。

にもかかわらず、こうして手にとって頂いてありがとうございます！

この本はあなたの、あなたのために書いたんです！　いえ嘘じゃなく本当に！

とは言うものの、この本が最終巻、というわけではなくなってしまいました。

前巻のあとがきにて、

一巻に収まらず上下巻になったり、とんでもない分厚さになったりする可能性はありますが、ともあれ最後の予定となっております。

などと存分にフラグは建設していたのですが、まさかの『とんでもない分厚さで上下巻』というフラグ完全回収となってしまいました。

むしろ私としては一巻構成のつもりだったので、二巻分をまとめて一つの原稿として書いておりました。

最終巻です、と800ページ超えの原稿を送りつけられた担当編集氏の気持ちを考えると、頭の下がる思いです。大変申し訳ありません。

ただこれだけ長い時間を共に過ごしてきた彼ら彼女らの物語を一旦でも終わろうとすれば、これぐらいの規模がどうしても必要になったのです。

どうかどうかご容赦ください。

何ならこの本でも良いエンディングだった……と言えなくもないレベルなのですが、書いた私が一番ボロボロ泣いていたのは次巻である最終巻、Lv．23でした。

是非この物語の最後までお付き合い頂ければ幸いです。

発表済みではありますが、こちらはお待たせすることなくすぐにお届けできますので！

チームチャット終了します、GGでした。

最後となりましたが、謝辞御礼を。

イラストのHisasiさん。温かいご協力を頂けなければ、この本が日の目を見ることはありませんでした。本当にありがとうございます。

担当様。実は最終巻のタイミングで別の方に代わっていたりするのですが、20巻以上続いた本の最終巻だけを担当して、という誰が聞いても青ざめるとんでもない無茶振りに応えてくださり、心から感謝しております。

読者の皆様。長らくお待たせしてしまったにもかかわらず、こうして読んでいただいて、感謝の気持ちしかありません。ありがとうございます。

次が本当に本当の最終巻。どうかまたお会いさせてください。

聴猫芝居でした。

◉聴猫芝居著作リスト

「あなたの街の都市伝鬼！」（電撃文庫）
「あなたの街の都市伝鬼！２」（同）
「あなたの街の都市伝鬼！３」（同）
「ネトゲの嫁は女の子じゃないと思った？」（同）
「ネトゲの嫁は女の子じゃないと思った？　Lv．２」（同）
「ネトゲの嫁は女の子じゃないと思った？　Lv．３」（同）

「ネトゲの嫁は女の子じゃないと思った？　Lv.4」（同）
「ネトゲの嫁は女の子じゃないと思った？　Lv.5」（同）
「ネトゲの嫁は女の子じゃないと思った？　Lv.6」（同）
「ネトゲの嫁は女の子じゃないと思った？　Lv.7」（同）
「ネトゲの嫁は女の子じゃないと思った？　Lv.8」（同）
「ネトゲの嫁は女の子じゃないと思った？　Lv.9」（同）
「ネトゲの嫁は女の子じゃないと思った？　Lv.10」（同）
「ネトゲの嫁は女の子じゃないと思った？　Lv.11」（同）
「ネトゲの嫁は女の子じゃないと思った？　Lv.12」（同）
「ネトゲの嫁は女の子じゃないと思った？　Lv.13」（同）
「ネトゲの嫁は女の子じゃないと思った？　Lv.14」（同）
「ネトゲの嫁は女の子じゃないと思った？　Lv.15」（同）
「ネトゲの嫁は女の子じゃないと思った？　Lv.16」（同）
「ネトゲの嫁は女の子じゃないと思った？　Lv.17」（同）
「ネトゲの嫁は女の子じゃないと思った？　Lv.18」（同）
「ネトゲの嫁は女の子じゃないと思った？　Lv.19」（同）
「ネトゲの嫁は女の子じゃないと思った？　Lv.20」（同）
「ネトゲの嫁は女の子じゃないと思った？　Lv.21」（同）
「ネトゲの嫁は女の子じゃないと思った？　Lv.22」（同）

本書に対するご意見、ご感想をお寄せください。

ファンレターあて先
〒102-8177　東京都千代田区富士見2-13-3
電撃文庫編集部
「聴猫芝居先生」係
「Hisasi先生」係

本書は書き下ろしです。

電撃文庫

ネトゲの嫁は女の子じゃないと思った？ Lv.22

聴猫芝居

2023年11月10日　初版発行

発行者　山下直久
発行　株式会社KADOKAWA
〒102-8177　東京都千代田区富士見2-13-3
0570-002-301（ナビダイヤル）
装丁者　荻窪裕司（META＋MANIERA）
印刷　株式会社暁印刷
製本　株式会社暁印刷

ISBN978-4-04-913582-4　C0193　Printed in Japan

電撃文庫　https://dengekibunko.jp/